汉语地域诗歌年鉴 · 2017 年卷

马永波　王霆章　主编

中国出版集团
東方出版中心

出版说明

书名阐释:《汉语地域诗歌年鉴》由四个关键词组成。

“诗歌”,指以现代汉语为语言所创作的当代汉语新诗,不包括以汉语写就的旧体诗词等,本书一般不包括以现代汉语为语言所创作的散文诗和呈现为现代汉语的翻译诗歌。

“年鉴”,含有年选、年编、年度选集之意,一般一年出版一部,呈现上一年度(相对于出版年份)汉语诗界诗人们所创作的杰出诗歌、理论、评论、言论。

“地域”,本年鉴的地域既包括传统的以省、直辖市、自治区(包括海外汉语地区)为分法的大地域,也包括市、县一级的小地域,本年鉴地域的下限是县级,采用大地域结合小地域的全地域编辑法(绝不求全,以诗歌定地域),以最大程度地呈现汉语诗界各地域诗人们的创作和活力,呈现大中华锦绣山河和人杰地灵之方方面面与枝枝叶叶。

“汉语”,本年鉴囊括全球汉语诗歌创作的精华,包括海外华人以现代汉语为语言所创作的新诗等,地域范围并不只局限于中国,而是世界范围内的大中华诗歌界,因此,选取比较学术的“汉语”一词为年鉴之统领,进而放弃了“华文”、“华语”这两个带有一定历史遗存表达的名词。我们相信,“汉语”一词的中立、学术和科学,将会使本诗歌年鉴更为开放、平和和纯粹。

几点说明：

1. 本年鉴并不弘扬狭义之“地域诗歌”。本年鉴之“地域”，主要意在彰显中华之丰富和诗人之乡土归属感，进而弘扬爱国精神和爱家乡、以家乡为傲为灵魂归属地之中华传统桑梓精神。

2. 积极倡导“难度写作”。对当代汉语诗写的浮泛化欲望消费倾向予以强力纠正，弘扬有精神高度、经验宽度和体验深度的纯正汉语诗歌。

3. 年鉴内容包括：地域诗歌、作为批评家的诗人、作为翻译家的诗人、作为艺术家的诗人、年度文章、民刊选萃及存目（机动）、新媒体年选及存目（机动）。

4. 年鉴出版后，将适时启动如下奖项：

“年度诗人奖”（共三人，奖给年度写作成绩优异并有诗作入选本年鉴之汉语诗人）；

“年度贡献奖”（共三人，奖给年度内诚心工作，大力支持，对本年鉴编辑、出版、活动、评奖等有杰出贡献者）；

“诗歌奖”（共十人，奖给入选本年鉴之十位诗人之杰出诗歌）；

“年度理论奖”（共三人，奖给入选本年鉴之杰出诗歌理论）。

5. 本书正文各省市区等地域按照拼音字母顺序排序。

年鉴编委会

新疆（郁笛）
西藏（贺中）
江苏（顾耀东）
浙江（梁晓明）
上海（春野）
安徽（吴少东）
江西（牧斯）
贵州（姚辉）
重庆（邱正伦）
四川（孟原、袁勇龚、盖雄）
云南（海男、海惠）
湖北（野梵、江雪）
湖南（远人）
广东（梦亦非、杨于军）
广西（刘春）
福建、海外（庄伟杰）
海南（林森）
香港（廖伟棠）
澳门（龚刚）
台湾（杨小滨）
新媒体（王法）
文论（庄伟杰）

运作部：刘文辉、林众、蒋玉、王国骏等
活动部：红雨、关英珍、郑敏、李亚洲、张琳、杨东、潘英杰、李冬冬等
通联部：桂桂、敬笃等

目　录

contents

安　徽

深夜的雨

沈天鸿

黑暗中的东西湿了,那些也变成黑暗的花朵
是黑暗中的秘密
藏起了春天与雷声

一些窗户里的灯光,不停地出发
然而却保持静止,仿佛为了与我一起倾听
稀疏的雨声

尘世消失在许多各不相同的梦里
我的梦还没有到来——
我还没有入睡,还在梦与醒之间
呼吸

万物,包括儿童,包括黑暗,都在悄然生长
平安无事。但我知道
安然无恙的,只有雨

读心术

孙启放

呓语。被提示的自我阅读
犹记得小学班主任扑向我的内心

风无休止地勾勒着云，勾勒空中的奇趣
惊心的闪电、秘径、黑松林里的抢掠
无休止的奔跑。
一切的法则来源于一本发黄的书
山顶之上蹲伏长犄角的人
长久注视的瞳孔收缩成针眼

小镇的拐角处，拄杖的乞丐有硕大的鼻子
将斑驳的碗长年放在地上
唱出自己的志向。
他有着奇怪的病理学知识
提供的细节让路过的人脸色煞白
一只软体的章鱼
无情的触手探入纵深。

迟到的坦然连带昨天的惊慌
我对读心术保持着一定的好奇
在一间半暗厢房里
被还原的词句，影影绰绰的灰衣人

立在我的身后。

孤岛的蔚蓝

陈先发

卡尔维诺说,重负之下人们
会奋不顾身扑向某种轻

成为碎片。在把自己撕成更小
碎片的快慰中认识自我

我们的力量只够在一块
碎片上固定自己

折枝。写作。频繁做梦——
围绕不幸构成短暂的暖流

感觉自己在孤岛上。
岛的四周是

很深的拒绝或很深的厌倦
才能形成的那种蔚蓝

自省篇

余　怒

在清泉流泻过而今干涸的溪谷里，
我孤单一人，择路攀爬。一路上我
自问：我能客观地看待这个世界吗？回答
是："不能。"即便有人回答"能"亦属正常。
他们履行父母或情侣的义务，可能
不是全部，而是约定的一小部分。
为此必须保持身体秘密。犹如卵石间
吞下数倍于己的不明猎物的非洲岩蟒。
流畅的凸起。听从温润的本能。

石　头

赵宏兴

一宁静下来，山就空了。
硕大的山谷
盛不下我的心情。
溪流潺潺地流着，
满河滩的石头，
呈现着各种形状，
如我胸腔里累积的语言。

我一个人坐着,
宁愿坐成一块石头,
让这情感的河水
冲刷,淹没。
等到有一天
滚到你家的门前
这块石头上
印着你的头像。

悬空者

吴少东

我曾持久观察高远的一处
寒星明灭,失之西隅
展翅的孤鹰,在气流里眩晕

我曾在二十楼的阳台上眩晕。
那一刻,思之以形,而忘了具体
无视一棵栾树,花黄果红

譬如飞机腾空后,我从不虑生死
只在意一尺的人生
一架山岭,淡了另一架山岭

曾设想是一颗绝望的脱轨的卫星
在太空中一圈一圈地绕啊

无所谓叛离与接纳

我思者大,大过海洋与陆地
我思者小,小于立锥之地
我之思,依然是矛与盾的形态

山川展开广阔的纸张

方文竹

这些年　我一直倒立着写作　来自神的恩典
这是我的秘径和技艺
倒立对抗着时尚　行为对抗着艺术
双脚踩在空中　笔墨泼向大地
山川展开广阔的纸张

这并非奇迹和敌意　而是心灵的
南水北调　是身体的南辕北辙
并非人间天使　却偷食着梦幻的黑粮
向上一看　鸟群像蚂蚁的队伍　亿万年里
镌刻着无边的青铜　或许我就是它们中间的一位
落难人间　描摹大地
大地比天空广阔　但有界　篇与篇不同
精彩纷呈　我是我的收藏家和读者

在天成象　在地成形
一位大隐隐于市的书写者　倒立的姿态

不适合佩戴任何牌号的帽子　飘散的头发
洗刷着纸张　洗刷“草根”、“底层写作”的百货店
我的笔直接挖山开河　改造大地本身
胸中的块垒已经成为培育春葩的一小撮泥巴
心眼一致　不断改变着笔法
越过工业的笔法　农业的笔法　军事的笔法　科技的笔法
在心灵的环保中留下笔迹

风雨已经将大地赞美了一遍　我接着赞美
青绿的庄稼　碑铭　城市　道路　水库　电站　火山
这些现成的文字　喂养着人类
我的影子是我的象形文字　喂养着自己
摸索十字路口的篇章结构　内部的转折　我略略倾斜
生活收下了春天草籽一样堆积的偏旁

其实这并非看似一个人的八卦阵
只是一位孤独的大地书写者　以致有人在找
上帝手头的那根绳子

铁 匠 铺

孤　城

山水已有形

风物仍在碰撞。茶马古道
纳西族妇人背驮幼子,身后紧跟
另外
三块嫩铁。怯怯的

面呈酡红,内心尚未溅落锤声
人世如淬
光阴的手艺
尚未找到适合的铁砧

果壳中的宇宙

张建新

越来越喜欢“果壳中的宇宙”
这一极富想象力的命名,
我把喜欢的东西都往里面放,
它引导我重建一个自我的界限?

两只鸟飞过窗台,三只蚂蚁
走在觅食的路上,
多维度交叉的空间碰撞
让树叶从未停止过颤抖

哈姆雷特说,即使把他关在果壳中,
他仍然是空间之王。
悲剧由霍金道出:宇宙的历史

是一张在虚时间中存在的曲面

那么,是鸟和蚂蚁虚构了
飞翔和饥饿,我虚构了鸟和蚂蚁,
哈姆雷特虚构了我们?

我们看着星星时,星星同样
在怜悯地看着我们,那么多坚果
和它们一样在宇宙里漂浮

我在省会过的一夜一天

张岩松

我扭了一下
这是昨夜舞蹈的余音
节拍在睡眠
我的动作成熟了
挂在身上
无人采摘

喝水的样子是个盖子

我对一个卖早点的转身,着迷
昨夜舞会摊点的剩饭
今天化为漫长的序幕

正题给序幕囚禁了
我的罐头是红烧节拍
我正在用娴熟的驾驶方式开车

一会儿停停
动作的馊味
由缠绵的舞步带出

现在　我的一般行为
代表残存的位置
那是人的废墟

复杂的叙述

木　叶

复杂之处在于，事物都处于无穷的、不确定的分蘖之中，
你站立在你的岩石上，

看夕阳，看过往，蚊子和山里的爬虫，

或飞或奔，阒然无声。我的低语因此被群山屡屡抵消。倘若
理解无从可能，那么命运只能是近似的，

催促我关注身后的潭水，

它幽深的微澜已持续千年万年，依然终日里都由
着你
濯足，洗头，游泳，投掷垃圾，

当终于看到山中云起，若有妖精渐渐析出你我的身
骸而去，你骇然于
此生的短暂与无知，多么不可恕。

北　京

他曾输给灰烬

韦　锦

“不是不重要。得不得奖很重要。”
不过，如果不是一等奖，
请不要给他安慰奖。

孤独不是追求。他一直想抹掉那胎记。
他曾落选花朵和松树的行列。
许多以火把命名的奖项，
颁给了灰烬。

他已习惯被甩掉，像鞋上的泥巴，
一粒火星，嘴角的唾沫，一块陨石。
唯一的担心，是输给鹰隼、雄狮和虎，
所以，除了力量，他天天练习速度。

如果获奖就是提醒，祝福多过了蔑视。
就是让他懂得，他仍有可能被略过，
但他无法摆脱眼前的世界。

如果所有提醒他都听到，
他可能弯下腰，再不炫耀手上的老茧。

再不炫耀他还有多大变坏的空间。
他会交出梦想换一声老母鸡的啼唤。

如果所有提醒全对他失效,
满身绳索也给他用不完的骄傲。
这个星球的表面,终又多出
一只安静的,一心躬耕的蚂蚁。

清早,即使与大地的秘密逐一邂逅,
他也不会沾沾自喜,甚至写下,
"艺术和赛程无关",或者
"我高于灰尘,不高于污泥,水"。

卡夫卡

梅　尔

我的存在变得可疑
在布拉格,你走街串巷
像一只甲虫跟着我
我不能从雪地里走回来
马车在天黑以前已经走过

我到城堡看你,到你住过的
每一处寻你,我寻到了墓地
朵拉已经先我而到,甚至
K 也在这里,我很压抑

显然,你因被频频打扰
而长期失眠
父亲对他此生未能预见的儿子的成功
嗤之以鼻

我不审判
即使你要了布拉格的全部美女
你的绶带上写着：惊恐之魂
朵拉,跳进坟墓吧
死,实在是
一件正常不过的事,此生
更加踏实

猫

木　铎

迈着慵懒步子。它不停地
走来走去,不安地查看自己虚无的领地。
散步,睡觉。尾巴平衡术掌控得很好——
整个世界就是一个漫长的梦幻。

捕鼠已不再需司天职,那双天赋的蓝眼睛
纯粹,衬托得天空更加深邃了。
爪子潜藏得很好。胡须一下
就精确地测量出了整个硕大的洞穴……

白头翁

何三坡

春山如梦,栖落阳台的白头翁把静谧推深了九厘米
山下传来夜行货车的叫喊
一声黑,一声蓝

你看见你坐在三间屋子里
一个煮红茶,一个读史记,一个闭目打坐
在窃笑自己的贪念、怒火与愚痴

星期六

姜念光

半斤花生米,八两猪头肉,
三杯二锅头,加上一场
按许诺降下的鹅毛大雪,
老板娘灯笼一点,
牛栏山就变成了桃花源。
在阅读中断的地方,
书页折起半壁河山。此处
离京城五十公里,
张飞安静,抱着他的雷霆,
不出声地笑看李逵,那个粗人儿,

正拿着纸墨班门弄斧。

西山如隐

李少君

寒冬如期而至,风霜沾染衣裳
清冷的疏影勾勒山之肃静轮廓
万物无所事事,也无所期盼

我亦如此,每日里宅在家中
饮茶读诗,也没别的消遣
看三两小雀在窗外枯枝上跳跃
但我啊,从来就安于现状
也从不担心被世间忽略存在感

偶尔,我也暗藏一丁点小秘密
比如,若可选择,我愿意成为西山
这个北京冬天里最清静无为的隐修士
端坐一方,静候每一位前来探访的友人
让他们感到冒着风寒专程赶来是值得的

和父亲种树

霍香结

你们这里。父亲隔着酒杯和锅跟我说。

现在。隔着坑凼和一堆土
花了一个上午。我们培养的交集。
还得半天才能让它恢复平静
使我们更加陌生的是我们对事物的见解
他从小栽培的小树。现在也成了父亲
他背着他的孙子。这小犊子在他背上
已经熟得像一只跳跃的山雀
时常我只是走在他的某一侧。空手。
这让我更像儿子
有时他伸出那只管教过我的手
他那死不听话的孙子。不带贵的孙子。久久没有落下
他的疼。他的爱。隔着两个身体
父亲说你们这里。我说我们那里
他说的就是我们那里。他说的是我的内在
我的怀念。让我发芽的家
自从我离开。我从未轻易说出的
那里是我们共有的。父亲！
但他说你们这里。这里不是他的。这里不可嫁接
不可孕育。隔着一种寥落
他在电视上寻找到与他姓氏相同的族人
我才想起父亲是个猎人
他跳过河面上的石头。像於菟离我们而去
母亲追到河中。捡起石头。想他死
被扔在河滩上的我们。看到一个蠕动着枪影
从家逃跑的男人。这不需要翻译
一个热爱狗。猎场。追击。出发的男人
他就那样活在我的心里。永远没有年龄

隔着这棵小树。我听他的本地见解
这么久以来它才变成一种语言。每一见解
都引导着事局的走势。包括这院子
这个春天将有的姿色。那些培养螯合物。微生物
助长根须的植物荷尔蒙药剂都被当作
对本地经验的违抗而加以扬弃
他谈着他的家。我说着我的家
说着一个月后将从这棵树上分泌出的樱桃
左边那枝可以嫁接油桃
右边这枝可以嫁接山杏。而多余的
将被剪掉

往贤与风景

清　平

三四种木料,更多未尝有过的谈话。
风将自己一次次吹走,为了让我此刻
想象十几个人在他们的夏花园里飘忽,
是面前这一片柳枝的回忆。

很多颜色像劣质酒和姑娘
忽然就融合在一起——七彩皆白。
后来白也没有了踪迹。后来,
颜色中出现了我自己。

伟大的表情渐有损缺,像是

一部巨著终于等来撕页。
风景无处不在地从云端飞起，
与山川汇合在地下铁。

列车驶过暗道，车厢耀眼。
贤明制造者懒散地扮演着
被几千瓦灯光磨亮的少数。
不断的旅程，时时中断。

小说家的遗憾出现在史籍中，
颇似一段鼓舞的回忆。
远望盛夏，没有什么能写成篇章：
挥汗的人影皆聚成耳畔的风凉。

耳 语

蔡劲松

不必担心　山间的明月
是否消逝在丛林中
一些绿色开始发黄
一些时光也被岩壁攀上

不必担心　远空的鸿雁
是否执著地盘旋
满怀的思绪在翱翔中
愈合犀利的言辞

不必担心　辽阔的诗意
是否栖居于孤寂之灵
耳旁传来的琴弦声
埋藏在静谧的植被里

不必担心　生命的容颜
是否被亲人铭记
在有限与无限之间
陷于深思　永不相忘

天边的白马

曹宇翔

远远地向我们倾注,白马
天边的白马,青青草原
传说的森林,这是早晨还是黄昏
淡淡远山平静柔和
湛蓝的天空悬挂头顶
白马,两匹嬉戏的白马闪耀

我也把你们称作兄弟
当放下劳累不堪的满把鸡毛
解下梦魇佩戴的黄金
认出故人的大地
年年相似的春风
数一数,我们还剩多少力气

永不归来的事物
任双手伸出想象之外
生命之外,也不可触及

现在我也把你们称作兄弟
雪白之马,飘忽之影
映着拥挤的人群凄惶的面容
什么能帮助走出心灵之窘
不可触及啊,红尘深处
谁能眺望一眼,享受一生

远远地向我们倾注,白马
我,我们,止住了孤单脚步
好汉,过客,久经跌打的人们
这时我们摘下各式面具
朝向滚滚而去的年华
迎面而来的岁月
这时,我们不妨一哭

伟大的人类吹着口哨远征
天边的白马,像一个丢失之梦

周 年

叶 美

雾气消散的一天

冬天就在体内消失
有人已不再年轻,但也没更老
窗外的楼群每天固定着自己的形状,
一些脚步进进出出
一些树木站立着,和人一样
有风时摇动,无风时发呆
这些风景并非什么也不表达
并非只是一种灰色和冷漠的存在
海口没有索菲亚,没有栖息塔尖的鸽群
并非聊胜于无
南北之差并非是来自气候
一定在某个夜晚
一个辽远的她就会来
夜晚的双人床像停电一样通体明亮
日子在身上重新发芽
它会叫人别管童年
宽恕过去青春的无知和罪
向前,宽恕降生
再向前,去赞扬万物里的永生。

坏蛋健身房

戴潍娜

你每天睡在自己洁白的骨骼上
你每天睡在你日益坍塌的城邦

对什么都认真就是对感情不认真
对什么都负责就是对男人不负责
餐前用钞票洗手,寝前就诽谤淋浴
你梦醒,从泥地里抬身
你更衣,穿上可怕思想
你读书,与镜中人接吻
你劳作,渴望住进监狱
你生育,生存莫过复制自己
罪恶也莫过复制自己

你拜托自己一觉到死
身体里的子民前赴后继
那个字典里走出的规矩人
那些世世代代供养你的细胞
一天不强行苦练
后天长出的坏蛋肌肉就要萎缩
瞧瞧这身无处投奔的爱娇

去他们斤斤计较的善良
还有金碧辉煌的空无
你想用尽你的孤独

两　对

张　杭

就像一次平常的外出,爸爸妈妈领着我

即便松开手，也一定在我咫尺身后
让我能不经意忘记他们，而专注什么
突然，我像一个走失又找到的孩子那样
向前奔跑，穿过美术馆那样的
当年还很少有车的灰色街道
我看见，我的父母就站在街的对面
像屏蔽了声音似的，向我呼喊
啊，我跑向他们，我将穿过一个界限
另一个世界的他们，在那岸边召唤
像濒临力竭的泅渡者向绝望回头
我看见他们还站在后方，原地没动
我像掉进拐骗小孩的故事里那样惶恐
——两对，都是我的父母
就像两次用不同的洗衣液洗出
一对新得像刚从舅舅的婚礼回来
一对灰暗如在记忆的雨中
当我再次回头，我几乎不能同时看到他们
就像两个世界以其平面的假象拼合在一起
我是怎样偶然到达宇宙神奇的拐弯？
就像到达生与死的界限
这个梦很多年我都会想起，就像
那时妈妈总做我被拐走的梦
那样惊悸，或更可怕一些，就像
我听母亲说起，她曾为我如此焦虑

理发师素描

陈迟恩

他叼着香烟，横过马路时
头扭向前方；他在街的拐角
大声开着玩笑；他把头发
染成各种颜色，和同伴
站在店门口招引顾客
赏识手艺；他蹲在大树下，
打着电话，谈着心事；他
长途跋涉只为行一次方便；
他疲倦时，背靠寺院掉漆的
红门，靠着同伴，耷拉着脑袋。

自我抢救

刘年久

为了飞翔，他每日虚构生活
仿佛如此才能抵挡一阵婴儿的啼哭
假面的人，扮演着真实的角色
那些突然的冒犯，并非始于游戏
而生活中的多个父亲将轮流登场
你很难出轨，逃出那种掌握
沿着重力的惯性，总是有人想把自己甩出去

先后撤一大步,再缓慢地复位
仿佛剥夺在恰当的时候变成赠予
糟糕的是,在挫折的另一面羽翼下
悲伤成了一种有吸引力的事物
像星星的对应物,寄生在天空的身体
你很难抽走这根铁芯,当它长进肉里
即使是诗人,也羞愧于落泪

抒情:打滚与流血

吴立松

早晨,我走上头顶
从未走过的天桥
附近是天景胡同
83 路车站有我要去的地方

尽管两岸遮蔽
我依然在狭窄的缝隙里
看见地表两端向下降落
疲惫的日光或说疲惫的太阳
虚弱地照射在我的脸庞

我在一面镜子前停下来
它摆靠路边一棵树干
镜前的铁丝架子、靠背椅
宣示某种生活的在场

仿佛这就是我高贵的窗台
无名的树花纷撒在眼前
多么平静的一幕
我忘记了刚刚送走的人。你究竟是谁

街 灯

陈家坪

暮色在雕刻街灯,经过上一个世纪的美食街。
那时,饥饿还闪着太阳的光,
我仍在乡村彷徨,倾听远方的召唤,
幻想的未来是人的倒影。
今天,车辆绕着大街奔跑,
在落日与地平线之间,人们闭上了眼睛。
我知道,有一个真理在沉睡中把我模仿,
当我醒来,只有黎明在微笑,
我经过的,仿佛是一场遗忘,
在你的叫声中获取了从前的名字。
我突然想哭,像早已记不清哭什么那样,
肯定世界在我离开以后会回过头来打量。
而此刻,繁星已布满苍穹,
再也无法置身旷野的宁静,
永不能理解时代对于一个人的安排,
因为我的生活并不是一个人的生活。

开往雪国的列车

邓荣成

最后一张照片。依偎在七百岁的巨大面包树前
热带阳光斑驳地穿过枝杈,疏疏朗朗地打在我们脸上
往左拐,繁忙的港口与每天不动声色的日常
往右拐,贝齐布卡河融进波涛汹涌的印度洋
从时光的鞘里拔出愤怒的龙泉宝剑,去砍断宽阔的贝齐布卡河?
怎样的妄想呵。甜美的寂夜如何静止或回流
面包树和日子定格在此刻?时光之轮怎能静止如初
哪怕,它是精瘦的码头仔最搞笑的手驱动
最后一次曝光,最后的晚餐。我们成为这个岛屿的亡灵
机票在你柔软的手中。生命华章与喑哑的分水岭

你的笑靥如花。我们的悲伤逆流成河
树反复摆弄拍照的姿势。灵魂搭上一列前往大兴安岭的列车
载着我们杀出熙攘,越过印度洋、武夷山、里下河和太阳岛
建造一所被凛冽所包裹,内心却温暖如春的房子
在苍莽的林海里与孤独的冰碴儿为伍,与伐木工随意地聊天

采摘榛蘑、木耳、人参，把玩松子、鹿茸、刺老芽
放开喉咙做最自由的颂者，去歌唱我们的童话。

岛国的热度令人心痛。炎热炙烤下的情感与幻变相
　生相恋
内心的列车呼啸而过，驶往遥远的大兴安岭
有冷凛的西伯利亚寒流雕刻我们的脸
北风剔除一切杂质。把我们埋进森林和寒意
永恒地冰冻晶莹如玉的爱情
这是最温暖的寒冷。哪怕它是生命的不归之旅

塞瓦斯托波尔的白天鹅

陆　健

塞瓦斯托波尔的白天鹅
在飞，我看见它背上的那朵祥云
那云虽然离人群很远
或许越来越远，可是你看它
飞得多么执拗多么美

那久远的要塞，已把
硝烟吸回到肺部
早晨的风翻开托尔斯泰的书页

禅诗选

邱华栋

1. 佛陀拈花,迦叶微笑
　　那朵花在哪里

2. 碰到茶喝茶
　　遇到饭吃饭

8. 见山,是山,见山,不是山,又是山
　　又不是山,不是山,还是山
　　到底还是不是山?

10. 强风吹起时
　　飞得最高的,是垃圾

17. 花开不是为了招引蝴蝶
　　蝴蝶本意也不是为了寻花

20. 世间什么东西最贵?
　　死猫头。
　　为什么?
　　无人出价

34. 天是天,地是地
　　壶中日月长

35. 我坐在昆仑山顶

天上白云飘

68. 问：什么是佛法真谛？

答：大米多少钱一斤？

95. 脑袋在哪儿？

在自己身上

感恩节

童 蔚

就是神出现了
我的心脏也不会多跳一下
但只需一根蜡烛，我的心
就融化了

对感恩怀有感动，依然是十一月的冰凉！

这时若是热带下雨了
也不过就是
给太阳洗洗脸

……

就是神不出现

我的心也不会少跳一下
但只需点亮那些蜡烛,我的心
就彻底融化了

非常轻易地占有了感恩节之外的领域
以怪诞的精力

这时若是飘雪了,冬季我们回忆
千万种抖颤的雪霁落满柔软的草地

这时幻觉
就集合起童年——凝望玻璃糖罐的闪光,
成群结队的雪孩子

就一起走向天边
排列到乌黑的云端之上
我若为他们而感恩

就点亮形而上的烛光。

移　交

潇　潇

深秋,露出满嘴假牙
像一个黄昏的老人
在镜中假眠

他暗地里
把一连串的错误与后悔
移交给冬天

把迟钝的耳朵和过敏的鼻子
移交给医学
把缺心少肺的时代
移交给诗歌

把过去的阴影和磨难
移交给伤痕
把破碎的生活
移交给我

记忆,一些思想的皮屑
落了下来
这钻石中深藏的影子
像光阴漏尽的小虫

密密麻麻的,死亡
是一堂必修课
早晚会来敲门

深秋,这铁了心的老人
从镜中醒来,握着
死的把柄
将收割谁的皮肤和头颅

重　庆

在太阳没来临前

丁正耕

在太阳还没有来临前
我奔驰在沿海高速
由东向西
通往深圳宝安机场
然后　在昆明转机

万象还在昆明的前面
从子时　到寅刻
发动机的轰鸣　炸开昨夜坚厚的云层让太阳轻松地
　升起

海的面有无限的晨光
在清新的空气中飘过窗前
飞行的时间召唤着
没法去领略奔跑的风景

播音器发出　登机了
最后一名丁姓的乘客
请结束诗的速写
这个时代不要诗与美德

只要黄金般的美丽。

猫

何房子

前方那只黑猫，警觉而不怀好意
它蹲在布艺沙发的阴影里
它就是阴影
它在给黑夜定义
悬崖站立，瀑布响彻通宵

它缓慢挪动，河流不安地流淌
直到一场大雨越来越大
你几乎无法理解一只猫的孤独
“多少人的哭泣可以连接起
废品广场和轰鸣的吊车”
猫缩成一团，确信有些事正在发生

从窗外跑来的闪电
闪过猫的尾巴，这短暂的光
掉进了它黑色的毛发
经过无数的转折，坐实了
忧郁症和气候有关，颤栗的枣树
像人一样胃疼
像猫一样，收紧尾巴，缩成一团

猫要尝试一下自我慰藉
细碎的、交叉的猫步，独幕剧的
序曲和终点，多少萍水相逢被省略了
它来来回回，沿着沙发的边缘
确信舞台是空的
确信所有的门都上锁了
唯有半推半就的黑夜无限伸展

下浩街的最后时光

李海洲

一切都是这样，还没有开始告别
就准备着离开。左邻的狗给右舍的猫梳妆
豆花鲫鱼和玫瑰糕泪眼相望。
这旧地球即将成为标本，推土机的齿轮
就要让时代入土为安，或者化蝶成茧。
什么是茧？是自缚的经济
还是伪文艺的扮相？或者是清凉的记忆里
街檐两边小雨敲窗的咳嗽。

全世界都在怀旧，包括长江的涛声、
枕着涛声入睡的山川。下浩街寂寥漫长
那树荫可以装下一生
乔木挺拔扶疏，苦楝花拂落青砖上
他们会有明天吗？或者迁移到另外的星球？
庭院里，临窗剪纸的小爱人旗袍绚烂

她的目光穿过狭窄起伏的巷陌
她有太多迷惘的心事，有秋收冬藏的远方。

是啊，记忆是最痛的
往事会和夜深人静的狗吠一起痛。
是啊，只有在流逝得太快的时候
才能一日看尽长安花，才能让内心的吊脚楼
成为殉道者的墓碑。已经开始了，
这坍塌，这古老，这溘然长逝的车站。
落叶覆盖的门扉前，两个老人想起旧时光
苍黄反复，只有他们终于白头到老。

去过国立音乐院旧址

刘清泉

这地方叫青木关。山谷的满目苍翠
正好是十座茅屋的保护色
在烽烟与炊烟之间，《康定情歌》《牧羊姑娘》
的美妙旋律，正从儿童玩具一样的小琴房里
飘出，飞向一个仓惶的世界……
上世纪四十年代，这地方叫国立音乐院
现在，这地方叫旧址
旧址上立着一块碑，碑上有“小蝌蚪”跃跃欲飞
一个多么醒目的符号！
行色匆匆的人，脚步兴许有所起伏
至于停留，恐可遇而不可求

你置身于此
除了音乐,除了歌唱与演奏
还能想起些什么
唉,越来越宽敞的路面,还有谁
与你一起奔走?
应该还有时光吧,时光来到了冬令
你就是一个余温尚存的快递包裹

作为诗人的邱正伦

邱正伦

作为诗人
邱正伦比我纯粹
比如执著热爱春天
热爱花开的时间

春天的时光开得很耀眼
也一点不碍事
让花蕾自然打开
不要参加太多的会议
否则这个春天就会烂掉
让我们无法走进玲珑的花瓣
领会春天的意义

所以我喜欢作为一名诗人的邱正伦
而不是为生活焦躁不安的我

很显然,我的生活远远比不上
为诗歌迷醉的邱正伦

早上起来,我一边晨跑
邱正伦一边吟诗
背诵一些唐宋的经典诗篇也不错
但自己发誓不写古典诗词
更不投暴发户所好
为赋新词强说愁
做一篇诗词歌赋

再有,我每天负责接送儿子
然后督促儿子完成家庭作业
我的脾气暴躁,儿子劝我向诗人邱正伦学习
一起朗读经典,此刻内心的春天
就会灿若桃花,或许
这就是我和邱正伦的差距

其中的原因很简单
生活在这个无耻的时代
邱正伦依然热爱诗歌
并且一直坚持
我更多的时候为钱发愁
生活使我们俗气
作为诗人的邱正伦
迄今仍保持纯粹

你们所说的写作

吴向阳

在稿纸上放入一条河流
再放入一些散漫的流动和一些隔河相望

再放入一些船和一些彼岸
看着船上的人,看他们出发,看他们懊悔啊自责啊
也是挺好玩的

在河岸放入一些无用的物件
比如:夕阳,菜市的吵闹,或者年轻人的性爱
在天上放几朵白云,或晴或雨,由它们去吧

再放入一些温度,放入鸟在天上飞,人在地上走
这时,我已经在放入了我完整的一生

一群白鹤飞过江面

哑　铁

傍晚,我在临江的阳台上
看夕阳,看余晖与江水的小暧昧,
虚空中,暮色从四面山中慢慢升起,
绛紫色的私语,布满江面

一直从下游传到上游。一群白鹤
贴紧江面缓缓飞行,不断扔掉
季节黏稠的谵妄,和下游暗绿的敌意。

生命的重力在暗处,
藏在伤口深处的暗物质,看起来
像黑夜漫过山谷时的毫不经意。
这些小小的白色纸片,
黏在江水的画布上,类似于
夜空虚设的一个陷阱,
与满天星斗遥相呼应。

表　达

姚　彬

我一直在害怕,咫尺的距离像见不得人的风景
有勇无谋,纸上谈兵,痴心妄想,我的每一寸心灵率领一片肉体在征战
我错了,万丈深渊是我最基本的选择,像是在重复云中的人生
一丝不苟的错误,好像在复习一段分赃不均的光明
好多天,我几乎就顺从了胆小是一种美德,
美丽绕着圈子,红叶都成了秋风的知己
好多天,我只能在文字中没规没矩地拉着你的袖子
扯着鲜艳的大旗,飘荡着将革命进行到底的勇气
还是偃旗息鼓了,遮掩的真相还没闪亮就已暗淡

梨花带雨的美人，我是少有的良人，也是自己的叛徒
只有我，是自己的污点证人，才能被无罪释放
在秋风中，享受中年熬制的孤独，成为一个不会失败
　的人

画　虾

李尚朝

从墨洗开始，再上笔尖
就长了胡须，长了尾扇
于淡墨中游出来
好，浓淡之中，点到为止，
再透明就是纸了

落下红印，那是你熟透的颜色
但我不吃你，让你在镜心
一动不动，如果累了
也可以游一游，但先生说了
一旦墨迹干透
就不许游出边框

福 建

重阳，忆父亲

安 琪

跌跌撞撞
尽力平衡滚烫的方便面
往我的铺位走去
短暂的几步路
我竟然看到了我的父亲
他坐在那里
手上夹着香烟
永远也不想放下
他坐在那里
眯着黄氏家族
代代相传的小眼睛
他坐在那里
脸上没有一根皱纹
表情舒心、惬意
我的玩心甚重的父亲
其实并没有走过多少地
这一生他困守漳州
近乎足不出户
这一生
他和母亲怄气

争吵
闹着闹着
就与世长辞
就永垂不朽
在我身上
如今他跟着我一次次外出
当他诗兴大发时
我就写诗

露珠项链

巴　客

那抖落我的疼痛的
你的夜——

挥霍不完颤动的光线和语词的灯塔，
却几无可能递给你一片海，
让鱼群看见北方；

而酗酒的双手放走了北斗七星，
究竟哪一种禁忌能融于血?

那些败北的马拯救蓝色，
那些泪回归你怀里的火焰。
风吹过,水的声音如何印证峰回路转。

我的身上：醒着你的夜。

夫复何求

程剑平

骑上一辆破旧的电动车
开足马力进山打水
后座，坐着我老伴

不似年轻的时候
搂紧我后腰。她说：
好多年没去仙姑庙了

年轻的时候，是她
引导我进山入庙
打破一眼泉井的平静

后来，我独来独往
三十年里听一只莺歌
冲泡一壶酽茶

又是一年春天的开头
今天，我要像第一次那样
不把水桶灌满，让它晃荡

载着来了例假的老伴
一路晃荡回家——

我想,这是一首诗

秋　风

顾　北

两个人走在山道
一个在前
一个在后
似乎没有什么目的

两个人走在山道
肩并肩
慢慢往前走着
要把自己送到青松茂密的
　山顶

秋风来临之前
他们俩一前一后
过了秋风
他们就慢慢走成了一个

50 后的树林

还　非

整一代的树与林,挤挤挨挨,向上长
这树枝,比别的树枝要粗,更蛮横些

那细一点的，甘愿服输，弯个身，往左边绕过
给自己扮鬼脸："我在这儿！"
太阳，公平分配，角落无阴影
我个子瘦小，天性怯，但也会坏脾气地斜横一枝
直到上星期，还将向石桌俯冲来的一枝，折断了
但自己又于伤口分叉处
新造出三公分长的植物句子来
总会有一枝，似乎天性太过分，性感，妖媚
每天妨碍人平心静气，将之扭到别枝丛里去
但不过数日，又转过身来，随风摇荡
这是高度听命服从的绿色集体
在院子里，我打理枯枝败叶，记忆的模型
三月霏霏，地上冒芽苗，似乎太过密
它们有准备，商量着，枯萎，死去
才冒出大地一周时间，探个脑儿，便离去
这并非竞争，阳光顾不上那一小片的公平
所有树叶、枝干、根苗，都接受分配公律与比例
一天，绰号傻瓜的堂弟，突然闯进来
"哥，你想心事！"我一不留神，忘了个量词：
一带森林，一座，一片吗？或者是
一条朝着巴掌大空隙蜿蜒而上的树枝
挣脱掉写作羁绊。"瞧那天上！"我应答

图书馆前

康　城

他不会像其他人

顺着下山的坡度轻快回家
他先在台阶上站立

傍晚最后的红色
马上就会消失
明天,不再是这样的云、光线

下了台阶,他也不急着骑车
凤凰树叶子失去光鲜
塔松还是那副愚蠢的柱状
那么多叶子焦灼

而后,车子在广场绕了两圈
重新支起在馆前
他从口袋里掏出烟
点燃,吸了一口,呼出
片刻的停顿
仅是因为人迹将散
渐渐显出空旷的广场

世界上不可能有十种雨露

卢　辉

世界上不可能有十种雨露
能在黑夜里摸到你的一盏灯
足够了

我在灯下拼命写字，做人，削尖笔头
不知道这人间要写上多少字
才能凑够
八千里路云和月

一路飞奔或蜗行都是小事
秋夜多深尚且有露，有人挑灯兼程
一滴雨
满地霜

拉　车

蔡长兴

生活中的一些事物，总让人生疼
比如手推车上运载的黄豆、地瓜与汗水
回家时，母亲在车后头，我在前头
我们把身体倾向落日的方向
一条绳子拉紧我和母亲的距离
在半坡中，我们总是一动不动
把对彼此的爱狠狠咬住
总以为，是我体内的洪荒之力一次次
挽救了车子和母亲
直到很久以后
我肩上那条绳子，仍紧紧勒在胸口
这一次，我一个人推着一辆车上坡
面对越来越重的压迫，我只能

一次次不情愿地，把头压下来
我知道，以这样的姿势前进
在倔强的母亲看来
何尝不是一种后退

错　觉

曾　宏

从墙上的花朵中看见老虎
从老虎身上看到
更多的花朵
它们摇晃奔驰在我的世界
在确定中不确定地生活

对于久远的事物
我是个近视者
可如今我已活成老花眼
两者兼而抵消
一直纠偏着颠倒的岁月

墙上的老虎藏在花朵里
不可知埋伏在道路中
然而我要用我的
近视和老花眼
把整个星球看成一团花朵

河流之上

林秀美

深秋或盛夏已不重要　重要的是
你的十指上养着一片葱郁的森林
手掌上流着几条清澈的溪
绶溪　木兰溪
一群鸟　多像我们
叽叽喳喳
行走在这条河流上
在两岸的荔枝林里
乘着小船挨家挨户地叫

有些许的风
在森林的缝隙里流过
有大片的荔枝林
沿岸绿下去
有星星般的果子
沿岸坠下去
有不停的水
沿着生命的脉络流动

河流是你
无缘无故来临的
不仅仅是风

无缘无故的爱
需要天空的胸怀
一次一次空出自己
绥溪的天空
空出释然和不解
南方那颗红色的果子
如何与北方的玉环相扣

听风　听风
听到它静止
我知道风的爱
无边无际　我知道
拒绝珍珠的勇气
一定来自这家乡的风
抒情　悲壮带着
莆阳的尊严和力量

缓缓地穿过绥溪
一只白鹭
静静地站在枝头
脚下是葱茏的绿和耀眼的果
我多想是那只白鹭
不　我更希望那是莆阳的小采萍
站在爱人的肩膀上
眺望幸福的尘埃和流水的春秋

潜逃的总统

鲁　元

步下舷梯那刻，他遭遇
前列腺炎的狙击，暗喜像被截肢
礼貌的保镖如狼似虎
仅对丛林的行尸走肉具有些微的震慑力
以吃人为耻，风格，偏重于中国的宋朝

那些谦恭的妇女，握一握她们伸出的手——
在街道上漫步，接孩子回家。其柔软
也只有国家一级演员可比
国家确如小鱼，想当年无师自通
却在选择平底锅的品牌上露了点怯

还有三吨的货币，一百零四双鞋，和
取名“智慧”的它，一时抛在意识之外
回来的是儿时的土话：尿滴；如烟圈自娱
下半夜上床的政治宠物
被他锋利的双腿割断头颅

清　明

颜　非

鸟叫得像个悲戚的怨妇，羽毛逐渐剥落

事实上是雨在下,而我是那座水土流失的丘陵
裸露着荒芜,被雨水带走身体的一部分
这和日子在流逝一样,只不过时间
会在肉体上刻出衰老,它最终就是要毁灭我
一座粗糙的山头。这没什么,我说过
这是一场小小的疾病,我只是觉得有点累了
想让大雨带着我的身体到异乡走走而已

你见过鱼刀开花么

叶逢平

这大概是真的吧
一把鱼刀在墙上开了花,生锈的花
它看不起自己,低挂于墙上
——讨海人也蹲在码头,放下鱼刀,佛一般

潮起,潮落——
一座大海千万朵浪花一字高开,有岸,没有墙
刀刃上是鱼,刀背上是鱼,哪能没有一条鱼
鱼刀爱着自己,其实就是杀鱼,杀鱼
从另类的生命里杀出生活

就是鱼刀,从鱼的世界杀出血路
风起,云涌……它开了花,生锈的花
它认定无力对抗,将自己交给了墙上的时间
——我家的鱼刀不再杀生了。就是这样
它活了下来,佛一般

甘　肃

转　场

——赠恩克哈达

古　马

我们要去的地方
白唇鹿的嘴唇碰到阳光的苔草
石缝里的清水就像它回头张望的眼睛
四周或有树影一短一长
北山的云鱼化草草化虎豹变幻莫测

我们要去的地方
雨水嫩绿沙葱长势正好
圣主成吉思汗的眼睛
泉眼之眼　北斗以北
我们要去的地方要走上九天九夜

驮上帐房茶炊赶上羊群
转场前还有些事必须办完
马头琴琴柱断了琴箱破了
那双穿过很久的靴子底儿掉了
昨夜煮滚奶茶煮罢羊肉的火
已经灭了灰已经冷了
还有我们的不如意和难堪

要一一埋藏,干净的沙土埋藏深一些
让来年春风吹绿这挂念的地方

好了
我们要去的地方还有很远的路程
要骑上马,牵上骆驼
让一只欢实的细犬蹿到前面
只是你别忘了
带着清晨的口哨
只是你别忘了
吹起夜里的口哨

秋　意

阿　信

虎的纹身被深度模仿。
虎的缓慢步幅,正在丈量高原黑色国土。
虎不经意的一瞥,让深林洞穴中藏匿的
一堆白色骨殖遭遇电击。
行径之处,野菊、青冈、桤木、
红桦、三角枫……被依次点燃。
当它涉过碧溪,
柔软的腰腹,触及
微凉的水皮。
我暗感心惊,在山下
一座寺院打坐——

克制自己，止息万虑，放弃雄心
随时准备接受
那隐隐迫近的风霜。

在塔尔寺

贾　莹

塔尔寺，一张白纸上的起誓——
一束野草从地砖下探询前世。

塔尔寺的，酥油盛典，前仆行礼。
经幡起舞，落日托举着黄金之城。

塔尔寺，十万狮子吼——
坐落的大神。籍贯湟中县。

塔尔寺的，背影和一次经轮的转动。
木椽下的壁画。一个油汪汪的喇嘛。

塔尔寺，显宗或密宗的学堂，
藏掖着宫殿或平顶的经房。

春天的时候，法号齐鸣，
普降天文和医学的锦囊。

塔尔寺，斡旋着牦牛和羔羊的河流

唐卡图腾。跏趺诵经。白塔守护。

从记事起,高原的蓝色就给了青海,
勾边、白描着塔尔寺的今生。

还有,太阳怀抱里的高原雪域,
她像塔尔寺,身披的哈达丝绸。

这还不是塔尔寺的全部卷轴——
有些念诵,只能在秋天的时候。

冈仁波齐

梁积林

一头牦牛把一只角插进一个岩缝
和山角力
一朵黄花边是一墩狼毒
更多的是马莲骨朵

老鹰巨大
像是一架盘旋着要降落的飞机
除了活着,
还有死亡的气息

四千多米,下面的水
也就像是那谁刚才激动时的一滴眼泪

当然还有爱我和我爱的人
还有我心中永远不能说出的怀念

我想把绝壁上攀岩的一只羚羊分享给谁
我心里一直念着冈仁波齐、冈仁波齐
我的身体就是天地之间独响的
一只皮鼓

雪很白
冈仁波齐颤栗着
雪崩一样的爱

占　卜

人　邻

深夜，独自
左手抛起、落下三枚铜钱，
这是命定；右手抛起、落下的，
也是。

今夜，抛起、落下的铜钱，
只是抛起、落下——
凡命定的，不看也罢。

但还是不，不，夜深，久久不寐，
还是起身触摸，

那看不见、看不见的
宿命的凹凸。

转身，安睡。

——月从今夜白，今夜，白也不白。

在山上

吕建军

堡子静如废弃的铁石
模糊的轮廓里长满了蒿草

只有风
像迷途的飞鸟制造着各种吼声
这些烂掉的灰烬
埋葬着旧时光，埋葬着铁蹄和马嘶

唯有山堡演绎人间深处的悲伤
孤独，甚至绝情
像一个人阻塞在咽喉里的火焰

我帮不了什么
我赶着牛羊下山的时候
万物依然亮着粗壮的炊烟

想起天池

小　米

枯坐的一刻，突然想起一处水泊——那是
家乡的天池。
我几乎每年都去看望它一次。
每年都在池边走走、看看，在它身边的林子里
坐下来，形同野草，体验树下的荫凉。
乘不乘游船倒在其次。
我只要见见深蓝即可，看看白云即可，
在水边享用一次风的爱抚，亦无任何不可。
天池藏在深山荒野中，已足够大，却不著名，
——这很好。我知道爱它的人
明白它；懂它的人，会爱上它。
池水极深，深到无法测量，还清澈，
从未浑浊过。在岸边，我看见它
把东岸的波纹，非得传达到西岸，
把南岸的感动非得送到北岸才罢休。
但它不把内心的崎岖、艰难，拿到水面上来。
我看见水面比镜子还平、比玻璃更平，
岁月、创伤，在它的脸上，了然无痕。

酒　馆

树　贤

在街角的酒馆，被夜色推搡的人聚在一起
清唱的民谣，一双双痴醉的耳朵

在灯光中跳动，沙发与身体碰撞
脑袋里充斥着莫名的符号，颅腔内部沸腾

这里有周云蓬的眼睛，有另外一个人的诗歌
还有绝望、悲哀，有神圣的生命在掌纹里流淌

月亮就要从东方升起，将要从窗子穿进
我坐在这里等待那一束清凉注入酒杯

全都准备好了
万物沉默的季节，北方将要大雪

没有人尖叫、愤怒，剩下遗忘
剩下一个人开始在食指与中指之间触摸心事

怀　想

叶　舟

那时候　月亮还朴素　像一块

古老的银子　不吭不响　静待黄昏

那时候的野兽　还有牙齿　微小的
暴力　只用于守住疆土　丰衣足食

那时候　天空麇集了凤凰和鲲鹏
让书生们泪流不止　写光了世上的纸

那时候的大地　只长一种香草
名曰君子　有的入史　有的凋零

那时候　铁马秋风　河西一带的
炊烟饱满　仿如一匹广阔的丝绸

那时候的汉家宫阙　少年刘彻
白衣胜雪　刚刚打开了一卷羊皮地图

那时候　黄河安澜　却也白发三千
一条伺伏的鲸鱼　用脊梁拱起了祁连

那时候还有关公与秦琼　亦有忠义
和然诺　事了拂衣去　一般不露痕迹

那时候　没有磨石　刀子一直闪光
拳头上可站人　胳膊上能跑马

那时候的路不长　足够走完一生

谁摸见了地平线　谁就在春天称王

已是化雪的年龄

西　棣

已是化雪的年龄
却走不到高处
太阳白白浪费了

低处让出高处
也让出低处
低处,已无处可去

在地上铺开大地
用来自天上的黑建立屋顶
用萤火虫的屁股引导它眼前的路

去十月的麦田里,寻找
父亲的遗迹
坚信那是全部种子死亡的艺术

做河,在死人的身上
默默地流动
流,也是白流

花只开一季

雨却终生在下
挡也挡不住，这就是命运

其实，我每一天都在死去
为的是让从未死过的人
去追，追他们追不上的落叶

广　东

素颜歌·51

梦亦非

我从西南群峰间下来，那年四月
野蔷薇点燃火车小站
绿色火车却像春天的尾音

我记得也曾向你说起
天亮时，火车停止颠簸
大海已铺开咸湿气息
但我看不见天边泡沫，它的翻卷

有如路基旁，那抽象的白花
它们香气猛烈
从速度中一再闪逝……

“如今我年华渐去，你也迟暮
在往事中对这午后山河”

是的，我反复说起那白色香气
（它们越来越近于虚无）
不是怀念海岸线上的春天
而是年轻时，那幽微的慰藉

夜色撩人

晓　音

隐匿已久的黄昏
把一些碎片撒在窗台上
光折叠出黑色,黑色里的白色
点缀在远处

那是今晚的月亮
虽然,只是半颗
也足以使北方奔跑的卡车
慢下来

而此时,北方
那些头顶蛇皮袋的人
如同背负着房屋移动的蜗牛
他们小心翼翼,连喘气的声音
都变得十分的模糊

以至于,在不算明亮的月光里
和所有的人一样
我对眼前正在发生的事
丧失了最基本的同情和怜悯

致半醒半睡中看到的一块蓝

王小妮

立在眼前的蓝
不属于人间,也不属于神间。
薄的,不是实物的实物
致密多棱角
任何外力都接近不了它。

伸手可得
比蓝宝石可靠得多
我想取下这携带密令的神秘符牌。

毫不留情的人间潜过来
夜晚的表针在跳
所有熟悉的都在复原。
我得回我的世界去
我得到那里藏好这件珍宝。

我要望一望远处

王大块

我要望一望远处
我要把眼前的骑行者连同他的共享单车一起推向

　天空
把他变成一个小黑点
变成湛蓝的天空上的瑕疵
天气晴朗
昨天的倾盆大雨,吞没人的恐惧,此刻全被晒化
压抑的氛围变得高阔
这还怎么好意思继续沉浸于身边的小蓝
我要目不转睛地注视极远的远处
一望无际的湛蓝
一个微不足道的骑行者在那里幸福地前进

出生地

冯　娜

人们总向我提起我的出生地
一个高寒的、山茶花和松林一样多的藏区
它教给我的藏语,我已经忘记
它教给我的高音,至今我还没有唱出
那音色,像坚实的松果一直埋在某处
夏天有麂子
冬天有火塘
当地人狩猎、采蜜、种植耐寒的苦荞
火葬,是我最熟悉的丧礼
我们不过问死神家里的事
也不过问星子落进深坳的事

他们教会我一些技艺，
是为了让我终生不去使用它们
我离开他们
是为了不让他们先离开我
他们还说，人应像火焰一样去爱
是为了灰烬不必复燃

钓 鱼

——给卡佛

舒丹丹

最好是深秋，十月的天空
清空了多余的云
穆尔斯河水涨起来了，鲑鱼肥美
我曾不止一次想象过这样的情景
你穿着长靴，扛一根钓鱼竿
走向丰沛的河流上游
而我走在你的身后
那轻轻掸过你脚跟的秋天的衰草
也掸在我的腿上

我愿意为你拎一只小桶
桶里装着鱼漂和褐色的钓饵
我不会忘记带上你喜欢的里丁酱油
鲜美的银鲑，只需用松枝点燃的野火
稍稍炙烤，配上酱油和自家的小土豆

就是至味：最好的东西都是朴素
而天真的，你说，和写诗一样

秋风拂过，我们并排坐在河岸上
有时各自回忆着什么，有时
什么也不说——我们深知
无法钓起任何一条过往之鱼
也不能期待流向未来的河水
为我们分秒停留。我们只是凝视着
河水深处，等待一条莫须有的鲑鱼
从时间之河此刻的漩涡中高高跃起……

栖身于虚无的枝头上

蒋志武

向秋天的树木发言，为果实加冕
肥胖的东西在秋季完整集结
一只晚归的灰鸟寻找我的命运
虚无，让我从光秃的树枝上
寻觅激动，以及一种低垂

遵循现实隐秘的轨迹
投机者、农民，建筑工人
在集贸市场的墙后，相互威胁、争辩
唯有秋天的风从他们身边刮过
虚无漫过夜空

在一阵下沉的烟雾中,树枝秃顶
金器闪耀于手指间
我倾听梦中的村庄和诡异的城市
撞击,使我回到命运摆布的生活之巅
栖身于虚无的枝头上,树木苍凉
秋天,再没有什么力量让一座城市复活
乌鸦在粗糙的草丛中
将稻草抓得更紧了

红 樱 桃

鲁 子

我从两个黄鹂鸣翠柳,切入春天
看一行白鹭从水面跃起,并渐行渐远
滑向虚空,像盐溶于水,像白融入白
像现实化入梦境(而非梦境之门)
而在空中飞的除了鸟儿,还有风筝
以及随风飘散的一些姓名
它们有的像咳嗽,有的却注定像癌症
每天都有新的名字在诞生
你紧攥着线索,你和它们互相牵引
而这一切以你我之名行于世上的
终将消失,归化到那死亡的梦境中去
(何时醒来,等醒来之后再说)
问题在于,我们将从何处撤离?
从花未眠,从醒酒词,从一切的涉足

从你望我的眼神，从我五指松开后的远方？
风吹过，诉说一坡狗尾草的风烛残年
水面泛起的涟漪，又仿佛是上帝带来的思考
而我只愿在你午梦后叩门，带给你
一篓子土鸡蛋和红樱桃

那一点渔火

李　立

海中那一点渔火，突明突暗
像我小时候追捕着仓皇逃命的萤火虫

我偶然见过那一点渔火
在红树林深处阴暗的角落
一对穿着电子厂工装的年轻夫妇
以低于市场半价的超低音
兜售着刚刚捕获的惶恐
月亮读出了他们一脸的疲惫
和一叶弱不禁风的扁舟

深圳湾是一张镀金的名片
是禁渔区
执法队隆隆的汽笛常在附近侦巡
有时候我真想学习当年的革命群众
给辛酸的生活通风报信
不忍心里的那一点萤火虫

再次消失

夜读：魅惑

郑德宏

夜深了，
一只小兽，隐于
灯火。外面，江湖已远；
风拍打着窗叶。
你在房子里，
一只爪子，托腮。
一只爪子翻看
前朝的经书。
你思忖：十年功名
尘与土。还不如，
另一只小兽
来敲门。
此刻，一身温软如玉的兽皮，
一定比一座皇宫，
更抚慰人心。

彷徨者

赵目珍

彷徨者进入一些事物

他试图为自己重新构建一个
可以承受的肉身
可他的内心已经不明就里
他已在彷徨中失势

孤寂最终还要裹挟慌乱而来
他的彷徨变得无可挑剔
他专注于此
连一点分心的机会都没有
仿佛在经历一场突如其来的霜降
他随着抑制不住的暴风雨呜咽了

我突然觉得
这彷徨中有大美
这乃是人类之中最纯粹的彷徨
它落在我生命的橱窗里
虽然近乎残忍
但请不要介怀我言不由衷的说辞

星星的对谈

黄礼孩

傍晚,琥珀色的光线透出了不易觉察的绿
有什么在会晤,又有什么在凝神聆听
五月,锄草的声音像铅笔在纸上写下
动作比电线上的小鸟飞上飞下还麻利

母亲抖落泥土、枯叶,还有蝴蝶的骨头
所挑出的草将喂给远处劳作的老牛

多年后,隔年种植的菠萝园悬浮头上
时光对往日的生活场景怀着深意
而褪去颜色的风却带着忧郁醒来
在山穷水尽之处,蜜蜂留下它的翅膀
熄灭,又闪烁着天使的薄薄金色

黄昏的边界向后慢慢推远
夕阳为旷野颁布一天中最后的光
天上的云彩望着母亲
短暂的光消逝,那一闪念柔化着命运

今天像平常善忘的每一天,出神之际
冥想与怀念像一对星星的谈话
有些颤动,有些迫切

织　物

林馥娜

独自练习在一条贯穿人生的细线上
行走。而不摇摇晃晃

我用诗之线编织珀涅罗珀之织物
在解构与重建中接通你来临的时光隧道

孤独并不使我懊恼
潜于线团中的你不时探出头来

递给我一些瓦片
让我在茫茫人世打着梦想的水漂

当我以近于无的水花
打出最远的里程

出来吧,与我对坐
对着虚空,我说

当有一天我们告别

阮雪芳

秋天进入生命,
仍在燠热的回忆中。
我用麦田的眼睛观看,结冰之前,
河流的尽头涌动血液的声音。
我走过燕子的屋檐,
听见豆荚噼啪在时间的壳里。
一条大江升起,那里,
有我居住的城市,和敬重的世代。
天空谈论着昔日的飞鸟,
铁的飞翔接触一种相近的痛苦。
所有甜蜜来自成熟的大地,

如果我们，或者我，
仍然是一个命运的细节，当有一天我们告别，
是在让另外的事物来到。

写一首诗

辛 夷

尘埃不仅仅是尘埃，它是音乐
浮力中自在的部分。穿行人群
陈旧的事物焕发出陌生感

是可把握的世界，云彩天生的魔法
降临棉花糖，童年的风一夜间吹白少年头
石头与流水在内心不断进行拉锯

是夜黑风急，红烛高烧，聊斋的火
明灭，狐狸兴奋地朝午夜阳台的抽烟者
奔来。偏头疼与梦境在花香里相拥

是一个人在寂静里，马鸣风萧萧
月出惊山鸟。是他体内的黑暗浓烟滚滚
他向远处走去，喇嘛在他眼里看到往昔

不离人间。是一杯水藏起所有舌头的真相
水静止，尘飞扬。有人为不可复制的一日
哀伤。而次日，班车又会准点泊在酒店门口

你多次进入我的梦境

杨于军

没有明确的时间、地点
人物陆续出现
我把他们介绍给彼此
然后逃离现场

有时我们在旷野行走
其实是我看见你在旷野行走
杂草让我无法跟上你
而你仿佛在地面之上飘过
那些荆棘对你毫无伤害
有时我们在昏暗的店铺里说话
其实是我在听你说话
你生活的地方离我很远
我用心听讲,像期末考试前的学生
仍然不清楚你经历了什么

有时我们在一列古老的火车上
其实我只是给你送行
忘了在开车前下车
整个车厢座无虚席
不知幸运还是不幸,我没带行李

然后我们再次进入一家影院
并不知道电影的名字
电影票来自我们共同的朋友
回来的路上我们没有讨论情节
第一次如此靠近
让我无法专注银幕
——

更多时候你只是模糊地在窗外
或者镜子的背景中闪烁
见证我的每时每刻
我总是不知不觉地回头
望见你多年前的笑容

清　明

仲诗文

闻闻这院墙、榫眼、旧雨新枝
闻闻这井眼和笔直的炊烟

一年中最重要的时刻：爱，食物，味道
只要你专注，你就能得到

我们回来了，带着信念
在地面上，不停地敲打

——不能忍受的新绿,心跳,愿景
跳了出来。还有屋檐上,少许的清冷与寂静

那个跟我同姓的孩子,由好看的小母亲抱着
他长着乳牙,哭得肆无忌惮

与故去的人,在四月的下午
静静坐着,谈谈心意

失语的叶赛宁

布非步

他苍白的脸,映着红色手风琴的绝唱
在白银时代,像个独特而深刻的思想家

“与其说是一个人,倒不如说是世界
特意为了表达对一切生灵的爱和恻隐之心
而创造出的一个器官。”

那时,他 19 岁,把故乡的白桦、木屋、原野、狗吠等
统统带入彼得格勒。
而叶赛宁情调,与那些秘密组织无关,譬如
歌舞伎,譬如自由逃逸者

目睹被蹂躏的田野,异乡人喝下第三杯伏特加
他说:我要把这个恶趣味的世界的赞美诗
统统塞进欧罗巴的马桶!

而漫长的柔情毫无出路
俄罗斯啊,久病的饕餮之人
扯掉向日葵的头颅,掏出一个流氓的爱情。

念诗吧！念诗！

怀　想

陈会玲

一个人读一些文字太久
就想去见你。清晨沿着河岸向北
傍晚的落日把我逼回向南的屋子
或者登上一列绿皮火车,托腮看着窗外

唉,矛盾的风景,你已早于我描绘
你留下的一朵白云,正攀爬着时代的山腰
这缓慢中的力,把一行打滑的诗句
推向干燥的九十年代

二十年后,我突然听见你的嗓音

奥德修斯

蒙　晦

眼前的世界已拥有成熟的语法

修辞感到了必要的羞耻；
当形式那最强大的美学
退让于对内容的肤浅理解
散文,已经勾引了人类。
因为年轻人像老朽一样无视隐喻
却对佩涅洛佩的绯闻保有热心，
当上百个求婚者显然都相信
同一个谣言：奥德修斯的死
已成为语言的真实——
成为世界现在的样子,成为是其所是：
那些平铺直叙的街道和商店
没有面孔的背影,也没有幻觉和回忆
而在词语之内,我们已经开始流亡
谁读出,谁就永不归来。

冬 日

安 安

应该有着小小欢喜
应该是阳光下的某一朵
或者你期待的某一段
有着清晰明确的轮廓

临街的玻璃窗被洗刷得干净剔透
你能看到凤凰树依然翠绿
路上行人匆匆

会有某个熟悉的影像
描述你曾经来过的具体：

凌厉但必然
决绝但温存
像一只被宠溺过头的小母豹
站在高处攫取金黄
借助母性的柔软，抛出
一个又一个巨大的可能性

这个冬日
雨水恰好，花开无声

蓝　天

卢继平

当我带着箭伤
安慰另一些鸟儿的时候
当我的血
没有滴进它们的心
而是洒在它们身上的时候

当这一切
在浩渺的云中消散
告诉我，蓝天
我怎样爱我的同类

以及我的过错
怎样才能追回
前世的蛛丝鼠迹

前世的蛛丝鼠迹

吕贵品

我的记忆 我的梦中
有许多事件今生从没有发生

但我隐隐约约记得
有一块石头击中我的头颅
鲜血溅到窗上整个房间一片殷红

我在朦朦胧胧的梦中
看到一匹被剥了皮的野马
一路奔跑,一条血水的河流汹涌奔腾

总有一些蛛丝鼠迹
一次次暗示我前世的蹉跎和峥嵘

我肩头和膝盖各有一块胎记
形如弹孔
前世　我也许是绿林好汉
杯酒里荡漾着万柱烽烟咫尺剑影

我偶尔发出一声长啸
我的前世或是一条战獒巨犬
胸膛里卧伏着雷鸣般的狂吠之声

前世的风向我吹来
来生的脚步踏响我的躯壳
今日的生命正在击鼓鸣金烽烟正浓

每一次轮回都是一场战争
解脱才有和平

广　西

最后的夜晚

刘　春

十月的最后一个夜晚
我和妻子开车沿桂柳公路往南
赶去四百公里之外的乡下
见她父亲最后一面
天下着小雨,前路昏暗无边
对面车道上
偶尔有货车驶过
我在和妻子有一句没一句地说话
在雨中张皇前行
不知从什么时候开始
对面车辆越来越多
灯光闪得我眼角酸涩
妻子开始沉默
我的眼泪流了下来

越来越沉默

黄　芳

1
2016年10月31日

你离开了我
从此，我是一个没有父亲的孩子
从此
我开始在异乡的广场折叠影子
一只灰鸟频频到来
“灵魂的重量是 21 克。”
灰鸟缓慢地收起翅膀，长时间停在窗台
我和它对话，掂一掂
它的重量

2

上午 9 点 12 分
悲伤袭来
突兀，汹涌
灰鸟无枝可依，在低鸣
凌晨 12 点 8 分，悲伤
再次袭来
灰鸟一下又一下地拍打窗台——
“我恰好 21 克。我已经不再疼痛。”
这是唯一安慰

3

10 月 31 日像个蹒跚的影子
已经走了整整 6 个月
记得那个午后
我们把你送入故土深处
风吹幡动，不能回头

我们哭着跑着
不能回头
如今我越来越沉默
异乡广场上的影子在树下走过
如凉风在人间吹过

似负有深意

羽微微

树开花,结果。
远方的人
没有讯息
一只鸟儿飞过,飞得缓慢
似负有深意

但不肯倾斜翅膀
泄漏半点讯息
河水暴涨
水上的文字,漂浮不定

但井水平静
只肯在夜里倒映星光
若是游人饮水
也愿映出脸庞

但一下雨,井便远去。

雨停了。雨停后，万物清凉
清风有丝
缕缕拂在人面

我们谈谈

非　亚

我们谈谈，谈谈现在
谈谈手上面临的一个疙瘩，一个有关未来的绳结

谈谈怎么对付一条鳄鱼
一只疯狗
谈谈工作的不易，家庭，孩子，单位
谈谈一份收入

我们谈谈，谈谈以后将至的退休生活
一节火车
谈谈日子，一天又一天
谈谈升起的星辰
黄昏，拐杖
午夜泪珠般的星光

我们谈，面对着面
谈一切忧虑、快乐，谈以前的一次出行，孩子的一件
　趣事
一个还未去实现的计划

凳子，椅子，天花板上的灯具
还有下垂的窗帘
和一扇窗口，连同我们之间的空气
呼吸，尘埃
都一起加入了我们

我们谈谈，谈谈
视线连着目光，瓶子连着未知和犹豫
我们谈谈

在沙洲

陆辉艳

我扛着锄头，要挖开那些藤蔓
孩子们放学了，他们往沙洲奔跑
他们赶得上蒲公英飞的速度
我不停地锄草，儿子在身后不停地捡
他将那些露出根须的野草，又重新
栽种下去。“等到明年暑假，我们就能看到
一大片野草。”我停下来
一切都在自然中平衡地生长
从蓬蓬仓河吹来的风温润
我听到自己的心跳，它开始平和
我必须放弃种芝麻的打算

红蟹，红蟹

谢夷珊

夕光下，北流江的螃蟹成群结队
穿越一片荆棘丛生的水域
身体被染成红色，进入了捕蟹者说

它们窃窃私语，行进到月亮之上
梦想的彼岸，唤醒沉默的时光
手提红蟹的少年，回望哺育他的河流

今夜，捕捉红蟹的人早已远离
拥有红蟹的人，人生与河流一起沉浮
灵魂不会腐烂，秋风中显出寂寞

七月来信

祁十木

我记得我已离开了河州。来信，
可能源于那份承诺。在拉萨，一个额头出血的姑娘
跪在我面前："给我点钱，您会幸福的。"
那声音困住我。我仓促丢下一张绿色人民币，
她马上起身。"在七月，您将收到一封信。"

我离开拉萨，回到河州，今早又离开了这里。
母亲打来电话，说我走后有封信放在我桌上，
我从未见过它。或许我忘记了，我已习惯
忘记一些人，习惯继续闯入另外一些人。灯光闪烁，
将我拉回现实。此刻，我在这辆列车上

从九十年代开来的车，残存着一些老旧的漆，
我剥下一片又一片，证明我常在这坐着。
这些时间，我没有给任何一个人写诗，
也没有长久地沉默。我在想象一种惊喜，
那些兴奋的爱人，会送给我们什么

南行或北上。车要经过无数陌生的地方，
它极具耐心，赋予我往日的睡眠。但这是变相压迫，
我挣扎着渐渐苏醒。彻夜未眠的人，大概是半夜上的车
他洗手、上厕所，眼中布满血丝，像藏着一堆即将被淹没的蚂蚁。
我缓缓张口，想对这个陌生人诉说我的梦境

他忙着打理行装，吹着口哨："想听个故事吗？
一小时前，有个女人打开你的口袋，取走了一封信。
她说她是你的爱人，不想扰乱你的梦境。"我摸着口袋，
她是谁？为什么拿走？怎么会有信？当我说出"信"字时，
他悄然而逝。我敲着窗玻璃，自言自语："这才是梦？"

贵　州

流域·乌江系列

赵卫峰

此事古难全：一条河流的动静不必划分
它们关系如自在的山水，形影不离
人从彩虹桥上过，可见此岸
与彼岸同等，屋舍及群峦连绵，这些
稳重的固体，沉着，映照，灵秀之梦
总是，后浪推前浪。
用浪体现层次，这是一条河流自身
最明白的事情。旧的不去新的不来
当你用心，拥抱，那些逐水而居的传说
因深度而转换，和谐的姿势
少不了优美的弯曲，一条河流的隐秘
与趣味，可想而知——
自在的铜镜缀满蓝白碎花，谈笑风生
悠然之躯起伏如光影，恍悟：山重水复
能走的都是路；在路上
本身就是一种幸福，无论原地不动
或者远行，无论升降，或者沉浮
所谓悠久，是说如火如荼，得道多助？
一条以远行为使命的河流，逐步宽广
有理由容纳与过滤，擅长，和游子呼应

更能让一些远行者梦里湿身，尽情
浮想：我的来去其实不会阻碍她的持续
一条善解人意的河流，总会在重要时辰
送出那些久违的词语，比如：母亲

对金川梨花的几种修辞

李寂荡

一个唐朝诗人，借用你
比喻一场边塞的雪景
我却不想反过来
用雪来比喻你
我不会说，远山之巅还未消融的雪
是你开到了天上
也不想说你是沦落人间的云朵
另辟蹊径
说你是沿河奔跑的月光
似乎也无太大新意
就说你花开如潮，奔涌在大山间？

三月的大山，枯草未青
素面朝天，容颜枯槁
怀揣着黄金般的心事
我说，你就是沧桑群山的一片柔情

我说你是明眸善睐的女子

让浑浊的河流无颜面对
仓皇奔逃，不舍昼夜
我说你是无涯
的荒凉中，青春的喧哗

你的枝柯拂掠过
清朝的暮霭，民国的炊烟
你倾听过婴儿的叫啼
也目睹过婴儿变成老者逝去时的葬礼
终无一言。年复一年，春华，秋实

黑暗只属于命定的灯盏

南　鸥

没有月亮的中秋才是自己的中秋
这个夜晚的孤独，不会被月亮千里追踪
内心的黑暗原来只属于命定的灯盏
一万年前的缘分，正背着月亮悄悄赶来
你说另一种照耀从黑暗体内升起
我说灯盏也是另一种黑暗

原来，夜空只剩下两只眼睛
睫毛眨动的声音，收拾被肢解的时光
两只眼睛，守着永世的秘密
破碎也是另一种完整，黑夜卷动着
浩瀚的蜜。原来晨雾涂着暮色
灯盏与黑暗谁吞噬谁

有寄，革命者

钟　硕

1

"是的，我承认，革命者，
你的得失，是人类的得失。
我们是绝缘体，但我毫不悲观。"

2

你死因不明。这与臆想无关
你必然活得快捷
让自拟的角色控制，无需认出自己

是的，就该是这个样了
以人世间破不了的局，亲吻光阴的新模样
或旧习惯

3

泥土的寒意似有若无
风不大不小。我起身时
口袋里掉出一枚硬币。为了回应这寂静
它立刻拐了一个弯，站立不住地摇晃，在那条溪沟前
　倒下

灯烛熄灭后，你果然蹚了过去

4

你又在求证,你还想说明
虽然看不清那枚硬币的阴面和阳面
你仍会固执地经过那里。你和它多么相似啊
缥缈的烟尘下拼命行走
寻觅每一个曾经的足迹
沿一条梦话一般的小径,进入草坡深处

风中书

——给同

西　楚

我非良木,只是
躲在树林后面唱诗的看林人
借英雄的气节,追赶风声
我曾经拥有的四个亲人
太阳,命我仰望
石头,给我坚定的沉默
草地,让我得以安眠
泉眼,反复地令我面对自己
他们爱我,爱到绝望时
从我的荒芜里读出你
有时远,有时近
在不安分的骨头深处
迂回,奔突,呼啸多年
如今,我坐在年迈的山头

一次次与落日告别
转身面对人间,满怀空空
只剩下拥抱
我立于原野,等着你
席卷群山远去,偶尔回头
看我纷扬的白发
像一场久违的大雪

河

姚　辉

在瀑布上建造家园的人开始老去
他有虹的往事　有一把斧子薄薄的期待
有骨肉中　暗红的爱与追缅

他用一生守住了河奔涌的方向
他也曾经奔涌　携带巨大的石头
他跑过的春天烫伤苦乐　河
涌起焦渴的念头　他跑过的冬日
遍布祝福——

偶尔　他也把河搁在香案上
像搁一截起皱的苍穹　他举起风的旗帜
让河反复衰老　让河
沉入自己的吉祥

他曾用火的颧骨打制窗棂上的黄昏
瀑布磅礴　他的家园闪耀光芒
他曾用麦粒　装点种种姓氏以及安慰

而瀑布永不飘散　他的苦痛回声四伏
他按住瀑布张开的水势　用缄默
支起　鸟翅般旋转的屋脊

在瀑布上建造家园的人渐渐远去……

一 个 词

贾梦华

它在一个个 Z 字路口
等我们,我们看不到
也不知道有什么,在等
有时是灯火通明的海市蜃楼
有人招手,等我们招手
看不见人,太多
不真实的事物虚词
伪装我们的抒情
那些动词一动不动
原来它们,被做了手脚
不能动,而我们
要找下去,一直要等到
那个准确的词介入

海　南

水　花

衣米一

一个还没有老去的女人想死
她选择跳河
她跳了二次
第一次被同伴拉上岸
第二次才把自己淹死

河水接受了这个一心一意求死的人
并精心准备了
与她相匹配的水花
她一动不动时,水花就谢了

一点都看不出来
世上少了一个人,河底多了一具尸

回　声

江　非

他们很快就会给它们编上编号
为这些骸骨

为了能叫出它们新的名字

它们被重新复原
返回它们离去时的样子
颌骨放回原处,发出恐惧的叫声

脸上覆盖的泥,被仔细地扫掉
手指的一根骨节
也被从很远的地方找回

食物回到了腹中,饰物回到了身上
一整座花园,也被铲子小心翼翼地
完整地掘开

然而,工作只能到此为止
人们不会知道它们在花园里都说些什么
不知道那些舌尖上丢失的词语

人们不知道自己的灵魂最终都去了哪里
聚集在死亡的周围,心爱的到底是什么
也不知道那些从不隐藏却永不相见的事物

老城江畔致苏轼

符　力

海北杳杳,海南秋风乍起
桉树林多么欢欣

我多么孤独,但我不能说我的孤独
比沧海还要无际无边
我也不能说,我的痛苦跟沧海是一样的
我不能,不能
躯体发疯成枯藤或青烟也不能
我只能说,在你渡海归去千年后的
这个年头,迈岭无存
澄江浑浊
文庙残破,通潮阁无处可寻
人们拼命赚钱,赚钱拼命,仓仓皇皇
如同暴雨即将来临,众蚁逃难
彼此踩踏,手托牙咬着各种各样的物品
而我,快要压抑成一块剩余的城砖
却不知为何仍在忍受
忍受寒风吹着粗糙的皮肤
吹着火山红土上的那片桉树林
孤独,痛苦,沧海可以翻滚又咆哮
感到累了,可以靠着
长长的海岸线入眠
我只有独坐陋室,伴着一堆
旧书黄卷

童年的蛇

洪光越

每天晚上,我关掉电灯

它准时入场，从水泥砌成的门槛
底下的排水孔，悠然穿过
像一节哑口的火车。在我没见过真实
的火车，只能通过大人们的嘴
接受事物的年龄，我打了一个漂亮的比喻
把火车和蛇混为一谈。
我曾在下雨天的晚上，想象我
骑在蛇的颈部，从排水孔逆流而进
来到我的房间。事实上，更多的时候
我是坐在床上，看蛇独自进来
抬高它的头部，死死盯着我
一对灰暗、缺乏毒性的眼球我至今记得。
在一个也是雨天的晚上，我的雨靴
灌满雨水，房间亮着灯泡
一条我感到陌生、从未见过的蛇
挂在水泥门槛上，蛇身湿漉，但仍能清晰
辨认出它灰白相间的颜色。
后来我知道这位雨中来客是一条剧毒无比
非常不友善的黑蛇。
可我们能稳重地对峙，彼此公平
直到大人操起锄头，它才消失在雨中。
很长一段时间，我常想起和它
相处的这十几秒，它像是有意而来
却意外地离开，可最后我还是忘记了它。
这些不分好坏的蛇，频繁地出现
在我的记忆里，它们或来挑衅
或死在乡村公路疾速行驶的车轮下。

唯独一次，父亲的草帽装的一条大乌蛇
改善过我们贫困的生活
那是至今为止最善良的蛇。

龙鳞村

邹　旭

春色无人打理
山河一脸黄昏

炊烟像待产的孕妇
跪坐田埂，诵庄严的经卷

天空累了
星星仍在淘气

大地困了
禾稼还在温习垂拱的礼仪

宁静，村庄沉入史前人类的涂鸦
有人朝画外伸出一枝三角梅

篱笆和狗看护的傍晚
蟋蟀唱永远忧伤的歌

血在血液中打盹

骨头在肉里渐渐熬出了香味

月光海底

林　森

真正的宁静，出现在木船轻摆的月夜
安详的水面刷满了一层荧光漆
水底下，砗磲张开双壳如翅膀
沉醉于一场月光中飞翔的梦
老船长抖落指尖的烟灰
月光海底，而不是那个腥臭的渔村
——才是自己的故乡

夜晚，或长调

坤　明

自从我把雨水打包给春天
故乡所有的庄稼，都长势旺盛
一些枝条穿越夜的黑洞
月光淹没在一个歌者的长调之中

一把锈迹斑斑的钥匙，始终
打不开一扇刚出土的门
那些旅居他乡者，都安排在天堂之外
如同一个侍者，我每天写诗编稿

她，或者他们，总以诗歌名义
在深更半夜，谈情说爱，谈古论今
一杯满满的红酒，在我的内心深处
愈演愈烈，仿佛要颠覆整个季节

情人节，我在海口南大桥下大排档吃火锅

乐　冰

七夕，中国的情人节
晚上，我在海口南大桥下大排档吃火锅
我的身后始终埋伏着一群人
第一拨人是推销啤酒的小姐
第二拨人是卖花生的大娘
第三拨人是卖鲜花的小女孩
第四拨人是卖唱的流浪歌手
第五拨人是擦皮鞋的大叔
第六拨人是卖盗版书的小贩
第七拨人是讨钱的乞丐
我刚吃完饭，以为不会有人光顾
突然从背后又蹿出一位胡子花白的老人
他把剩饭剩菜打包后扬长而去
好像为了这一刻他已等了很长时间
他们多么像觅食的蚂蚁
但我不知道
蚂蚁是否晚上也不休息

海　外

松树的浓香

［美国］张云海

应该是
一场细雨
在我们熟睡之时
来过
似乎怕
吵扰我们
似乎在保守
这个秘密
风和几只黑鸟
停歇在枯老的
枝头
不动也不语
已经是早晨了
昨夜的满足感
还在寂静的周围
延续
只有松树
抑制不住满身的香气
一阵阵,一阵阵
湿润又浓郁

树林有懂艺术的树

［比利时］章　平

这个午后，走进树林，我发现灵气
发现有些树是懂艺术的
爬藤攀援大树，它不懂艺术
不懂艺术的树，又拼命往上长高自己
它以为很懂，悲哀还是不懂悲凉
懂艺术的树，不诉说，历经时间变化
坚韧不拔，曲折里，持守柔静
把生活的幸运、苦难及愉悦告诉树
树听懂，一只鸟在树枝上啼叫
树颤抖，有知觉；你落泪，树也懂了
树叶猜到风的思考，我的靠近
一棵老树在日落时，还努力想走动
不是每棵树都借雨表述自己
某个枯萎枝节，有点像狄兰·托马斯
突然愤怒地生长枝叶
把生命奉献了此刻，或选择一个刹那
另一棵大树，被战争炮火摧毁
还顽强地存活，曲折中生长嫩芽
像李清照感知生命的沧桑与生存残酷
也是在雕刻自己
我转身去寻找一棵说出人类秘密的树

设 想

［新加坡］得一忘二

设想。我又从假设开始了。
这是一个躲避策略，似乎说这不是事实，
而是一种修辞。就当我是比喻出来的人。

好吧，现在任谁也已无法否认，
这确实是一种修辞，一种自欺的隐身术，
有裂缝的镜中那无底的镜映。

再从头来。设想，有一个人……
其实我在说我自己，我也不希望
让你觉得你不得不这么直接面对我。

我这么说，是我真的不是你以为的我，
所以我说假设有一个人，我就是说有一个人。
我要你看看这个人是怎么回事。

脸

［美国］雪 迪

在你停止思想、恐惧时
脸像一张被烤过的皮

向内卷着。这会儿时间
像一群老鼠从顶层的横木上跑过
你听见那种小心翼翼
快速的声音。你的脸
寂静中衰老。你感到身体里
一些东西小心翼翼
快速地跑过
感觉犹如,兽皮
在火焰之中慢慢向里卷
把光和事物的弯曲
带走。我在四周的黑暗
肉体的宁静中看见人类的脸
在100年之内向外翻卷
像树皮从树干剥落
由于干燥和树汁的火焰
人类的脸在曲折和迷惘中
与生物的精神剥离
暴力创造生存的寂静
寂静中心一层层弯卷着的
恐怖。一些东西快速
小心翼翼地从人类的记忆中跑过
带着火焰燃烧的灼热
事物消逝的哀婉的情绪

这是当你停止思考、恐惧时
感到的。清晨
你正躺在床上。阳光一点一点

向床头移动。房间越来越亮
你听见事物不可逆转地弯曲时
的叫嚷

有的时候我必须醒着

[美国]施　玮

有的时候,我面目可憎
太阳也面目可憎
雨悬在云上,吓得不敢亲近
头发像荒原上的杂草

有的时候,我需要并坚守着
自己的面目可憎
以不合作的愤怒抵抗昏睡
抵抗温度适宜的审美
抵抗被幸福洗脑

有的时候,我像狮子般
大口呼吸着心灵的旷野
有的时候我必须醒着

观看一幅画的多种时间

[美国]明　迪

初看是洪山宝塔
强行进入飞鸟的空间
细看,是一条路
固执地伸向远处
渐远渐微,足不可道

傍晚是一棵树
与落日,垂直分离
夜里,是身边的江水
流淌,这声音
与对你的记忆,纵横交错

醒来后坐起,你已住进我身体
成为我的脊椎
——我远走他乡
或死心塌地守住塔的阴影
又有什么分别?

脸，身体的灵魂

[日本]林　祁

我也想预订一张脸，去赶一场离婚礼
离婚本来就莫名其妙
请问我要浓装还是淡抹?
很女性地走进古典名曲，轻得像那首诗
却重重地踩响今日钟摆
新娘老了，是否老泪潸然
这不重要，所有的脸都在笑
只有时间知道她的悲伤
只有维特根斯坦把哲学写到了天际
并轻轻地说：脸是身体的灵魂

脸是身体的灵魂么？我到哪里寻找答案?
你说婚礼原来是婚姻的一张脸
那么离婚的女人原来是丢了脸
没了脸怎么过轮渡怎么刷脸?
我只好低下头，像棵没脸的向日葵
偷瞥四周，没有一张脸是多余的
只是分不清脸上的表情是否真实
只有维特根斯坦依然在说：脸是身体的灵魂

无妨让灵魂先找找身体，我想
从另一个时间里坠落，误入书房

这可是顶楼长出的空间
玻璃天窗只是为了防雨,不是脸
书也没有脸,因为书挤着书
思维被透明的玻璃墙挡住
疑似本来就没有思想
只有梦在这里孵化成名著

记得这是一个没有雨的日子
风从玻璃窗外悄然走过
无须注释身体美学
我的脸终于在这里感觉暖意
一仰头,被阳光刺痛双眼
还是从舒伯特的音乐里坠落吧
也许深度即高度
也许从古典出走的音符
可以变成诗
可以没有脸却有灵魂

嵌死的小史诗

[德国]杨　炼

晚点的镜子　取消的天空
嵌死的窗户外　跑道像座水族馆
夜航灯衬着夜雨的反光双倍漂泊
一种无声　保持着压力
　　吮啊　你像个降落的小海

骑上一枚舌尖　分泌甜甜的黑暗
错位的时间也不顾一切地漫漶
四溢　嘴对嘴嵌着呼喊的缝
把飞不尽的天边　叠进床单的皱褶
把一支送别歌　绕过女孩那么玲珑的肩头
同一朵送别的云含着
双腿的肉翼　扑搧在身体两旁
眺望嵌死的夜色
扑入无须出路的激情的奇花
我们用躯体　张挂全世界血红的航班
最美妙的推迟　推迟成现在
镜子倒映　咫尺之外摸不到的水渍
都银亮亮汪在身下
吮你　嫩蕊似的源头
紧紧拢住　无限绽开　那四面八方
只有这一岸　嵌死在一只鸟的想象里
想象这房间追着一场海啸
温柔的开关藏在海底
飞机场　一只爱的节拍器
指挥飞的一生　向一次涌起冲刺
一次颤颤萌芽的坠毁　黏在
舌尖尽头　指尖尽头
你的幽暗中　每个点都像诗　一碰就生长
呼救的巢　扔在哪儿都孵出宇宙
我们彼此像光年　彼此在射程之内
再香死一次仍挣不脱裸露的轮回
夜航灯滑过　房间忽明忽暗如鬼魅

嵌死进浩渺　带我们
全力以赴投奔那浩渺
从头到尾是一首诗　寻觅着形体
荡漾着形体　它在这　微亮磷光的边缘
完美如时间一再漏掉的东西

南十字星空的蔚蓝

［澳大利亚］庄伟杰

关于蔚蓝，南十字星空从未轻易说不
哪怕常有几朵白云在它身边晃悠
或者飘荡，演绎消逝或归来

在海天一色之间，那些前来观光的游人
为此交口赞叹，甚至禁不住向蓝天敬礼
那么辽阔的南十字星空，总是

以沉静以高远，回敬微微的笑意
这天空真的好，亘古原貌的好
连大海也主动与它相映成趣
令人好奇又叫人惬意的，真好

天地各有其运，各有其景其情
彼此相互守望，唯景色完好如初
这应是这片蓝天的品格吧

当我无意间抬头，望一望
再读一读眼前阳光的人流，阳光的欢乐
小小的心城，似是披上一抹纯蓝的静美
连寂寞和孤独，也变得辽阔起来

学会欣赏，且懂得珍惜真好
感谢这片天空，也感谢这片大地
固然同属于异质，却以开放姿态
收留我的流浪，在混浊的世界

哦，南十字星空的蔚蓝
蔚蓝了我们，共享在同一片蓝天下
以飞鸟的逍遥，守住虚空和自由
怀抱宁静，或者归于无限

雨中疾驰

［加拿大］宇　秀

马路上的雨水，被疾速的车轮
碾出奔腾的沙飞翔的雾
风夹着雨，被行进中的车窗削成一把把
湿淋淋的快刀
追杀路人。流浪汉
胸口挂着饥饿的牌子穿梭于快刀之间

其实，雨并不急

它知道自己——从天上掉到地上的宿命
急的是车
更急的是车里的人,他们
总是比雨中的流浪汉更多焦虑
所有地上的奔波
无论朝着哪一个方向,都免不了急切

一只臭鼬蹿出来,试图穿过马路
觅食,却在轮下倒毙
它垂死前因恐惧发布的恶臭
躲过湿淋淋的乱刀,搭上我的车
令我不得不
把死亡的气息带到远方

河　北

听　风

王雪莹

窗外的风，心里的风
哪个更真、更强大

如果我的耳朵失聪
风是不是和我的缺陷
一起消亡
如果我离开
风是不是随我墓穴的青草
而安静

太多的错误，无法弥补
太多的委曲，无法诉说
就像风，欢唱和呜咽
永远没人分清

风声似锦，舞动过万千缱绻
风声如剑，杀人胜似十万刀兵

风啊，风
自说自话，自喜自悲

如同我，在短暂的季节
端坐乌有之枝
暗自妖娆，暗自凋零

如果那时我们死去

庞永力

人们都说昔日的时光慢
现在这算时髦
我却有点儿记不起那时的阳光了
眼是怎样地看到
鼻子是如何地嗅

那所小学已经找不到了
三十年的光阴一把将它从村子里抹平
我们还得给学校义务劳动
打来的干草堆在屋顶半塌的库房
一股说不清楚的干燥味道
它有那么阔大吗
容得下幼小的我们嘶叫与飞奔

还有村北被挤小，填充，最终平坦了的坑
杨树的絮毛在地上积成一层慵懒地滚来卷去
阳光穿过蝉鸣后就柔软多了
春天来了，村西的麦地碧波一片
我们轻手轻脚地躺下来

一会儿在水里一会儿在波上

如果那时我们死去
就不会吃这么多肉喝这么多酒
就不会经历爱情那玩意儿不会各自生儿育女
夭亡的身体了无牵挂
有可能会被埋在一起

兄弟现在就不行了
牙齿松动两鬓泛白
日头变得嘴脸模糊喜怒无常
你也只有在醉醺醺的时候啰里啰嗦
夜深的时候忽然感到无家可归
才现出小孩子般的神色
你一遍又一遍地问我
怎么凄惶　才算得上无家可归

黄昏的茉莉

王冷阳

这样的事实并非在书中闪现：我在房间里注视茉莉
暮色的颗粒一点点落下，风的手术刀一层层剔开
一个事件的表皮。茉莉的色泽模仿自身的阴影
把白昼的光谱搬运至内部。头颅中的颜料吹着纸
一个人被空气稳住，茉莉的香味扶起脆弱的光辉

借以转述梦幻的可能。它阴郁的部分构成子宫
越来越多的人借助幻象跻身于空洞的风景
道路闪耀,音乐燃烧,水在眼睛深处舞蹈
而天空是用来书写的,黑暗是用来调制咖啡的
时间透过手指的缝隙:茉莉是用来安置语气的

这是自我拉开的帷幕。现在窗外已经彻底
被修辞升起的雾霭笼罩。我们的生活在茉莉
与美学之间留下了齿痕,而谁是武装到牙齿的人
谁用器官晃动我的书房,用落日和肉体
挡住一个词前进的气流,叶片构成假象

花香来自叙述本身。对事件的转述并非在
词的内部进行。借助水分、光和电流,一株植物
在行书体的落款中生产阴影,被允许落在纸上
我们面对茉莉安抚内心,返回一场虚无的拷问
一如在世界泡沫般的绥靖中重返自身的寂静

卡夫卡自传

简　明

我在地球表层刻下一刀
简洁的刀法,与我的命运相似

飞鸟留在天空中的体温
只有天空才能感知

风,什么痕迹也不会留下

一直往低处走,反而成为高度
我从未超越过别人,只完成了自我
我走了相反的路

我的偏执抑或深刻
羞于后人勘测

新 房 子

刘向东

春前破土盖新房
刘章和徐贞,我的父亲母亲
忙忙活活从秋后开始

备四根大柁,四根二柁,三根脊檩
二檩和檐檩各六根
加八根柱脚
两对门墩,两对门槛
做窗户框门框的木头一垛
接着买砖,买瓦,买石灰,买麻
捡一堆石头
脱一层皮

老天爷!母亲拍着大腿说:

盖三间房子的材料
堆起来有三间房子
那么高,那么大
房子盖完了却是空的!

好日子请来最好的木匠
让木头各得其所各就各位
地气上来开始打地基
坐北朝南,筑土为台
上梁的早晨是隆重大典
八方父老以四肢为柱
上大坨,上二柁,上檩子,上椽子
以承托上天的重量

新房子!多年后父亲这样写道:
眼看着房架子立起来
却原来是一个人的骨架子
一条条脊檩如脊梁骨
椽子像肋骨分向两边!

现在,曾经

李　南

现在,我获得了这样的特权——
在文火中慢慢熬炼。
曾经厌恶数学的女生

曾经孟浪,啃吃思念的果子
曾经渎神,蔑视天地间的最高秩序……
现在,我顺从了四季的安排
屈服于雨夜的灯光
和母亲的疾病。
我终于有了不敢碰触的事物
比如其中三种——
神学、穷人的自尊心和秋风中
挂在枝条上的最后一片树叶。

我 自 己

郁 葱

我知道我自己,
不在意别人说的那个我。
有多少快乐,就有多少愁苦,
我的衣袖干干净净,
我的衣兜干干净净,
我背负的东西很多,
有的是我该背负的,
有的是我不该背负的。

我就是我,我知道我,
你说的我不是我,
想象的我不是我,
猜忌的我不是我,

我能超乎寻常地自洁，
脏水泼到我身上，
我一微笑它们就掉落。

我知道世界上本没有路，
自己把自己逼到墙角，于是便有了路。
我喜欢三十年河东，四十年河西，
我这辈子只为玉碎，不为瓦全，
我喜欢午后沧桑，季节变幻，
人人都有忘我也有激情，
人人都有绝望也有无奈。
我彻夜不眠是为一首诗里的一个词百结千愁，
而不因为一个龌龊的面孔或声音挂肚牵肠。

你们说的那个我不是我，
说好的那个我不是我，
说不好的那个我也不是我，
我自己认识我熟知我，
别的我，与我无干。

风来了

大　解

空气在山后堆积了多年。
当它们翻过山脊，顺着斜坡俯冲而下，
袭击了一个孤立的人。

我有六十年的经验。
旷野的风，不是要吹死你，
而是带走你的时间。

我屈服了。
我知道这来自远方的力量，
一部分进入了天空，一部分，
横扫大地，还将被收回。

风来以前，有多少人，
已经疏散并穿过了人间。

远处的山脊，像世界的分界线。
风来了。这不是一般的风。
它们袭击了一个孤立的人，并在暗中
移动群山。

舷窗外

胡茗茗

舷窗外，一朵白云认出我
幻化作熊、兔、哈达、烈酒
飞入掌心觅食的鸽子
依旧是人间万物，却有了神的样子
再无轮回之苦

我在一头豹子的尾部认出了父亲
他正指挥一群绵羊向我狂奔
仿佛有一股力量要破窗而入
仿佛有时速一马赫的热泪
要驱赶万米高空的寒流
机舱内熟睡的人们不知自己
正穿越一场盛大的相认
而时空流转,既静止,又飞逝

我的手,有着太多记忆,被抬起
被贴近舷窗。对着这道生死隔
我试着喊了一声“老爸”
又学着父亲的语调,暗暗叫了一声
自己的乳名

唯有黑暗使灵魂溢出

施施然

我常常羞于说出一些事物,比如
一个神秘的梦境。或某个词汇
当我看到一个鼠目寸光的人在大面积地
解构一个伟人的时候
我背负的羞愧,压弯了我的腰身

因为疼痛,才感觉到生命的存在
而快乐是轻的,风一吹就散了

在我的时代,白昼有多少明亮与喧嚣
它的尸体就有多少黑暗与寂静
当白昼像巨大的追光显露出万千面具
唯有黑暗使肉体中的灵魂溢出

空

孟醒石

六岁那年,我一脚蹬空
从三四米高的梯子上摔下
当时没咋地,翻身爬起来,继续玩耍
半夜,骨头疼醒了,爹娘彻夜未眠
月亮像听诊器,贴着我的胸口
晃来晃去

长大后,仍然改不了踩空的恶习
从空虚到空中楼阁
色即是空,空即是色
幸亏有影子垫底,否则早摔成片段

光阴如梯。昨夜我爬到故乡的房顶
忽然发现,下不去了
谁是那个撤走梯子的人?

在华北平原,邻里之间的房顶相连
我从这家屋顶,转到那家房顶

不知道从哪里跳下去
家家空空如也
只有月光张开双臂接着我

持微火

宁延达

他将暗夜视为洞穴　坚定地点燃微火
腰带上别着匕首　也可以是钥匙
向着黑暗　一步步靠近
一阵风吹过　火光
仿佛春天涉世未深的草木

从再远处看去　持火者融于暗处
豆大的光点
微弱　将他隐藏起来
旧路和来路　微火不断闪烁
像沙漠里的仙人掌
像钓者自由舒展后的浮标

也许是一个逃犯　即将把微火隐匿
也许是一个恐怖主义者　即将用微火点燃世界

但他越来越像一个诗人
就那么一小行一小行地
让光　扑面而来

雷　音

林子懿

拍照的一瞬间，物体的一部分存在
被机器摄走。作为背景的地面和天空
以浑然不觉
而成为这张矩形容器内的主谋
花费在爬山过程中用尽了的气力
呈现出构图与阐释的和谐关系
山顶上的人正在务虚，在生日那天
下午，把鞋子脱下来
不磕，沙粒也直往下跳
这里曾经是大海的所在
山风跃进，阴气绕骨，也许是海风
带来了那倒错了的时钟
一种基于分析的世界观彻底崩碎
如砂砾，如大雪
头上降下白色的落日，其笨重
不如在高处盘旋的直升飞机那般自由
他们能看到更远处
还没有装配上足印的公路，与荒丘
资本的鲸鱼在头颅里闷叫
而这些，都不是轻盈的
落日也有其洪亮的佛法
跟随取景框，布入了光圈

那一家老小,中年的夫妇
还没有登到顶上去
老者则是斜伫在山脚下,五色沙中
一株旱柳不需要任何多余的陪衬与修辞
入框艰难的,是那群身轻如燕的孩子
他们赛奔着,已经从陡峭的北坡冲了下去

母亲喊瘦了我的名字

赵　旗

夜晚是熟悉的陌生人
熟悉是因为会梦见母亲
陌生源自年轻的母亲
头裹白底蓝花手巾的母亲

母亲喊瘦了我的名字
透过湿漉漉的槐花
也喊瘦了我体内的脂肪
唤醒了吃奶的我

乳头丢在一边,夜色沉沉
母亲摇着破蒲扇,期许今夏的麦收
此时丝绸般的夜晚,充溢着奶香
一遍遍鼾声打碎一颗颗星星

落下来,变成夏天的闪电

变成浑浊的眼睛
变成一张慈祥的脸
最后裂成一声叹息

绝望的燕子

东　篱

一辆大货车呼啸而过
一只燕子,人一样躺在了路上
另一只推搡它,呼唤它,试图把它弄醒

一辆汽车驶过,风卷起尘埃
将路上的
燕子翻了个身
另一只以为它还活着
继续像人一样地,推搡它,呼唤它

它把双爪搭在死去的燕子身上
用力振翅,试图将它
抓起:一次,又一次……

又一辆汽车飞奔而来
它飞起。车一过,又落下来……

车来车往,死去的燕子
不断改变形状

落下来的一只,也像人一样反复尝试

——如果我的镜头
不离开,最终我将看到它的绝望

河　南

诗人之死

王东东

他一手谋划了自己的死，
静悄悄地，却散发着消息。
他将让民族眺望命运的前景
犹如哲人，却不是通过教育。

他幻想，他的死是一场教育
一场体罚，为了惩罚他的国家
他的诗将被强硬地塞进课本
让流鼻涕的孩子吃吃地背诵。

犹如先知，他将编写经书
让罗马，让他的敌人心悦诚服；
犹如感动了人民的英雄，他仍不
满足，只愿被一个人秘密爱慕。

而少女会将他的诗集抱在怀里
入睡，梦见和他在公园相会。
他交际过的富翁也会幡然悔悟
在他的坟头烧些慷慨的冥币。

也会有一个情人洒下泪水
热烈地将他追忆，笼罩遗孀的光辉
博得更年轻诗人，更幼稚的爱
以临摹的眼光在她身上默默学习。

留下儿童哭泣，妻子苍黄伫立
在草堂的黄昏，幸福的太阳已落，
他会良心发现，捶打阴间的大门
“早知如此，不如好好活着！”

一个人的平安夜

敬 笃

在一个人的平安夜
孤独爬上心头，守望着
月牙儿，从东到西
时间把一切都严丝合缝
我们想要从中找到间隙
只能是徒劳无功

在词语的纵深处，事物
无法穿越一堵故乡的墙
于是坠落深渊的思念
只能在曾经缔结的契约中
觅得一丝丝安慰

信仰,在摇摆的树梢上
在蓝色的天空下
在夜幕下,独自行走
吮吸着陌生的空气
察看这夜晚的失落

一个人,一卷书
一支笔,一首诗
一只苹果,一种相思
在充满传说的黑暗中
完成了守夜人的祷辞
未来的虚无将在词语中消失

白河夜与日

刀　刀

她接受了彩虹的命运,经过盆地时
放弃少年的口哨,在城市暗夜
发蓝,发红,发出赤橙黄绿青靛紫
从挤出的光里,翻捡出皇族的
发家史：屯兵饮马,起兵平天下
或许大道圣通,或许天阴丽华
皆是佳人携浪而来,赊酒安慰
而河流的上层,建筑倒挂插入她
的底层,像一段舍弃的野史
字词凌乱,矛盾,坚硬,并不能很好地

讲出大水中灯火的阑珊与幽冥
而黑暗足够黏稠的地方,藏着
掖着一轮鲜明的日,她能顺利捧出光
亦能顺利抵达矮小的人世
人迹茂盛,垂柳瘫软,月季受辱
孤鹤飞起,又落下的位置
恰是她,铺开清澈的布匹用浪花
缝合两岸,像她也曾用高空
寂寞,明月下盐,烹调过
一整条河流的大国小鲜。

八月十九夜,细雨

海　因

我听到雨声的时候
已是下半夜。
所有人的欲念都回到躯体内
就像一坛子酒被封存起来
期待着
一个更加醇香的未来

雨势如潮、突如其来——
雨:一层层、从眼睑开始
沿着一柱白光向远方走;
有上万个雨点突然失声
幻作无边的灿烂

洞照那里的街道、田野
许多似是而非的身影
穿行在洁白或晦暗的雨世界
挣扎而匆忙

雨声再次响起时
比先前更青翠、更直接
雨水飘飘洒洒
进出我们的身体如熟客
这满世界的雨水
现在针对我们某一个身体
敲打、淹没
雨水经历了我们
但还未曾启用“洗涤”

摇　动

扶　桑

我察觉到它,又一次
被摇动——
每一片叶子耸立
像拱起脊背的猫

住在我左边胸腔里
它怦怦的跳动却不属于我
它的伤心、生气、喜悦、嫉妒

却不属于我

有人打墙外走过
吹着轻快的口哨。
又一次，我的伤心、嫉妒，瘸着腿像
一只狗，跟着他去了

月　季

张永伟

南阳的月季开了，
我已忘记她的旧名。

作为过客，
我们常常为这小小的旅馆
忘记了星空。

当你沿着雀鸣，
或树木的绿梯攀到高处，
你会看见西施或
陈圆圆，在山花间开落。

李白和王维在潭水里
游，两条碧蓝的鱼。

水边的石头，安静地坐着，

仿佛刚开的月季——
一个美丽的菩萨。

独琴在

高春林

有些时候是难得的，真的是这样——能在外。
要是女友在，她捡水中砾石，然后掷出波浪……
“千年寥落独琴在”，一旦拥有你的
琴，寂寞会生根。一个寥落的人，辰星
悬到深处。年轻的苏轼从这里上船，去化他的雪。

我来找一个还在的此地。自个儿的飞鱼。
这时的蜀天蓝得几乎不可能。河南在下雨。
青衣江边垂钓者在割草人走了很久后仍是纹丝不动。
轮渡的“嘟——”鸣声，
像提醒着时间。时间的坡度在招呼我们。
我们必须披上各自的鳞。鳞光对付漩涡的暗。

人间事，我不知一二，又深知一二

吴相渝

我只专注于细微的事物
比如晨起给花草滋润些水分
比如晚归擦拭桌椅经年的尘埃

我很少过问　白云深处不可揣测的幻境

我只关注人间事
比如宿命倒影的故乡　爹娘年迈的身体
比如欲望膨胀的城市　愈来愈高的房价

我开始懂得感恩!
懂得弯下腰　亲近土地
懂得默默渗入生活

多年以后的树木啊
就是人类一生的修行

我只专注于细微的事物
尘世的繁华如列车呼啸而过
庞大的时代
而我只愿缩小到一枚避雷针

人间事
我不知一二
又深知一二
……

海甸溪

夏　汉

海甸溪,其实是一条江。

人们却乐于称它为溪。它不怕人
说小。它甘于小。因为它有
海的底气：一头连着海，
另一头，还是海。海南岛
像亿万年的连体，终于裂开了，
它是两个岛的见证者，
又像是两个婴孩之间的脐带。
有时候，可把它看作一条喙，
故旧的码头像伸进水里的
牙齿。人们从这里得到给养。
海岛从这里体会海的喘息。
张开的水巷口，吞噬着远海的
财富，堆砌骑楼，也滴下
眼泪，映出破碎的船板、
船帆和死亡。那里就是
孤独的老人和新寡空洞的眼睛。
现在，我们这些闲散的人
作酒后的散步，拍照，企图
留住夜的颜色，还有时光的沉默。

听到一种声音

鲁　蕙

深夜我听见一个人，唱着只属于他的曲调
独自屹立在黑暗里
那声音又像从肋骨之间发出的

仿佛上帝派遣的使者
仿佛查拉斯图拉独自下山
离开他的故乡
我探究地望着他,他似乎并没有注意
或者根本没有看到
从寂静中生出一双眼睛,透过黑夜的空间
凝视他的世界
喂,你是来拯救人类的吗?
我只是清了清嗓子,终究没有说出声
紧张地关注着他的举止
心室一次次裂开,从里面滑出一连串的语言:
你会好好的,你会好好的——
他望了望天空,想继续宽恕人类
空气里是神秘的气味
他的目光恰巧接触到我的

黑龙江

第七日

安海茵

到了第七日
我猜想我不再需要同伴
那些一起赶路的　陆续超过了我
再也没有谁值得我错过

江畔之姿　蹑足潜行
生老病死　还不是归结于噙在舌尖的苦
苦之后会有回甘吗　还是一直苦下去……
像呼吸一样微不可察？
这一天
我把接下来的事情　交给微微摇晃的风

第七日的午餐依旧需要置换
青春置换杯盏　友情置换饼干
只是如今的我　再没有拿得出手的东西
或者说　舍不得任何一点点的背离

哦　已经到了第七日的小结
运命似乎已获得阶段性的胜利
坏人啊　不会再变好
正如我不再担心自己会更加糟

幻　觉

马永平

我走进胡同,眼前的景象
让我忽然间怔住
我就站在那里一动不动了
我看见的一切犹如另一个尘世
仿佛在梦里曾经看见过无数次这样的场景
胡同里光线暗淡
路两旁一个个摆小摊的人
卖菜的,烤吊炉饼的,卖各种串烧的
但每个人都在无声中做着自己的事
胡同里的人在昏暗的天光里晃动
当我猛然从幻觉中挣脱出来
仿佛一瞬间穿越了许多个尘世
经历了一次次转世轮回
又重新回到了这一生
而这一生,仿佛仍在昏暗中晃动

霜降的前夜

冯爱辉

黄昏留下的长椅子空着
冷风送来的一两根羽毛

也没能使暮年的侧柏打起精神
仿佛蓄积起来的私语
薄雾在树梢上迟疑不定

灯光触不到的地方
只有这南湖的南岸了
依旧翠绿的芦苇无节奏地摇着
掩着游弋的鱼儿和发愣的青蛙
更多细小的生物在浮桥的底下
它们被水草包裹
像母亲怀抱婴儿,像睡眠
看护着芸芸众生

偶尔有三两只松鼠蹿来
又迅疾地钻回草丛
随着那贼眉鼠眼机警地一瞥
侧柏的树洞持续地扭曲
里面的蝗虫无声地涌动
仿佛是集体宿营的孩子
不停地推搡中忘记了时令
直到月亮不情愿地走远
直到空椅子上附满了白霜

荒　野

古　剑

荒野,没有人,没有房子

杂树林背对太阳
招摇着枝叶，只有影子是安静的
下午的时光在此刻
有些不明不白

一只小兽揣着内心的火焰
东张西望
秋天黄色的掺杂忧伤的光芒，掠过平庸的蒿草
那年徒步向北走的猎户
至今没有回来

虚张声势的云朵，一朵接着一朵
有鲜花悄悄地开放
引诱秋天走向深处，只有那条无名的河流不动声色
两岸的风景和寂静在冬天
将被凝固下来

听　雨

桂　桂

一
雨叩击耳膜
听觉　醒了
水滴　哗啦啦
自上而下　坠落
触觉、视觉　工作了

凉、冷拌着思念、失落及惆怅
作为心理的新数据上传
主观意识接收条条指令
认为都是
客观存在

二

你的声音,我听到了
甚至还叫来了风
可我就是不见你
我太弱　太小
你太冰　太冷
且从不关心我见你的代价

我不想与你争执
因为我说的话
你
不懂

三

在窗外、在伞下、在雨披里
在手机的天气预报中
你来了
我被埋在了你的声音里

夹杂着或淹没或解暑的消息
或悲伤或欢喜

可我并不满足
还在其中寻找
翻腾
那年的雨声

一日梦

韩兴贵

见自己一副无形的样子,昏暗的小房子
七八个妇人
身穿皂衣,在说一些尖酸的话题
互相污赖、诟病
看两只天牛斗力,青芒下的光亮
若有若无。“今无日,明无日
问: 永无宁日?”
我说,借我一日,表达以上你们的母爱和仁慈
一日,液体的光辉凝结
其中,心目浅露的一位
领我要去一个叫围的地方
而她的女儿更糟,三眼白的善恶观念
往往与利益挂钩
高山之声大别于我的苦闷
第一次在梦中回忆
群乌乍散的景物一天天缩小、颓落
单眼皮的池塘
死盯着暮色中的一棵孤松不放

倒是永远也不想像嵇康那样鄙俗弃世
以打铁为生
先优游容与,采薇山阿,再抱恨山阿
风致如此,有些梦从未当真,多说无益
很快就要有下一场雪到来

春水中的倒影不乏正直之躯

佳　然

前面再走不远就是七星砬子
停顿,不单是被红柳上白绒绒的
毛毛狗所吸引,还有一泓春水
清纯而荡漾,宛若明镜

那些被砍去头颅和躯干的树墩
毫不屈服,即使只剩一小截
依旧笔挺,并不计较刀斧手得意地
尽情地在新搭建的木梯上狂笑
摇摇欲坠本是天意,依旧缄默

寒冰表面平静,看似坚不可摧
内部正悄悄呈现立茬,如根根银针倒悬
一叶枯草轻微的走动便会使之瓦解
这种开化与坍塌会成为反复的话题

黑柞与白桦仿佛参差的琴键

弯腰的落叶松宛若弓背,又像退役的竖琴
只等冰雪融进月牙儿小溪
吉他手便会日夜弹唱
而杨树满身都是惊恐的眼神儿
就像房门的猫眼儿是故意安反的
让偷窥者反被看穿

北归的大雁,在人的视线之外
仍以人形阵势一路逢凶化吉
冷水鱼从不相信美食家的口蜜腹剑
不怕冷的还有冰凌花,以及
蠢蠢欲动的毒草。毒与不毒,不过是
人类极为擅长的单边标签

在水边,我陡然空了
所有的杂物都向后退却
倒影愈发真实,我的头像是一截木桩
春风从寒冷中抽身,一笑而过
春水一路走来,一路走去
剥开层层伪装,并不急于求成
一场场发芽生根的谋划暗暗较着劲
我正疑惑来路和去向,恰好被啄木鸟叩醒

剃头匠

蒋　玉

牛专注地吃草

草地很小
啃来啃去
走不出弹丸之地
啃来啃去
多像理发师
修理标准的板寸!

海边顿悟

李冬冬

那是个阳光倾泻的上午
一次短暂的海边戏水
我水性不好
只敢从齐肩深的地段向岸回游
在泳镜的保护下
我贪婪地欣赏着细长的小鱼
鱼儿贪婪地追逐细碎的日光
贝壳懒洋洋躺在水底细沙上
水草偶尔伸出长长的手臂
与人打一次热情的招呼
当我因缺氧抱膝而起
才发现自己已在岸边
海水的深度早已不能隐没我
原来分秒间
宝藏一般的海底世界
在蓝色暖流中沉醉的人

只是岸上人眼中细沙可见的水边
是一条浮在沙滩后背露出水面的鱼
有情的众生——
感觉多么虚妄
永恒的真理面前
只有自然是最伟大的
因为没有感觉
所以无情,无自我贪执
在恒定的变化中坦荡自在
天长地久　永世风吹

78 号 楼

李亚洲

葡萄藤蹑手蹑脚,它不知道
自己是这个院子的主人。
楼梯是个诱惑,通往一扇门,
门后的空椅子雕刻着欧式花纹,
光明和黑暗轮流坐在上面。
酒柜、烛台、地毯和壁炉,
都已脱离了生活,作为形式和材质,
它们存在的意义就是存在本身。
谁走进老房子,谁就会变老,
就会变成一个很久以前的影子,
贴着模糊的水底潜行,
从地板到墙角,再穿过另一扇门,

消失在葡萄叶下的露台，
在那里,春雨正细细地下着，
除了寂静什么都没有发生。

盛 开

肖 凌

谁啊？能挥舞起那么一把带风的扫帚
扫掉所有树上的耳环和装饰色块
还把我们扫进结冰期无边的冷水里
阳光竟然会显现寂寞
而就在此刻,我心里的鲜花
却接二连三爆炸般盛开
在我悠远的高空也就是天棚上
在我安静的雪山也就是白墙上
在我的长云也就是窗帘床单被子上
到处狂放
每当那扫帚横扫外面的大世界
我的小世界都会盛开逆时令的杰作

邓 家 屯

徐元正

你爷爷在二队的马厩打更
一条跛腿常年晚出早归

经常口头传达大队或公社下达的指示
因为紧挨着马圈就是二队的办公室
在办公室前面不远处有座粉房
我俩就哄着爷爷去那里给我们烧粉耗子吃

那年我们与情窦初开的华姐相处甚好
她美妙的歌声如今仍常绕耳畔
那一曲《天涯歌女》赛似金嗓子周璇
后来华姐回了老家,我整天丢了魂似的
晚上就躲在第二生产队办公室里打电话
那些年电话的总机设在黎明公社
“喂,你好,麻烦你给转一下
城高子公社,灰菜沟啊……”
现在想起来那时的热情或者叫热线
然后,经常是一片嘟嘟嘟的忙音和我的一脸茫然……

马厩里,更倌的火炕烧得贼啦热
大铁锅里蒸着磨盘大的豆饼
那香气隔着两道门都能闻到
你爷爷一瘸一拐地拖着一条腿给马加着草料
跟在他身后,我的耳边就响起那群马匹
咀嚼谷草的特殊而有力的声音
在马棚昏暗的灯影里
有一股股马粪和马尿的腥臊气扑鼻而来

梦　想

王　曼

在子宫中那个柔软的头颅就开始了梦想的冲动
梦想着冲破闷热甜腻的围城
而冲向成长之路的动力仍然是各色的梦想
一个梦想越过一座山峰
梦想破碎我们落向深谷
爬起定定神
稳健久了又会来个跳跃
梦想分泌旺盛的人
直到垂暮仍在溢出
直至一切绳索解除

从不经事的少年、身陷重围的中年到回味的老年
生活哪一刻让人真正从容过自在过自由过
一切的梦想都孕育于束缚
束缚越紧梦想越烈
挣脱了一个束缚便
是下一个梦想的开始

为了一个似是而非的感觉而付出了一生的代价
再为了一个理所当然的理由而困守于这个代价
初衷总与结果开玩笑
而那固执地老念着初衷的人就必定最痛苦

可就是有这样初衷不改的
放不下对美好理想的信念
为什么、为什么地问下去
一位诗人说过　女诗人不写婚姻和爱情就得救了
谈何容易

弹　奏

张雪松

三十多年过去了。爱
使一束玫瑰的芬芳
变成了内心汹涌的月光。

此刻,他依然钟情
这样出轨的笔致。
他写诗,迷醉于风力和光线的旅途
像一粒无语的沙子,落入眼眶
强迫自己埋入不为人知的泪水。

像雪一样,他将墙角蟋蟀的弹奏
执拗地堆在我们不断延伸的厌倦之中。

两种归宿

郑　敏

麦子就是麦子,稗子就是稗子

即便它们有时在一起牵手、跳舞、嬉戏、追逐、打闹
享受同样的阳光和雨露、风里泊来的雨水和空气
最终仍要被分别出来
麦子要归向属于它最终的仓储
稗子将进入火里被噼里啪啦地焚烧
你愿意做麦子还是稗子呢?

湖　北

被词语找到的人

张执浩

平静找上门来了
并不叩门,径直走近我
对我说:你很平静
慵懒找上门来了
带着一张灰色的毛毯
挨我坐下,将毛毯一角
轻轻搭在我的膝盖上
健忘找上门来了
推开门的时候光亮中
有一串灰尘仆仆的影子
让我用浑浊的眼睛辨认它们
让我这样反复呢喃:你好啊
慈祥从我递出去的手掌开始
慢慢扩展到了我的眼神和笑容里
我融化在了这个人的体内
仿佛是在看一部默片
大厅里只有胶片的转动声
当镜头转向寂寥的旷野
悲伤找上门来了
幸存者爬过弹坑,铁丝网和水潭

回到被尸体填满的掩体中
没有人见识过他的悔恨
但我曾在凌晨时分咬着被角抽泣
为我们不可避免的命运
为这些曾经以为遥不可及的词语
一个一个找上门来
填满了我
替代了我

枇杷小镇

龚　纯

自昨夜起,风凉了。
秋虫在近处
也在远处哀泣。
月光陡峭,而大陆平缓。
我感到我穿过了危险的生活,大部分文字生涯
已悄然度过。
我没有与谁相遇,除了天有暇年去看故人的故居
死者的坟墓,在方泾桥上站立。
顽固的脑袋交给谁欣赏
只有一支遥远的叛军需要它,将它埋入
树林。
从窗口望出去,枇杷小镇
迎来了秋天的树枝
已然垂悬,茂密的,孤独的

果实。

导航寻大孤山不遇

阿　毛

大孤山也是有掌故
有姓名和ID的

导航指示从吴山镇出发
过八公里乡路

及至目的地，路人和居民
皆曰：此大孤山

但见众山挽袖依偎
济济群峰似大别山

谷地的河堤和稻田
飘起烧荒的浓烟

我们被逼回车内
热泪盈眶中想起

大孤山在苏轼和陆游的
鄱阳湖中

民间的叫喊

柳宗宣

他的叫声里浮现儿时的村庄
牵引出母亲，从厨房出门
手持菜刀；闺中的姐姐取出衣柜
的剪子。我们变小了，围着走村
串巷腰系围布的，他带来异乡
的口音与风俗（磨剪子，戗菜刀）
从书房下楼，你被这声音牵引
对着高楼叫喊，呼声中空旷
无人。木凳上两块石头从左肩
转移右肩，累了便坐下歇息
他的衣着和他的年纪与手艺
一样老旧，就像旧社会的人
日走百里，收入六钱。现在
只图糊口。你沉缅于他叫声里
的民俗；他独自面对晚境的
医疗费用，必须负重地叫喊
制服的保安催赶他，呼唤中
街坊空荡，消逝的背影越变越小

回到练习曲

野　梵

秋已来临。我沉湎于枯荷
及一个语言事故中大地的色相
风声日紧,花事已显溃烂
笛声极其遥远
窗台上,那被正午翻晒的内裤
又结满蝴蝶的霉斑

我是从宜居城市的厨房
来打量这个伟大世界的,或者
说,是用时间的汤匙
来慢慢品咂热咖啡的梯度
瑜伽中谐振的耳膜
已无法辨认午后的肖邦

一首情诗已被虚构的夏天遗弃
重又被秋声的妄念所蛊惑
我沉醉于词语及其禁令
以留白消解濒死的感觉
杜甫说,"尔曹身与名俱灭"
飓风已极其遥远了

塞车记

毛　子

我去一座城市,见一个想见的人
但路上,遇到了塞车
车载收音机里报道
相距 200 万光年的一个巨大星系
正以每秒 6 万公里的速度
向我们的地球撞来
哦,一动不动的车流
每秒 6 万公里的天体
它们形成夹角,像骄阳下的沥青
煎烤着我
公路依然没有一点松动的迹象
而时间变得刻不容缓
我必须抢在一切发生之前
赶到她身边
她发来短信:
亲爱的,你到了哪里?
我在荒郊间的一条高速路上
而我们的身后
一场宇宙的灾难
正马不停蹄

惊 梦

余笑忠

有一回，我居然梦见了慈禧太后
和她的长指甲
她的长指甲表明，她并不需要环握住什么东西
没有谁敢于动她一根指甲
她向我夸耀她的指甲还在生长
她俯身对我耳语：“我还有一颗妇人之心
妇人至痛，莫过于分娩死婴。”一股凉气
令我惊醒……我摸了摸我的脸
以确认它即使被抓挠过，也像新土豆那样
只是被蹭掉了一块皮

养 蜂 人

剑 男

追逐花朵的人，在从鄂北通往豫西的途中发现
花朵越来越少，往年油菜花在大悟一带
还有些规模，如今变得稀落了。在河南光山
原先大片的油菜地变成了一个工地，公路
两侧的槐花也越来越少了。他想起从前
槐花开满枝头，公路像穿上镶有花边的大氅
他把蜂箱停在路边，有人将车停下来问他买

蜂蜜,如今车辆都上了不远处的高速公路
老公路像一个弃妇,远离了青春的好时光
他不明白那些老槐树都到哪儿去了,消失得
为什么如此快速?晌午的时候,他把车停在
光山马畈镇,想到那些跟他从湖北来到河南的
蜜蜂,像一个落难的人访亲不遇,他突然
感到这个春天变得有些清冷,并不断冒出丝丝寒气

纠　缠

川　上

他在墙上钉钉子
墙背面的人在玩游戏
他把钉子钉到墙的里面
再把钉子拔出来
整整一个夜晚
他都在钉钉子
拔钉子
整整一面墙
在黎明到来的那一刻
显得异常空虚
而墙背面的那个人
在游戏的森林里
攻城掠寨
他遇见了敌人
他打出的子弹

与背面墙上所钉出的黑洞
一样触目惊心

诗所在

沉　河

屈原把诗写在绢上
他之前的人把诗写在竹子上
更早的人把诗写在龟背上
陶渊明开始把诗写在纸上
那纸很黄，是黄麻的黄
到了李白，他把诗写在墙壁上
或者石壁上，月光上
杜甫把诗写在草上，茅草
也有写在泥土上，国土
苏东坡把诗写在水上，西湖水，长江水
那以后，写诗的人就很无味了
他们的诗没有了在的地方
现在我把诗写在电脑上
写完它就跑远了
不如写在心上罢了

山中

黄　斌

独坐之时　我不知道要经过多久

才能恍然从山中抽身出来
我像经过了一场星斗点燃的烛光晚会
我感动　但没有来由
仿佛这是我天然应该享有的
我像根树桩　与马尾松和枞树干
在一起　松风　有一阵没一阵
拂过我　也一样拂过它们
周围的响声好像是月光滴下来的
或鸟啼破喉而出的液体
我仿佛听懂了一点什么
那清冽的溪涧　绕身而流
又冷　又痛
但又像是理所当然的
一棵树　即是山的皮肤上的
一根毛发　我也是
直到连毛发也感觉不到了
我仿佛才从座椅中醒来

暴雨之夜

向武华

你说夜晚没有睡好
直到早上才睡一会儿
一晚上都是狂风暴雨
昨晚上由于疲乏
我睡得很死

对这一切我一无所知
我只看到暴雨过后的情景
被吹断的树枝
掉了一块玻璃的木窗
菜市场雨布紧裹的铁架
淋湿的老屋墙
穿着病号衣服
坐在床边发呆的女人
大片倒向湖边
成熟了的油菜
原野上阴郁的天空
乌云像一支部队
匆忙地撤退
一群雨燕
龙卷风般掠过湖面
不知道湖边野草深埋的小径上
安静走路的人
是否受惊

捡蘑菇的人

小　引

捡蘑菇的人
把车停在白桦林边
他独自深入落叶之中
这一切非常自然

斑头雁的鸣叫带来了野鸽子
接下来是布谷鸟和云雀
而昨夜的雨,已成为往事
没有什么比这更让人不安了,亲爱的
父亲在我身边轻声咳嗽
捡蘑菇的人听见天上静静的雷声

等待合金

李建春

雨蒙蒙的天,总是出人意外,不能自已
雨蒙蒙的天,我当在合适的位置
我背着教具到郊区上课,只能讲别人,不能讲自己
一连两天的课,从新石器时代讲到战国
我教我的学生艺术的由来
依次讲石器、玉器、青铜器,教他们认
簋、卣、尊、鼎,我备好了模范,等待合金熔液注入

策兰的一个下午

江　雪

策兰的一个下午,在河边,观察德国的倒影。
当它依旧模糊不清的时候,他在河底睡着了。

悲　哀

哨　兵

没有一条河流能在洪湖境内
保全自己——
东荆河全长140公里，横贯江汉平原，却在洪湖县界处走失，归于长江；
内荆河全长348公里，串连众多小湖，也在洪湖县界处走失，归于长江；
而夏水是先楚流亡路，深广皆为想象，早已随云梦古泽走失，归于长江；
而其他河叉，还不足以
与长江，
并论。
而长江全长万里。穿越十亿国度，但在地球某角走失，仿佛众归宿；
唯洪湖能保全自己，如我命。

洪　水

黄沙子

我反复向你描述过那一场洪水：
房子，稻谷，活着的人被带到别处。
只有一群鸟先是飞走，然后回到这里；

一些草，先是变老，然后又被暴晒，
枯得不成样子。看不见的都已
不存在，我躲在树上，只能是树的儿子。
脚下流水欢快而浑浊，积聚了
一个家所能拥有的全部器具。
一个神龛丢失了一扇门，里面也没有神，
一头牛和一只狗抱在一起，抱得很紧，
要是它们的主人看到，一定会大感惊奇。
雨还在下，收割还在继续，我看到
一个女人抱着木头从我身边过去，
尽管她知道割下的谷物还会发芽，
那么多的树叶，拖着蚂蚁在跑。

从此以后

亦　来

从此以后，要登高，悲秋。
要从下山路中发现向上的蒺藜。
每一片叶子，都会变成蝉蜕，
都会在与时间的交锋中拔除肉身上的刺。
从此以后，要独居，驱虫。
要从白云的诡谲中窥见苍狗。
天空的一半，将倾倒整夜的雨滴，
直到黎明从第七个笛孔中吹出。
从此以后，要洗尘，降噪。
要让骨架里的白键发出玉的声音。

翻过一页乐谱,就到了低音区,就像
从江南迁居到江北,并难以重返。
从此以后,要打理一棵枯树。
要让枝干的旋转在那根轴上静止。
要忘掉遍地碎锦,满腔扶疏,
只为年轮找一支柔韧的笔。
从此以后,要逐渐放弃口述。
要写下而不是说出命运。
要绕到纸的背面去,辟出空地,
留给大雪之前从疼痛中蹦出的丛菊。
从此以后,要赞美秋后的天气。
要怜悯一部部史书里不如意的镜子。
要跨过冰面走到镜中去,不动声色,
暗自感激光阴折出的那道深痕。

地铁上的姑娘

刘洁岷

红唇皓齿睫毛浓密的姑娘
戴眼镜框的姑娘
腹部被压在钢管上的姑娘
在循礼门中转站台像石子一样
被挤得液体弹簧似的嘎嘎作响的姑娘
以及在深 V 的胸口飞出几只文身蝴蝶的姑娘
都和我大半生认识的姑娘长得一模一样
她们不约而同搭上 4 号转 2 号到光谷的地铁

有几个好姑娘下了车,星辰随之沉落
她们漫步到欲念与寒冷交织的地方,等待
激动的心电图在地平线附近平息了下来
熄灭的篝火旁是温暖安静的骆驼
而更多的姑娘像东湖发梅雨一样漫进了地铁
记得那年我在潜江的酒桌上遇到了眼泪
汪汪的大头鸭鸭,我满手满嘴小龙虾地告诉他
那些从地下开来的地铁会一车车地拉走所有的好
　姑娘

还有两天月亮就圆了

向天笑

今天是你的生日,我的父亲
还有两天,天上的月亮就圆了
可我们家的月亮,再无法圆满

中秋的风吹过低矮的山冈
月亮也会爬上低矮的山冈
你躺在地嘴山的山嘴里
就算满山长嘴,你也不会再说一句

手机收藏的联系人里,你还在
我迟迟都不想删去
总盼着有一天,你的图像
会跳出来,与我讲话

再过两天,月亮就圆了
圆满的月亮,像花圈一样
摇晃在你低矮的山冈上

迎春花向左

杨章池

它向左弯曲。
打从卸甲坪山上移栽到
这个花盆起,一直向左。
一个月了我右颈一直在疼。

当我往右边拨拉一下
这细如圆珠笔芯的干,感到明显的
反抗:
它拧过去,“啪”地打在
右边玻璃窗上
劲道惊人。

我们没法达成一致:
从根部发生的扭曲
甚至连着一座山。
按摩师傅仁超曾捏定我的酸胀:
“有没有,这边有没有?”
其实,哪里都疼。

我放过自己，让细茎
反转，“唰”地弹回，保持向左
而我僵直的右颈渐渐消化……

惊蛰后

张　洁

万物应该安静下来
轻掩门扉
熄掉灯火和歌喉
让星空覆盖人间
让灵魂归位
谛听神明细小的声音

正如你的降生
一声惊雷
之后，慢慢止住了哭
你将练习更多必须的动作
比如蹲，比如潜
在上帝完美的创造面前
一再放低自己
而你获得的
永远不会比这些更多

湖　南

中年之秋

聂　沛

我的办公室里并没有秋天
只是某些秋天的文字和冥想
窗外的桂花开了,一阵阵秋香
吸引着人,该出去走走
路边的矢车菊让我怦然心动
秋风蜷缩于命运的角落
随时准备抚慰悲伤的诗歌
还有悔恨,一切还不算太迟
秋天之路可以通到天边
把两个人置于最遥远的距离
一道破败的栅栏落满黄叶
上面曾刻着她的小名。我的刀子
早已被岁月没收,用来雕凿
中年这不可收拾的沧桑
天是圆的,我的心却扁平
如纸,希望能写上一行大雁
钉子那样嵌入浩瀚的星群
而更低处,掉落的野板栗
被慢慢烤熟。仔细去壳、剥皮
我熟悉的滋味,像咀嚼自己的骨头

2016年4月16日，或者晒衣竿上吊一只腊鸭

欧阳白

老妈在阳台的晒衣竿上吊了一只腊鸭

阳光下，它通体几乎透明
若是把它当作一篇文章
内脏已经不知去向，已经没有思想
翅膀被删除，不能飞
脚掌被删除，不能游泳

只是
鸭头仍在，鸭舌仍在，鸭嘴张开
依旧显得硬朗

它似乎还有话要说

照　片

吴昕孺

我手里拿着一个古旧的相机
想拍出一张
独一无二的照片。上面没有人

也没有景物或事物
连光线都没有。我要拍出一种
单纯的存在
比如快乐,或者痛苦

我凝视蓝天,快乐从那里
一掠而过,留下一堆
淡得出鸟来的白云
我俯瞰大海,痛苦在那里
波翻浪滚,光的鳞片
裹着一尾尾
正在消逝的鱼

我迅速举起镜头
或进,或退
或斜转身子,或匍匐在地
无论如何,都一无所获
我唉声长叹,不小心失手
让相机掉进了万丈深渊
我脑海里一片空白

世界一片空白,才恍然大悟
我成功拍出了
那张想要的照片

空镜头

起　伦

那神秘影子与宽敞亮堂的大厅形成强烈反差
它使我着迷。阳光穿过回廊
又穿过窗玻璃,倾泻在光滑地板上
有一股暖流心中涌起,给我一种交谈的冲动
而近处没有一个人,甚至一只猫,一只狗
远处天空一贫如洗,少了一群生动飞鸟
我的眼里何时蓄满泪水?我不知道
多年来,我一直回避柔软的词
可这样一只空镜头,偏偏找到一种感动

淤泥之子

草　树

走在杨柳的湖堤上
我想起大旱之年那个孩子
在淤泥中两手垂着,笑眯眯
俨然一个淤泥之子

甲鱼的爪印像金丝桃
裂缝含着泥鳅背脊的青幽
春天的滩涂长出碧绿的嫩草

草香曾经盈满他的记忆

老鹰的影子在镜中远去
他乘车远行,闯出大世界
站在窗明几净的办公室
却满身泥点如暗火燃烧

互泼淤泥。不再是嬉戏
衣服脏了也不是下水的简单理由
快乐再临只在那塘干水尽
鱼儿仓皇、白银闪烁之时

当那低处的泵发出一声咕隆
他也听出垂死者的喉音
镀着鱼儿的银镜破碎了
尘埃沉淀。他在此处看见

柔软、温润,大地深深地挽留
在一个人的干旱中,他自以为
远离了淤泥,其实生命从未离开
这个无形的、巨大的胎盘

那些萧瑟时刻

青　蓖

街道间植桂花和银杏,高矮错落

城区最适宜的树种，犹如春天山坡上的杜鹃
银杏叶正在变黄，公园里正是散步的时候
沉寂远阔，脚步声回荡
三十年前，父亲意气风发
从没有时间带她领略风景
她看见高山、翠竹，却不懂其意
许多年里感恩，有依傍的智慧
心里藏着灌木兽，足以扰乱一片静寂
她也懂得使用内心，避免与人萧墙内龌龊
独独那单纯看事物的眼光
看过千帆的定力，以及事物的深远
有待父亲引领。但父亲鬓发灰白
冷冬或许令他难受。他们有不同的罪过
到时间脱落，满街都是金黄的叶子

鱼

张　战

大青鱼、麻鲢、草鱼
油叼子、翘白、针嘴鱼

渔网在哪里罩落
鱼就会在那里

一种鱼叫半边屎
脊下有一道蓝弧光

圆肚子软得像水豆腐
轻轻一挤
身子去了大半
三三妈一挤一丢
一会儿就是一大桶
晒干冬天炒辣椒吃

五月吃银鱼
瓷勺子舀起来
皓皓之白如月光

七月从六门闸买两条大青鱼
我和哥哥用竹扁担抬回家
湿麻绳儿打一个死死的结
鱼嘴穿进去,鱼鳃穿出来
再从另一边鱼鳃穿进去
鱼嘴里绕出来

我八岁,哥哥十岁
我在前,哥哥在后
扁担下悬着两条鱼
傍晚了
青鱼脊背和天色一样了
青鱼拼命跳着舞
尾巴啪啪打我的背

我的背上有闪电的痛

我的同学周炳言
这个夏天淹死在洞庭湖
后来他睡在门板上
他妈妈疯了
光着脚在湖边喊
我的儿
梳梳你的头
转转你的眼睛

鱼后来就安静了
我们都隐没到夜色里

习　惯

梦天岚

我已习惯躺着思考
似乎这样就可以背对大地

我已习惯躺着时闭着眼睛思考
似乎这样就可以无视上天

我已习惯闭着眼睛在想象的微光中思考
似乎这样就可以反观自身

在背对大地时,我只有羞愧,
在无视上天时,我感到惧怕,

在反观自身时,我如此卑微。
我的卑微又如此孤独。

我已习惯我的孤独越长越大,
在想象的微光中。

窗台上的鸟

刘炳琪

又一个白天要走了。那只鸟
依然没有回来,已经三天
从来不曾这么久

鸟住在我的窗台
和我一样,经常早出晚归
没说过它在忙什么
我们常在夜幕里相遇
偶尔窥探到彼此的秘密
绝对不会告诉别人

它始终隐藏自己的性别
应该有过恋人。那是它的权利
就在窗外叽里咕噜,也不避讳
我见过它们颜色与表情一致的脸
它们惊讶于我的出现,然后
那只飞走了,让我歉疚至今

哦,对了,它很会关心人
会在天明温柔催你起床,唤你带伞
咕咕咕的呼叫不高不低
就如亲人提醒贪玩的孩子
有时试图置之不理,它会展翅
在另一个看得见的地方再次叮咛

我已经习惯这样的存在
不知道它是遭遇新的感情
还是偶尔迷失方向?
它都应该回来,或许就是今晚
在丝绸的月色里
燃起我们重逢的目光

中秋日的金婚

远　人

这一天,父亲在微信上晒出
他和母亲五十年前的合影
他们如此年轻、如此匹配
如此在面对未来的生活

我不禁惊讶他们的那一时刻
一个未来在他们面前展开
或许,他们那时想的不会太多
更不知道今天会是什么样子

后来，姐姐、哥哥和我
加入他们的生活。我们偶然
会成为他们埋怨的部分，但也
恰恰是他们最期待的部分

很长的时间里，我真的很少
去注意他们，尽管那张照片
就在墙上的镜框里。它和其余的
生活挤在一起，慢慢有些杂乱

当很多年过去，搬家后的墙上
镜框不见了，我几乎没有觉察
让我分心的事物逐渐将我占领
我也不再记得那些照片和往日

父亲在今天晒出的合影
我竟然不知道它是如何被收藏
我凝视它很久——那时，父亲的
头发浓密，妈妈的辫子搭在胸前

但我最惊讶的还是此刻
父亲一定把照片端详很久
妈妈也一定把它拿到
灯光更亮的地方，然后叹息

然后又微笑。或许他们真的知道
时间究竟是什么样子，所以在
五十年后的今天，选择一个中秋

选择一年里最圆和最干净的月亮

春熙路的月亮与模特

程一身

一个暂住在金科北路的人
乘地铁 2 号线去春熙路
一抬头,看见月亮像个熟人
悬在两座高楼之间
夜色分布均匀的黑幕上
像个实心句号,那么高
贴着一个亮灯的窗口
墙上的巨幅模特顶天立地
似乎奢华富足就是幸福
路人在她的俯视下不断走过
乘电梯更上一层楼
他感到仍被俯视着
巨量的财富突然让他羞愧
他感到月亮也在俯视他
他感到墙上那个模特的原型
就住在月亮旁边的房间里
面对月亮他已无心抒情
他感到他置身在月亮与财富
交织的光芒中。是的
月亮照着诗人也照着商人
但此刻他感到到处是商人

商人却不知道他曾来过

晨

楚 子

我奋力地啄
坚硬的壳开裂了
我啄开米粒大小的洞
一缕黑暗利剑似的戮进来
刺穿我的心脏
我还在奋力地啄
欲望像刺猬般展开
轰的一声　坚硬的壳裂开了
我奋力抖掉一身黑暗
站起来,睁开眼
原来世界仅眼睛那么大
光,弹奏着野心四处奔跑
地平线尽头火焰闪烁
一朵云　呼啸着
擦肩而过

飞 行

马迟迟

当你从候机厅铝制反光玻璃

向外眺望。仿佛雪霁的白光
降临,在午梦瞌睡的边缘
以及夏日的弧际线下,机翼滑翔时
摩擦的气流,像鹤唳。炎浪拍击
滚烫的跑道,跑道上,巨型的铁架桥
以它完美的数学水平向前伸展
螺旋和发动机冲驰撞击,进击的军号
无形的气压和涡轮,急速爆破的火花
像地铁驶过狭长城区的岩层,像电流
颤击你耳蜗的黏膜,你躯体的州郡
在失重中脱离赋形的引力,脱离
原子和分子的公转,沿着
波音机上升的光路,你想象一种飞行
想象古人,在巍峨的群山
他们的长须和袍袖里,一只
遨游的鲲鹏。光滑的展翅,拍击大气
像一匹夜马在松影和溪涧中
腾跃,一只点水的蜻蜓
泊在月华的球面体上,从一幅山水的
宽荧屏长镜头下鸟瞰,永夜无极
在星辰和中国版图上,跨越
一万英尺的省份,跨越高原
和平原,跨越丘陵、山地、湖泊
和江海。在峰峦虚渺的平面上舒卷
哦,飞行。你辖区的城镇和村落
是界限民主的微积分(多么漂亮的几何方块,
骈俪的锦缎。)跨越时间的磁场

和空间的扇区,你虹膜的波段在此空无
沿着舱顶的脊光,平流层梯形的航线
你灵魂的自转,在横轴和纵轴的坐标上
穿过唐宋的向度,穿过殷墟的甲骨
和辛亥的炮管,穿过战争与和平的基准线
人生的恒河是璀璨的方程式,像命运的半径
在寂静无垠的长轴上迁徙。跨越
纬度和经度,让你的搏斗在此结束
让你的敌人和友人,属于天文学与地理学
交响的诗章,让这次浪漫主义的飞行
止于一张现实的航票。哦,飞行吧
跨越时区和气候的逆差
卸下你的手机、钱包、手表、身份证和
管制小刀具……卸下对抗和真相
想象一次宏伟的飞行。共和国规整的队列
登机口例行的安检,被一一编码的
驯服的公羊,通过闸门和
秩序的甬道,一张通往天空的门票
上面写有你、出生的年月和自由的挽歌

吉　林

友情链接——左手

郭力家

和左手认识一年了
和左手见过三次面
和左手通过三次电话
她让我谈谈她写的诗
她给我开了“郭力家的博客”
她给我的留言是
睡狮醒来啊
啥时再聊哇

然后她就病了
然后她就死了
她肯定不会再写诗了
她也不会再给我打电话了
她来得挺轻
她去得挺静
她的笑是软的
她的诗也是软的
她人来人往得像个童话
她不会让人习惯
死亡也是一种生活方式

她不会和自己的女儿继续秋水伊人了
她不会眼睛转来转去
寻找水边木屋的门了

写诗
是自己的事情
放手
也是自己的事情
她挺真实地做着自己的事情
事儿做了一半
心情刚进夏天
人间的风全面离开了她
这座城市静得没有一点叹息的声音

这一次
琴
离开了手
时间趴在门外
一动也不动

她留在我博客上的一行字是
友情链接——左手

嘿嘿　左手
你可真有意思
你忙三火四地把我鼓捣醒了
你不声不响地让我瞅着你
一次性从人生净身出户

你这么做
不像诗
是做文

知

于德北

如果天上有银河
我不知星星在哪里
如果我是一颗星
我不在银河

但是,我羡慕银河
又保留我自己
孤独啊
多么自在自得

沉　没

阿　未

或者,我在这场汹涌的大雪中沉没
可以被一片雪花覆盖,也可以
在咄咄逼人的寒风中,停止所有
关于蜂蝶飞舞的想象,以
僵硬的内心和表情,抵抗

越来越冷的日子,或者,我在
无数破碎的雪花中,不停地奔走
一次次穿越这些冬天的芒刺
以一棵树逃生的方式,卸去这身
饱满的血肉,只留下一身
不肯折断的骨头,幸好,我的骨质
尚未疏松,在最冷的时节
还能像冰一样坚硬,或者,我在
雪地上一动不动,就这么睁着眼睛
看纷纷扬扬的雪,悄悄掩起这尘世
太多苦难的疮疤……

朱　耷

得儿喝

以一目尽传其神
这一目几乎就剩下眼白
你说是不是传神的极致

什么世道
难怪鱼鸟都瞧不起人
不如明朝散发弄扁舟

明朝没了
哭笑喝点小酒
骑驴回青云谱

玉　米

胡卫民

四个女人打麻将
每人身边,立半袋子玉米

打多大的呢？好事者问
有人随口道：打1碗的,16碗封顶

谁输了,就从自己的米袋子里
往出扤米

最后起身时,不用问
看一眼米袋子,就知道了结果

有时,看热闹的也不闲着
帮着算账,帮着扤米

嬉笑怒骂,她们的脸上
泛着玉米贫贱而又金子般的光芒

时间之上

刘文辉

黄昏没有颜色

大地静默
看黑色的夜
坠落

我们看到多少星星
在一池湖水里
碎裂
无声无息

严冬躲在松枝上
歌唱哀伤
花朵阵阵怒号
飘零散落

暮色停泊在码头
飞鸟歌唱
叶子在风中张望
蓝色缤纷

坚硬的时光隐没
秋叶旋转
纠缠的喘息
薄暮燃烧殆尽

逃亡和流浪
相爱和相忘
唯有孤独
曾侵染你的足迹

夏　荷

红　雨

青蛙扑通开涟漪的心情……

夏荷很配合地
跟着晃动

就像生逢夏天
就一定要举起茎的绿
托出花的红

而谁会掀起荷叶下
那前世的冷
那宁静的疼
也许
只有走过冬天
也将走过整个夏天的风

鸟　人

张晓民

1
我要带上一只麻雀

或一群冬天的乌鸦
它们至今都无法破译
我儿子张小楠的
爱情密码　怎样在冬日的
蓝天上放飞一片羽毛
再怎样　在这片飘舞的
羽毛之上　安插一束
鲜艳的玫瑰

2

去年夏天
我忽发奇想　非要带着
我深爱已久的女人
还有她
在读大二的女儿小萌
去我出生的那座小镇
寻找我儿时用来打鸟儿的
那支单管火药枪
那时　我的祖父还活在
人世　他曾多次阻止
我的猎杀行动　至今
我才理解爷爷的用心良苦
是多么的弥足珍贵

3

这不纯属扯淡吗
时隔这么多年　到哪儿去找啊！

我儿时居住的那座老宅
如今已经变成小镇上的
一座广场——每到天黑
跳广场舞的老人　像一群
叽叽喳喳的喜鹊　找寻着
自己年轻时的美丽光环
我问过几个舞动扇子的
女人　她们根本说不出
那支火药枪的踪影

4

我经常在午夜醒来
实在睡不着了　就去酒柜
找一听阿狄勒小麦啤酒
这时　我就想我的童年
就像一枚鸟蛋
我的少年　以及我后来的青春期
就纯属是一个
得儿喝的鸟人　我天天想象
我同桌葛万玲洁白硕大的乳房
却不敢抚摸她的小手

5

每当想起这些陈年往事
我就会陷入一种极度的
困惑与悲哀
我出生在一个荒唐的

年代　像傻瓜一样虚度了我的
青春岁月　梦幻时光
但时至今日　我的肋骨深处
却依然保持有火山喷发时的
激情与热量……我要让我活出
一种鸟儿的模样　我要让我
深爱的女人　活得更像一个女人
活的真实而快乐　像一场
大雪过后的蓝天
那么咄咄逼人　不容侵犯

6

多少次我在梦中醒来
发现你用一枚枚竹签刺入
我的胸脯　你说你要惩罚我
你说我偷了你放在仓房里的火药
还有你从公家的仓库里偷回来的
一根钢管　你不是我的父亲
但你和我父亲一样喜欢打猎
喜欢在冬天大雪弥漫的山岗上
围堵一只野狍子　你们打回狍子的
那种兴奋与激动　远远超过
你们那个时代的男欢女爱
时至今日　那狍子的肉味
还在我的体内留有余香

7

据说你是山东人
长得人高马大　像一只骆驼
你和我父亲在一座工厂上班
平时　我们都管你叫陶大爷
你和我们美丽的陶婶一起养育了
一群更加美丽动人的姑娘
我无比喜欢你家老二陶香璐
但我像喜欢香璐一样
更加喜欢那座小镇的冬天与浪漫
喜欢在冬天和香璐一起
跟在运粮的马车后面　捡拾
一粒粒掉在雪地上的
金黄色的玉米

8

去年的这个春天
在泰国海滨小城芭堤雅
我忽然感到浑身发冷
因为　我再一次遇见了
文森特·梵高
遇见了他早期的画作《星空》
(虽说是仿制品)这让我
再一次想起了我的童年
想起了阿尔的阳光与麦田
想起了小镇三河湾　陶香璐
理发店老孙头　还有我的

那把总在春天钢管直立的
火药枪……

9
我一生的罪过
就是因为我从小就
喜欢火药
喜欢火药在我的身体里
和洁白的雪地上冒出的
一缕缕蓝色的火焰……
这让我后来的生活
总是危机四伏　火药味十足
就像我不断遇见的女人
浑身上下总是旌旗飘舞
总是充满一股妖气
烈焰频生　芳香四溢

把雪花的味道分一些给你

郁　子

我已经闻到了雪花的味道
还不见大雪封山
还看不见那些
嘈杂亲切的麻雀。
即便这样
也还是把雪花的味道分一些给你

让你在一路清香中
跟我一起路过旧时光。

最好是一个月色清澈的夜晚
坐上一驾陌生农人的马车
捂住冻红的耳朵和下巴
在一路咯吱声中,欢快前行。
也许,会闻到当年豆饼和旱烟的味道
听见赶车人跑调的口哨
也会搀起,醉倒在路边的老人。

在抵达村庄之前
听赶车人说他多么盼望雪
他说,没有雪村庄就没有衣服了
没有雪庄稼就没有好收成了。
他还说,大雪封山后
老婆孩子守着火盆嗑瓜子唠闲嗑
他要去山上打野鸡套狍子
办好过年的山珍野味。

那我们,还能干些什么呢
我们也随便唱一首歌吧
就唱那首
月亮在白莲花般的云朵里穿行……
唱着,我们就回到小山村了
就闻到雪花的味道了。
少时的家人,都在那等着呢

从前的都还在。

我已经闻到了雪花的味道
那就把雪花的味道分一些给你
让你,跟我一起路过旧时光。

寻找一棵树

于小芙

向上,亲近云朵
高处没有寒冷,只有自由
向下,秘而不宣
根深一寸树高一分
我在寻找一棵树
和它并肩站立
叶子亲吻叶子
树枝摩挲树枝
天上行云地下流水
挺立或倒下都不动声色
走出泥土仍要回归泥土
厌倦粗糙总归来自粗糙
所有前世的奔走
都化作此刻密集的温柔

方形世界

董轩宇

乘方形的电梯
进入方形的大楼
在方形的房子里
躺在方形的床上
用越变越方的手
握着,方形的手机
在方形的屏幕上
操纵方形的游戏人物
然后,透过方形的窗户
看一辆辆方形的汽车
在方形的街道上
开远

方形的课本
是否已教出
方形的思维
方形的思维
是否将带来
方形的未来
方形的未来
是否将遍布
方形的人类

方形的人类
是否会拥有
方形的宇宙

我停止敲打方形的键帽
审视这方形的宋体
面对方形的界面
眨了几下
不方形的眼睛

五十岁：灵魂向太阳

董　辑

今天是大年初一
按照阴历的算法
我今年,已经五十岁了
在我故乡亲戚们的眼中
我已经是一个五十岁的
半百老人了
虽然按照公历,我今年
刚好四十八岁

四十八岁也好,五十岁也好
都不小了,至少
青春的小鸟,已从我的身体中飞走了
至少往事的长篇小说

已经厚过了六百页
至少足球场上,我早不能高速冲刺
至少篮球场上,我早不能一条龙上篮

我知道人生的一个新阶段
已经开始。从此以后
我将越来越深地走进
老年这座空荡荡的后花园
我要去学习变老
然后用一天又一天去习惯
肌肉松弛,眼睛变花,记忆减退……
我要学习与老年和睦相处
还要用一天又一天去面对
皱纹更深,白发更多,忧伤更浓……
我要以一个老人的眼睛
去看日出日落
去看云淡风轻了
落叶,将更重地砸进老年
秋雨,将更冷的淋湿老年

还会有情爱让生命冒烟吗?
还会有友谊来敲开心门吗?
还会在生活中点燃希望的引信吗?
还会有新的小路,让灵魂迷路吗?
还会有新的台阶,让梦想更上层楼,登高望远吗?
还会一顿吃五碗干饭吗?
还能在笔尖中睁开一双眼睛

看见未来的繁花似锦吗?
还有多少梦想能够礼炮?
还有多少热爱能够结果?

未来的算盘,用老年来拨
只会越拨越乱,越拨越算不出答案
只知道白发会越来越多,白发如雪
只知道皱纹会越来越深,皱纹如刻
但有必要让情绪中渗进铅吗?
但有必要把石块垒进心情吗?
但有必要用一声又一声叹息
让心灵挤满噪声吗?
有必要痛恨和诅咒,五十这个数字吗?
有必要用过去对比现在,用现在预约未来吗?

子曰,五十而知天命
天命是什么呢?
孔子没说,我也不可能想得出来
那就吃好每天的每一碗饭
睡好每夜的每一场觉吧
让天蔚蓝,让月亮明亮,让风吹
让燕子来了走,走了来
让心继续大海
让梦继续火山
让亲爱者更亲爱,让仇恨者也亲爱
五十了,半百了
更应该把生活当成乒乓球

随便发球，随便接球，随便抽球了
半百了，五十了
半百和五十了的灵魂
还不敢迎向太阳这个大火球吗？

黄昏，像一只羊

尘　轩

黄昏，像一只在山坡吃草的羊
慢慢地、仔细地，把天色吃暗
两只前蹄搭在日头上，一天便滚下山去
没发出太沉重的声音，没燃烧，没粉碎
声音很静，接近于孤独者的内心

山的这边，有羊蹄子一般的黑
没吃饱的羊，可借月光
摸索着，闻着草的气味吃下去
直到把天色吃亮，恢复雪白的毛皮

左手够不到的地方，都长满了草
右手够不到的地方，都荒芜着
能长出草的土地，都不能叫做荒芜
世间空下来的土地我都想种草，留给羊
让它吃饱，在深夜里趴下
反刍，不停地咀嚼大野上的暮色
星空像远行者的声音，在羊的心里翻滚

地并不方，天并不圆
方圆之间，羊在咩咩声中走动
只有那些青草，能打发它的困倦和慵懒
我像个牧羊人，跟在黄昏的后面
赶着孤独，在世间多出的荒凉里过夜、周游

指甲刀

孙慧峰

每次出门，我都忘带指甲刀。
我的指甲刀都拴在钥匙串上，
我出门是不带家里钥匙的，
因为没有可以打开的门，
在外地。

每次在外地的床上
我都会打量指甲：手指甲和脚趾甲。
脚趾甲因为被鞋子束缚
长得弯曲，
手指甲因为自由在外
肆无忌惮地长得很直。

在外地，我的指甲都会疯长
结果，每到一个城市
我总是先去寻找指甲刀
不论是大的还是小的，我都会买上一把。

久了，竟有了几十把
有一次我把它们都摆在
窗台的大理石板上，每一把都银光闪闪
每一把都暗暗证明
每个人去过的地方，都有他的一部分
永远留在那里。

路过的城市

张牧宇

我以为
我会再一次坐在靠窗的位置
神情期待
而事实是，在暗夜的列车上
穿过一座又一座城市
我睡得平静而荒芜
一个梦都没有

江　苏

悲伤太奢侈了

代　薇

平息一场风暴
只能是另一场风暴
铲去一种记忆
必须是更深刻的打击
终止万劫不复
需要乱箭穿心

为了火花而触摸电线
为了看清，而像里面一样黑暗
我知道
“如果我哭泣
世界并不在意”
悲伤太奢侈了
像寒风中垒起的岩石中生长的荒草
除了生死

地理教师

朱　朱

一只黏着胶带的旧地球仪

随着她的指尖慢慢转动，
她讲授维苏威火山和马里亚纳海沟，
低气压和热带雨林气候，冷暖锋

如何在太平洋上空交汇，云雨如何形成。
而她的身体向我们讲授另一种地理，
那才是我们最想知道的内容——
沿她毛衣的V字领入口，我们

想象自己是电影里匍匐前行的尖兵，
用一把老虎钳偷偷剪开电丝网，且
紧张于随时会亮起的探照灯，
直到下课铃如同警报声响起……

我们目送她的背影如同隔着窗玻璃
觑觎一本摊放在桌面的手抄本。
即使有厚外套和围巾严密的封堵，
我们仍能从衣褶里分辨出肉的扭摆。

童话不再能编织夜晚的梦，我们
像玻璃罐里的蝌蚪已经发育，想要游入大河——
在破船般反扣的小镇天空下，她就是
好望角，述说着落日、飞碟和时差。

半身不遂

李　樯

八九岁的时候
我经常跟隔壁家的老头
下象棋
我们坐在柳树荫里
他右手摇着蒲扇
扇出凉风
或者拍打
腿上的苍蝇
他身上总是有股馊味儿

他得了半身不遂
走棋时,需要将扇柄
塞给拳着的左手
他左手废了,永远半举在胸前
不时哆嗦几下

小鸡巴,我又要把你将死了
他得意地哆嗦着手说
有回我输急了,把棋子一扔
你个老鸡巴抖啊抖的
赢再多回,又有个鸟用

冬　夜

路　东

以雪的名义，盛行于冬夜
比知识古老，这天气，出自魔法
大面积的白，向远处弥漫
房屋、沙土车、路牌、墓地
露出一些含混的轮廓
大大小小的事物，失去了体面
退出日常的秩序
这天气，阴且冷，且锋利
劳作之人，又归藏于切近之物
意义的飞鸟，藏入乌合之梦
风声空荡，白茫茫
心无所往者，在读梅花的诗句
直到它的花瓣彻底开败
此刻，具体之物已不可上手
这冬夜，也绝无庇护的火焰
寒冷的人，患上想象三月的疾病
而三月，是钟表里的巫婴
她暗示了日子的诡异
在此急迫中，谁可泰然处之
雪，盛行于冬夜，越下越大
大面积的白中，会有未被命名者
匿迹而来吗

峡谷记

胡　弦

峡谷空旷。谷底，
大大小小的石头，光滑，像一群
身体柔软的人在晒太阳。
它们看上去已很老了，但摸一摸，
皮肤又光滑如新鲜的孩童。
这是枯水季，时间慢。所有石头
都知道这个。石缝间，甚至长出了小草。时间，
像一片新芽在悄悄推送它多齿的叶缘；又像浆果内，
结构在发生不易察觉的裂变。
我在一面大石坡上坐下来，体会到
安全与危险之间那变化的坡度。脚下，
更多的圆石子堆在低处。沉默的一群，
守着彼此相似的历史。
而猛一抬头，有座笔直的石峰，似乎已逃进天空
　深处。
在山谷中，虚无不可谈论，因为它又一次
在缓慢的疼痛中睡着了。
当危崖学会眺望，空空的山谷也一直在
学习倾听：呼啸的光阴只在
我们的身体里寻找道路。
那潜伏的空缺。那镂空之地送来的音乐。

母亲是个童养媳

顾耀东

小时候，听说母亲是个童养媳
六岁被送到一个姓邱的人家
那些年，外公被土匪绑架
为救外公，家中值钱的都典当了
六岁的母亲也换回一点赎金
不久，外公被放回来
天天打点小小的豆腐店
日日守着一亩三分地
母亲也接回家里……
这都是解放前的事情

解放后，外公老了
少女的母亲，用勤快和聪慧
支撑日渐衰落的家境
母亲不止一次地回忆
少年父亲
就是喜欢偷看她纺纱织布的身影……

十九岁的母亲嫁给了父亲
不到二年，灾难来临
外公因为那爿店那块地
被捞进疏而不漏的网里

——以后的事情谁也讲不清
但我记得逢年过节
母亲总会悄悄去看邱家母亲

小时候,听说母亲是个童养媳
我真的没有在意
只记得母亲吃饭很快
泡点汤三口二口就吃完
今年,我接母亲来南京
媳妇每天做好多菜
可母亲总推三阻四
这个不吃那个吃不下
今天,我给母亲夹点菜
母亲又捂着碗,往桌边躲避
看着母亲的样子
我忽然想起
——母亲是个童养媳!

我知道他们耳朵里住着另一个人

格　风

谈论美好生活的时候
我在南农大跑步,操场外的树木,鸟群
北面教学楼上巨大的钟声
有一种神秘的力量

那么多美丽的臀部,胸部
迎面袭来,或转身离开让人怦然心动
但没一个和你有关
没一个是你随便可以动一下的

操场上的耳语族
他们喃喃自语
或在流动人群中低声倾诉
仿佛在和空气说话

有点力不从心
我知道他们耳朵里住着另一个人
另一只耳朵
在世界的任何一个角落

那一年的白桦

林　众

那一年
我们坐在松花江边的白桦树下
你指着公路大桥上的车灯问我
是火车还是汽车
我迷茫着
你看着我的眼睛对我说
汽车有两束灯光,火车只有一束
那一年:我十六岁

那一年
你坐在白桦树下看在教室里上课的我
眼神坚定充满笑意
羞涩的我央求你好好上课
你看着我的眼睛对我说
不要怕,将来我们会是最亲密的人
那一年：我十七岁

那一年
你拉着我的手走进白桦林
指给我看上面长的各种眼睛
忧伤的,快乐的,愤怒的,喜悦的
你看着我的眼睛对我说
小女孩,我在等你长大
那一年：我十八岁

那一年
我攒了一年的津贴去看你
火车离你越近心就越跳得厉害
你隔着门对我说
世界上最爱你的男人是你的爸爸
男朋友是可以换的
门口白桦树沙沙地为我哭了很久
那一年：我十九岁

那一年
二十三岁的我

收到了你的礼物
你兑现了我结婚时
给我买漂亮婚纱的承诺
而我
已不再需要白桦树的颜色

规　定

杨　黎

一个女盲人
牵着她的导盲犬
被公交司机
挡在公交车下
她们等了两辆
也没有上成
第三辆,或第四辆
还是没有上成
所有的司机都说
狗不许上车
女盲人说
它不是狗
它是我的眼睛
但公交车有规定
她们俩没有上成

迁

雷　默

从一个黑夜回到另一个黑夜
星空苍茫如一
从一座山丘登上另一座山丘
秋虫声声如一
从一条河边走到另一条河边
流水淙淙如一

每一个春天都会有辜负
每一种幸福都会有麻木
在世间，心灵映照万物
在人间，孑孓穷其一生

返　乡

育　邦

我背负木剑
从世界的另一边
乘船归来
车轴河里落满了我的光阴
在海的那边
靠近星辰居住的小镇

是我的故乡

我从粮站码头上岸
我拥有无限的时间

木瓜树下有一条小路
那是诗人的秘密小道
后来，木瓜树被砍伐了
它只能悬挂在夜空中
杜鹃的啼鸣依旧回荡在小树林中
已成为古老的遗迹

风，雪，带血的玫瑰
为我拂拭忧伤
哦，那颗小时候的心
在灰尘中发光
河流呜咽，大海咆哮
突然大声说出
那些被淹死孩子的名字
——他们都是我的朋友

蝶

车前子

怨妇那样了，瀑布：
黑丝，小兔崽子上吊于音译，

带着奶妈。

洁白的奶妈啊！轰隆隆，
重彩口感，初夜，
你的咸味糖飘忽空灵，

卷心菜那样卷着心。
受损的尘埃翻到翅尖，
烤火；多么笨拙的苦难，

排列出操的三块、
五块木炭。处理，
处理成死去的水汽，

水汽中彼时年少，精通反叛。
凌波的睫：灯煠掩映着——
精致的红辣椒，你的咸味糖怨妇那样了，

小兔崽子那样了，
瀑布那样了，
裹挟一百头奶妈，乳汁不能公开。

（蝶，挤在巨大的花朵上，
地球被人类踩扁，
等待与满月一起荒凉。）

过　桥

萧英杰

经过一座桥时，写首诗才不会辜负，
比如桥下的水，水上的船，船上的人，
两岸，盛夏之时更加清晰美好的风景。
应该亲一次嘴，来一次具体的思念和
一场虚拟的温存，对日渐稀薄的情感
来一次锐化与提纯，来一次心神放浪，
瞬间爱上一个人，看他或她骑车碾过阳光，
人也被阳光碾过，在一阵风中走远又走近
——一切，任凭想象所愿。
过桥时，你要一分钟过完幸福一生，否则
此生就不完美，过完桥，就介入到下一生。
要在桥上停留，哪怕片刻，真实的存在里，
你会看到，你与那些不相干的人事纠缠，
心生不满，怨恨，甚至感觉他们羞于为人。
这时，两岸的虚空向你涌来，如雨季涨水，
清新让人透不过气来，凶猛让人透不过气来，
你无所适从，感觉窒息，疾步离开虚空之境。
然后，你开始写诗。写完一首，如此寂静。

冬天的孩子

小　海

冬天,去看那个孩子：在不在?

他在地铁口最先张望到了你。

你一看他,他就萎缩,
从原来的快餐店门口,
回到地铁边婚纱广告前,
他在广场却不在固定位置!

你怀疑他刚才的情景和前天比,
立刻变成不在场的游移状态了。

路过广场的时候,
他还是要看一眼你,
你看见他从不看见开始,
不管怎样,习惯了嘛,
反正,他应该好好待在他的地方。

江　西

在更蓝的瞬间

曾纪虎

在更蓝的瞬间，一只昆虫轻移它的躯壳
无人愿意留心它为之丧失的一小片色泽
晚风正在向南驶去
人生中的诸种念头越来越短

低俗之物携带还魂光晕
一对衰败的母子忙着对账
在出城口的三角塘的区域中，阴暗的地方
流水正如人愿地波动

在躺椅旁边，一个有简单面具的人坐下去
米粒花瓣，带动秋意抹去
亦请花下传香，酒色不来
哦，他肩上有一缕可笑的白色

如此，华灯之夜，在接近，在接近
玄衣童子挑一竿灯笼
从眼皮底下过去了，一切都要流动
他炫耀的诗艺回到节节孱弱的肢体

通常,可以被人接受的静音
会更加忧郁。不要与它背道而驰
更不要凭空生出妄念
柔软的顽童恰如来自地底的信使

可称秘密的是小睡未醒的蛇虫
它压弯的鳞茎如在多重的梦中
他爱的就是他能够爱的
他用它们写作诗篇

发呆记

程 维

我们何其渺小,就算是个伟人
也是宇宙的细菌。还有什么可以夸耀
还有什么可以不朽,百代过后
到哪里去找皮毛,即使打造金子的桂冠
也必然会让时间收走,留下一手头屑
就算坐在金字塔顶,也会被风吹掉半边
还不如小鸟,从这根枝杈,飞到那根枝杈
没事就快乐地叫几声,太阳消失就飞走
小小翅膀,也是一把剪刀,既剪掉黑锈
也将白昼磨得雪亮,我乐意每天面对阳光傻笑
即便它是一柄大砍刀,我的牙齿
也会让它崩掉一角,那些牛奶喂大的孩子
骨头里有更多的铁质,膝盖要长完好

一个个都很牛,可以抗震,百毒不侵
即使跟伟人不挨着,也是铁掌上的一只铁馒头
让人咬着费劲,轻易不会掰倒
世界何其之大,宇宙洪荒,浩荡浊流
我只想多站一会儿,看着天空发呆
那么多星点在闪动,一颗流星,又栽了

安度晚年

老　德

我不会往前走了
越往前走　越觉得心中惶恐
我必须停住脚步
然后　转过身
往回走
回到我中年　青年　少年时代去
那些路是我熟悉的
我甚至想走回母亲的子宫里
安度晚年

缺　陷

刘　义

他们说那首诗有很多缺陷:
“不大顺畅。”“什么是顺畅?”

他想起湿地公园里的河水
遇到石头激溅的水花。
他们还说:"不能用基石、灵魂、欲望
这样抽象的词,要具体一点。"
酒席上,他的身体往后
靠向红皮沙发的垫子上,
为了稍微远离桌上的酒杯,
看清它是具象还是抽象?
回去的路上,经过一条安静的小路,
他不觉停下车,独自走了一段——
一直在研究那首漏斗型结构的诗。

父与子

木　朵

在他反复修改一首诗的结尾两句
倍尝生活与写作的双重艰难之际,
从过道末端的一扇窗户看到
一个男孩在操场一角的沙坑边
测量着距离,他的父亲,一位古典文学学者,
指导他怎么从沙坑边的木板上起跳,
怎么跳得更高更远。
他说得很恳,富有条理,比划不停,
但他的儿子并不遵从,而是兴之所至,
做做样子,随意一跳,并未全力以赴。
古典文学学者顿时跳了起来,

呵斥他的儿子再来一次,严格按照
他的方法与要领。小男孩又跳了一次,
之后坐在沙堆上,任由晚霞笼罩他幼小的心灵。
同样沐浴霞光的无助的父亲近乎明白,
他没办法在儿子跳板上留下一条铭文。

小　令

牧　斯

没有一个人,
仅有少量的坟墓可以交谈。
坐在树下一上午
看水干净地流过岩石。
迷糊地,睡过去了。
看见死后的自己,
醒来后继续看见死后的自己
在看对门堂屋里的父母。
——父母,那么瘦小,
着装不似今人,似宋明时期的人。
他们纸片一般
清雅,我无法打扰。
也不敢呼喊他们,
或者呼喊了也听不见。
就像我自己,没有人
能在隐身中喊出自己。

果园来信 22

聂广友

田埂露出，终于沿那边方向
我们走了上去，那口田的岸背，
稀疏的草隔开的边界，以及它们
神奇陌生的邻人业已消散殆尽，
唯余田埂挺立，直行于低空。

白日的光芒耀目，沿埂岸
走入它的丛林，丛林已衰败、
消失，又凭空茂盛，
过了它的小桥，它红色的埂身
步入新的安宁。

御用的农人已随塘路
下到黑色松林去了，
冈岸、坡坂更加显露
（它的空寂）。

我们在它的光芒里堪堪行走，
在果园不远处，攀上丘顶，
田园荒芜而壮丽，
进入白日闪闪旋转的纬道。

山冈上，他们的屋宇
也进入到明亮、简洁的光里，
妇女简朴持家，
在界限外辛劳地汲水。

光芒愈盛，我们又沿着
鱼草密集的冈路而行，
杉树已拔去，坡岸敞亮，
看见圆拱里老人、园子、池塘、菜蔬，
老人已死去，浮萍开出肆心的白花，

填塞往日的池塘、大道。
村庄不断老去又醒来，死亡而年轻，
唯有白日寂静的冈岸像是母体，
在衰败、明亮又郁结的土地上
闪着清丽的光亮。

整个青山园倾斜了九十度

水　笔

去青山园，下雨了
细雨送故人
这算不算好兆头
他们把东先生的骨灰盒
放进狭小的土坑里
盖上大理石板

为了平整
他们用泥刀柄轻轻地
敲了敲，笃笃笃
沉闷的声音
撞得我捂着胸口
蹲下来直喘气

椭圆记

唐颖

今晨去菜市场，我要求
他们画一个圆为凭据，屠夫
画成了一个极不规则的椭圆。
生姜老大娘抖动那双蚯蚓手，
一笔画了二个椭圆。我说一个足矣。
她咧嘴一笑。鱼贩运筹帷幄，
读过几何学，然所画圆与椭圆无异。
他把蓝色水笔交给卖辣椒的姨，
你的胸部有两个雪亮的圆，
你应该画得标准。我抱有极大希望。
她接过笔，仔细地看了一遍
前面的那些所谓的圆，若有所思。
这些圆画得好，哪有十全十美的。
杂货店的老板娘凑过来说。
我们不都是在这样的圆圈内生活。
你们才是哩，我哪像你们。姨说。

姨是我们小院最美的少妇,单身,
她的辣椒又大又红,男人都喜欢她。
我说。姨,你应该不会让我失望。
姨说。我怎么就画得圆?卖熟食的
大妈是个急性子,趁姨不注意,
抢过笔在本子上画了起来,我们
都盯着。还别说,快要完成时,
那个圆还真的很圆,然而,
一只流浪狗跑了过来,大妈操之过急,
生怕流浪狗吃她的熟食,完笔时
的那一捺,成了猪肚子。姨说。完了。
大妈说。完了。屠夫骂道。还是
弄你的猪肚子去吧。鱼贩更是诡秘。
还不如我的鱼泡泡好看些。姨
终究未画成那个众人所望的浑圆。
我在姨的圆下面画了彩虹、白云,
就让这些看似圆又不是圆的椭圆
带着他们的梦想去旅行吧!

郊外的等车人

熊国太

环城公交不小心开到了郊外
三三两两的等车人,像站立的蛇一样
钻进了破烂的车厢
且各自找到适当的座位

这郊外冷清。静。钻进车厢的人
要到城中心去。但车子却无法启动起来
只有狭窄的公路延伸着
唯一又低矮的小站牌沉默着

而我的前半生都在郊外打转
我从没能挤进城中心去。一整个下午
我仿佛已被自卑的情绪所伤
被烦躁所束缚,且久久地颤栗不已

已经是很深的傍晚了
始终不能启动的这一辆环城公交
一直无法前驱、后退和拐弯
过往的车辆也没有一辆停下来
它们亮起明晃晃的大灯
正把郊外的夜空割裂成两半

郊外的等车人,都是一些耐心的人
在环城公交不能前驱、后退或拐弯的情况下
我只好忘掉一次失败的等待
只好在残存的败意里
把等车的过程温习了一遍

我们写下的，永远小于我们的生活

杨北城

这些年，我一直在诗歌中假寐
从一些陌生的词语，到语言
到我还没有对世界说出的话
梦境里，我无法叫醒自己
一个在尘世中装睡的人
我的悲悯，总是和悲伤无关
甚至和人世也不作争辩
我喜欢每一个失神的日子
望着街道发呆，像个落魄的人
沉迷于虚度的灵魂，胜于虚度的肉体
我收藏书籍，多为满足虚荣
积累财富，是因为无所事事
“思考，是一件多么可笑的事情”
如果说，唯有潦倒才能慢下来读诗
所有的虚度与闲过，是值得的
那么现实就是无用，无意义
时光老去无存
我们写下的，永远小于我们的生活

辽　宁

在梦里，在路上

川　美

感觉到累，途中坐下歇脚
一块状似表盘的石板
我坐在午后三点的位置

望着远处，还有很长的路要走
目的地隐藏在尽头
时间尚早，也是午后三点的样子

不久，出现一位年轻人
安静地靠近，像个四蹄小动物
他坐在九点上，我扭头看他，没说话

早春，万物从寒冬里逃出来
仿佛太阳也躲过一劫
适度的放松，让人倦怠

两个不相干的人，有无话可说的好
背对着背，靠近，挨在一起
十分美妙，像磁铁的阴极和阳极

宇宙那么大,木星也是小星星
后来的事情我一无所知
真的。再后来,天就亮了

和草原待在一起

王妍丁

当无路可退
这将是我们最后的家园
和草们待在一起
和善良待在一起
和手无寸铁的牛羊待在一起
迎接,日出与日落

人类的血腥
终将堕落
欲望,枷锁,刀剑
一场焚烧,并不需要
很多根火柴
就像草原的命名
我看见草里
埋藏的黄金

草的欢乐,所费不多
不像人,总是无法安静
在苦海与彼岸

永无休止地
纠缠
其实,一生的征程
也只是,那么一闪

海子石

东　来

铁轨可以切割血肉
却切不断诗歌永恒的精神
这块海石本来与你无关
你沉到星光下
它浮到月色上
海子石,凝固了理想与完美的魂魄

我违心地赞美你的献祭
却不知道你是为了什么
说是为了诗歌吧,你的死
并没有唤醒诗坛的麻木
当下诗歌因口腔溃疡走向死亡
说是为了理想吧
你走后,许多诗人步了你的后尘
他们把这块石头当成了
可以效仿和崇拜的太阳

虚拟人生

刘　川

此人网上
马甲三百
水军上千
博客每日点击率
近万次

此人死后
灵堂唯有一狗

老　碗

宁　明

把一只老碗扣过来
它已不像母亲干瘪了的乳房
倒像是爷爷奶奶,曾被一阵易俗的乡风
铲平了的坟头

老碗,再也舀不满一碗水了
它很像豁牙的爷爷奶奶
一开口说话,就会四处漏风
而且,经不起任何的磕磕碰碰

一次,我用老碗扣住了一只蛐蛐儿
黑暗里,它不停地用乡音鸣叫
像极了我小时候,在饥饿中的哭喊
那时,老碗每顿饭都空着半碗

如今,我把老碗恭放在书架上
不让年迈的它再遭受精神上的饥渴
我想让画在老碗上的蓝花儿
一代接一代地开下去,永远不要枯萎

远山装着巨大的神秘

娜仁琪琪格

草原之上是墨绿的丛林　而后就是连绵的山峦
一个人走向海日罕[①]　浓郁低矮的灌木
向我交出了神秘　咻咻的小兽的喘息
近在咫尺

静默着坐下来　便触摸到了柔软的绒毛
漫卷的云遮住烈日　将天空压低
此时　我是离天庭最近的人　此时凡尘远离了我
纷扰远离了我　我只管静默着望向天际
瞬息万变的瑰丽　屏住了我的呼吸

---

① 海日罕:蒙古语,山岳、高山的意思。

再没有什么可纷扰我　撼动我
在扎鲁特草原　在连绵的山岭　在草原与丛林的结合处
我把自己坐成了一株花红　坐成寂静中的寂静
阳光罅隙的瀑布　沐浴了我
淹没了我

秋天的合唱

李见心

我们参与了秋天的合唱
那水的低音,鸟的高鸣
落叶的唱诗班层次参差,斑斓交响
这一切都源于你的手牵动着阳光的指挥棒

那枚红枫咬破嘴唇,坚持不落,等我
等你的快门慢下来,锁住最后的颤音

那池秋水滤尽繁华,坚持自洁,澄澈
只为照见我们的脸,还有第三颗脑袋

那喜鹊坚持不飞走,蹦跳着黄昏的音阶
只为让我在你的眼中看到最初的慌乱

我们参与了秋天的合唱
我的音色是诗,你的声部是画

美才不是一场徒劳,天使也学会了垂落之姿
天籁频频回首,芦花般飞不出你的镜头

供词或证词

孙担担

我爸病了
他开始着急地
掏出身体里的很多旧事
他流泪,泪水的味道都是药的味道
那些事都明闪闪的,不曾被修改
越掏越多
原来,有些疾病是为了说出供词
是为了让隐藏一生的恐惧
见到天日

他变得像一个活的靶子
每天都有一部分身体被击中
被击中的部分就倾斜、失灵
左手、左腿、眼睛、耳朵——
原来,这些疾病也是证词
证明一个人曾将万里江山拥揽入怀
又一寸寸丢掉

草

王文军

人类已经让很多物种永久灭绝
对于草,却始终无可奈何
即使石头缝里,它们也能存活
比山顶高,比坑洼低
一直向远方绵延,到天边,到永远

我的祖父是个农民
用锄头和草战斗了一辈子
他死后,草很快占领了他的坟头
现在,他躺在草里沉睡
草根扎进骨头里也不苏醒

起风了,所有的草都弯下腰
也就是在那时
我才意识到
很多不为人知的内幕
草应该是知道的,它们不说
就算把它们按倒在地
也休想探听到半点儿消息

葵　花

宫白云

已经有很多年没看见葵花了
谁会在太阳底下想起
一朵小花
大街上人头攒动
都是孤零零的
秋天的空气也在丧失温度
——我为什么还在寻找
在这拥挤的人世
那轻轻向上的笑脸

水草为弦

李明月

脉脉含情,做依栏状
看绿水青山,被晨光迷离
鱼儿一跳,隔山飘来箫声
是那唐朝书生
千年之后,如约的女人
从一万座山的那边
白衣素裙,对水临妆
那萦于弦外的,借一方幽谷

放牧一条河,密封的一段木质时光
我终于学会了,在一朵浪花中
想你,听千载红尘
怨声恨声,一波波读你
把自己读成了,一条鱼儿
一条河,成了我的全部家当
满天的云朵,是你的回音
我以一根水草为弦
与你卿卿和韵……

奔跑的石头

鹰　之

走出大海的石头才叫石头
这些黑黝黝的家伙们,或卧或立
或作势欲扑,一旦选好一个姿势
便一万年不动,仿佛一滴凝固的墨
他们好像没有耳朵?
我听见海浪仿佛对他们咆哮了千万句
他们还是面无表情一言不发
他们好像也没有视觉?
我看见千千万万海浪的脚踩踏而过
他们连躲都不躲一下
他们就是一群出家人吗?
如果是,怎么从不远离喧嚣的海滩?
他们是一群智者吗?好像也不是

否则，为何让又苦又咸的海水每天浇一遍？

一次，我领着七岁的小女儿漫步海滩
她突然指着那些浪花间耸立的石头说：
快看呢，他们在动，在动……
是的，顺着她的手指，我真看见了
一群在风中飘扬着的黑头发——
或许，他们一直都在静止中起跑
而海底正有千万石头奔涌而来
他们当然不敢远离海滩，以免
让那些正与海浪赛跑的石头看不见

月亮之歌

颜梅玖

它高踞在幽暗里，漫溢出
辽阔的光辉
它均匀地亲近世间所有的事物
仿若一座神圣的庙堂

从香樟树的枝叶间
它均匀地将光洒在我的床前
在我和它之间
一切都消失了

生命之河水渐渐趋于平静

除了眼前这一层薄薄的金黄,仍闪烁着
纯粹的光芒——
那是所有人无法抵达的寂静

内蒙古

礼物(或中秋之夜)

广　子

秋风卷起凉意。树影在动
西房灯亮着,东房也是
这是一个明亮的夜晚
但秋意已凉。我衣衫单薄
站在院里的果树下
不抬头,也不低头
像挂在树上的一颗苹果
只要风还在吹,秋凉没有散去
只要灯还亮着,父亲和母亲没有吵架?
只要远方的爱人没有哭泣
我就不悲伤
我的孤单就是一轮明月

草原上开来了一卡车太阳

赵　卡

草原上的冷气像冻奶酪,硌牙,咬也咬不动
草原上,牛粪缩成了一团烂毛线
草原上的牲口,镶了金边儿

草原上,一条公路像刚挖出来的煤
草原上开来了一卡车太阳

农具安卧在斜阳中

温　古

农具安卧在斜阳中,晚秋雀群的合唱队
正从最后的树林撤退
土地被收复后,就闲下来
如一本快速翻过的书

那头黑牛被日子拴在棚里
哲学变成它嘴里的草根

溪流欢快如放学的孩子
而孩子长成一座沉默的黑树林

一群母鸡簇拥着公鸡登上房顶
正以生产队长的腔调向村民喊话
英雄时代过去了,没有一只母猪
理会曾经显赫的权威

红脸膛的南瓜是这小村的媳妇
浑圆的轮廓让人联想到多子多孙的原因

镰刀、锄、杈被尘土供养着

是一批从战争的荣耀中退役的老将军
农耕时代,每一个粗糙的把柄上
都缠绕了一部汗水写就的史诗

西风的歌都是苍凉的
黄叶之雨,正在掩埋一座古旧的城池

蚁　城

垄　青

在一片荒野里,
一眼就相中了那块榆木根,
疤瘌瘤癞,正是雕刻的料儿。
使上力气,一脚踹了下来。
突然,
一大群蚂蚁仓皇涌出,
原来是个蚁窝!
捡起来一看,不免惊喜:
竟有高高低低的“楼宇”,
纵横交错的“街道”,
俨然一座雄伟的城堡。
哇!蚁城,天然之城!
磕去泥土,带回城来。
上楼前,在小区的院子里,
再敲敲磕磕,清理一番。
没想到,

又有几只蚂蚁惊奔而出，四散逃去。
心里狠狠地骂了自己一句：
“妈的，你个毁人家园的贼！”
那座蚁城最终还是摆上了我的案头，
成了我的根雕作品。
看到它的人都赞叹：
“呵！好手艺，巧夺天工！”

即景，修理树枝

张永渝

一根长竿
末端绑一柄锯
园林路上修理树枝
好高的树
枯枝、密生枝、重叠枝
纷纷落下
警示安全的路锥分出界域
裁下的枝条
被移出，堆在路边
盖住乌鸦的稀屎
这是寒冷留给街路的记忆

许多壮硕的
粗过小老树的大腿
像是清理橱窗时

运出来的废旧模型
心有不甘。
枝头缀满了杨树的花苞
随时可以上场——
好似武生盔帽上
毛绒绒的小球
聚缩成圆头画笔的形状

更细致的修剪正在进行
骑手的长鞭裁至
一拶长的指挥棒
写家子用来自我陶醉
饱满嘹亮的长号吹奏
岁月的暴力

昨夜细雨使
它弱奏时的音色
变得鲜润
“去掉多余的部分”
留好面向春天的茬口

冬日即景

张　沅

一群不知名的鸟
冬天的、昏暗的清晨

来到我的世界
七点四十七分。准时
停在我视线边缘那棵青杨之上
六层楼高
常被学生借力翻进翻出
压弯最高的枝条
一串串黑色的铃兰花
它们在休息，
等待向东飘走的白烟
也可能只是为了
八分钟金色的彩羽
我不敢动笔
怕低头时错过新叶的身影

三分之一的鸟群，八点零九分
像约定好了
一同消失在微醺的天空
大约 20 秒
带回来更多的同伴
压弯更多沉思的枝条

树像重新长满枯黄的叶子，忽又被风吹散
八点十四分
它们消逝于今天，消失在湛蓝的天空里。

与头发的离别

青蓝格格

我已经学会了各种各样
离别的动作
比如挥一挥手
比如拥抱或者接吻
但当我与我茂密的头发离别的时候
我瞬间从天使
变成了毒蛇

我不愿与我的头发离别
我喜欢
青丝环鬓的那种美的感觉
我贪恋美的灼热
我命令我的头发必须在乎我头颅的感受
但它们不听我的

我头颅的
江山社稷
充满水墨的意韵
“风雅颂”的气度,闪转腾挪
那些不知羞耻的头发
走就走吧。它们,终有一天,还要复活

这就是我的命运
仿佛与
万物的相遇
仿佛我的灵魂
正在寻找另一副躯壳

就当我遇见
吸血鬼了吧
就当从我体内飞走一只白色的蝴蝶……

——它们,为我留下,生命本身的,狂欢
我,因而显得
气壮山河

弦

张无为

倾诉在最后一刻,绷断
嘈嘈切切弹出,破碎的影子
心收缩悬在树枝边缘
一枚干果,等待风吹向四面八方
眼眶泡胀记忆,在指尖颤抖处

夕阳伸出无数光纤停在痛处
最初的声音依旧散落在多余空间
海面拱起,地平线延伸很远

无法标记伤感的旅程
多余的是回应自己转来转去

环绕在头顶的灵光如圈套
打开咏叹调最底端，心胸
遮掩了远山背景，标签无法左右
一串音符，即使预想出神圣
还是错过和弦，向后台暗淡滑落

宁 夏

音德日图神泉

杨森君

我不便把它描绘得多么富有诗意
其实,在距离它不远的一片沙漠里
大风刮出的马骨,让我惊悚

秋天的阿拉善右旗还不算太冷
沙子凉得很慢

从高处向下看
伸入湖水的沙脊
像一只只金黄的老虎在饮水——

它们的身上
是线条匀称的花纹

从乌鸦的注视中

单晓春

没有风
不是房舍

以前我从没有见过那片土地
也不记得什么

我穿过它,同样平静
再次想起我终会死去
不管是人头攒动
还是荒无人烟

一个劳动者走着
我看着他的背影,当他站在那儿
他不知道他是谁

遇

木　耳

那天,隔着春风
我与一树杏花相遇
彼此欣赏,互为表里

晨光中,抚摸果核,拾掇今生
另一个我,站在天涯,白发苍苍

狗　吠

何武东

东侧邻居家的大黑狗

每晚都要狂吠一阵
还引起附近其他狗此起彼伏的叫声
这件事由来已久
我想不出是什么人站在院门外

今天我决定走出门去
黑黝黝的寂静一片
狗晃了一下
像一缕烟
缩进角落
模糊的星辰之下
只有几棵像鬼一样的枯树
似乎做着随时往这扑的动作
上面倒挂几具去年春天新闻间里的旧尸体
它们那么安静
没有一点白色的热气冒出
鼻头仍然能看见一圈微光的闪烁

别处自有意义的枝

王西平

哦,她从腰间抽出枝来
吐着舌头,不断弯腰
又驱出一串琉璃的叶来

她从头顶的黑里摸出一根枝来

这是花的秘密,今后,会因为你
变得愈加甜蜜

一团影子
填满了粉红的气息
她说:死亡比我害羞
活着,充满了荒蛮

在乡下,指尖散发着阳光
人们坐在瓦中,作乐,寻欢
撕咬着空气里的洞

她想起温软的人儿
在别处,别处自有意义的枝
插在这里,这里
在公路旁,在林子里,在花园中……
有黑暗围捕的巨手

如果我和家人并排依着院墙站立

张 联

如果我和家人并排
依着院墙站立
就是在老院子或村子里静着
我们好像在晒太阳
或者准备商量什么事情

可是又都沉默着
好像要等待着什么
可是就在我偶尔侧首时
故去多年的祖母回来了
她正在老屋里安放着什么
仍穿着藏青色的老式衣服
侧身无语
在门道里忙碌着什么
大半个身子显露给了我们
我惊诧地没有告诉身边的家人
而是静静地偷看着祖母的工作
或者说是圣事,就如在世时
她常常安放着用于烧火的柴草
古老的劳作
总是代表着神迹的存在
祖母回来,她显迹
我或我们还是和她
保持着一个时空的距离
沉默的梦境中一定
保存了一个真实的神秘

雨

九　画

大雨过后
风带着枯叶集体

走向黄昏

那曾经经过的石桥
到处都是蝴蝶
谁也猜不出我的忧伤

你面带微笑
站在对面的荷塘
只有群鸟飞过我
黑色眼睛

桌子上的蜡烛
发出微弱的蓝光
像个守夜的老人
远处的马群
陷入了黑色回忆

一个人
身穿白色长衣
缓缓地进入到梦里
枕边散发着淡淡的清香
和骨骼生长的声音

六月的村口
长满了蒲公英
再等一等
我就能回到远方

青　海

我爱的事物

马海轶

我爱龙和蛇的踪迹
爱天上落下来的粟米
夜晚失眠。我坐在窗边倾听
暗夜里传来的鬼叫神哭

我爱石头上的图画
爱头上长角的立法者
我爱竹板上的道道刀痕
爱青铜器跳动的脉搏

我爱马长长的脸庞
爱它的褐色眼珠犹如琥珀
我爱马,爱它宽大的臀部
以及奔跑时的颠簸颤动

我爱公交站遇见的豹子
它的斑点和肉体已经顺从
我爱它未被降服的意志
我爱棉花簇拥的锋芒

我爱胡子拉碴的邮差
爱他唱着歌从山上下来
我爱躲在树背后的孩子
爱人之将死其言也善的朋友

我爱杀手。爱他的沉默
爱他看远处时的漠然神态
我爱他一言不合就开枪的性格
爱他不杀人时衰老的样子

我爱梦露这个名字
爱火焰中间蓝色的核仁
爱星星,爱所有的闪烁
我爱黑暗将临时瞬间的明亮

野　鸡

马　非

在南山文峰碑下
一个小山包上
我看见一只野鸡
我还是第一次看见
一只生活中的野鸡
美丽极了

其时我坐在车上

车正在转弯
我没有让司机停车
我知道车一停
野鸡就会瞬间
逃离我的视线

我是对的
这是发生在上午的事
写作该诗的下午此刻
它仍处于我的视线内
在草丛中无声漫步
还不时朝我张望

麦熟时节

杨廷成

昨夜西风消息
说河谷里麦田一片金黄

是谁在不经意间
让盛满秋光的天湖决堤
这金黄金黄的光阴在谷地肆意流淌

我曾经也是秋风中
最饱满的那一株麦穗
积蓄了所有的力量

以生命的姿态站在大地厚重的胸膛

多么想在这个时刻
回到山坳里炊烟四起的村庄

在黄昏的夕阳里
以泪花闪烁的目光
深情地把山里的田野打量

母亲早已远去
闻不到这醉人的麦香
唯有父亲那柄不肯生锈的弯镰
在土墙的刀架上整夜里嚓嚓作响……

在十月

清 香

困于风雪的忧伤
那么明媚,照亮了秋的前程
鸟儿飞得更快、更高了
没落的是我的描述

我的描述,没有那么流畅了
心开始坐在门前晒太阳
等晒干了,晒暖了
视野就更加开阔了

视野开阔了，你我就不用
矜持地坐在春天里了

清　明

流　沙

天空把一阵又一阵的短痛收集起来
酝酿成斜云一样的长痛
莺鸟哀婉，像是在替代什么
音调里的空气与沙子
让墓园的台阶渐次抬升

满山坡的人，都在往小里活
活成先人们的一小截骨头，活成
抢墒后依旧在土壤里萎缩的根，活成
暗夜里不死心的星点磷火
飘浮在空中的一粒微尘……

“雨滴在这样的日子里放肆地坠落
悲恸、哽咽，像流出的精血”
供品鲜亮，银两契合他们那个时代
而我们，怀揣着祖先寄存在这个尘世的
肉身，享受着慢慢腐烂的光线

——灵位的沉默是类似幻觉的沉默，只有
铭刻在石头上的名讳是跳跃的

鲜活,亲切,并随着升腾的火焰
慢慢失去了边界

南 山 口

宋长玥

高处不冷,
高处只有月光、一个人和昆仑山巅的雪。
再高的风,就往心里吹。

一片空无的前方
是星星的宫殿,
一颗照亮青海,一颗照亮浪子,
一颗走不到西藏,
羊角下
再望故乡时
看不见青藏腹地寻找自己的人。

还有谁
会收留他们?

蓝色的供奉

——写给青海湖

邢永贵

我的话语是蓝色的,我的歌吟是蓝色的

蓝色的动词，蓝色的省略号，蓝色的降 B 大调，蓝色的低吼
蓝色的梦境和爱。我的梦沉静　丰富
波澜不惊，而我的爱
会刮起蓝色的风暴，风暴
在蓝色的天宇里叩响雪山
蓝色的雪山，是我洁净的前世

蓝啊，蓝色的羽翼，蓝色的鳞甲
蓝色的战鼓敲响，蓝色的世纪开启

蓝色的风穿过我，我的历史蓝色浩荡
我的蓝色冠冕，我的蓝色儿男
用蓝繁衍蓝，用蓝拥戴蓝
用蓝平衡着尘世的苍白

蓝啊，深三千丈的蓝，远三万里的蓝
蓝蓝的赤诚　被高原掬在胸前
供奉于天地之间

山　东

死后的信仰

寒　烟

会有一双孤儿的眼睛张开
说出这世界遗物般的重量
会有一只狗，一路嗅着
在你腾出的空旷中流浪
会有一棵被星光瞄准的树
继续在黑夜里歌唱
会有一匹预言大雪的马
在世代的旷野上重复你的沉默
会有，会有一丛野生的雏菊
偎在墓碑的胸前
抚慰你被风雨剥蚀的孤独

为什么等死后才开始你的信仰？

流浪的月亮

洪　波

好东西真多
但我不能拿

好人有几个
但我不能动
可做知己
但不能做你的女人

喜欢你欣赏我时
给我清凉的海浪之声
爱你,必不能陷你于不义
我会永远默默地告诉你
我给你的,别人那没有

一枚死者的硬币

高建刚

在小区超市买鸡蛋时
肥胖的老板娘找给我一元硬币
第二天,它成了一枚死者的硬币

不知为什么
我一直保留着它
隐约感到它的含义
一旦花出,就掉入人海里

她生前不懂得爱世人
常在收银台里口出秽言
曾找给我一张二十元假币

我忽然想到，我钱包里的人民币
会不会也来自一些死者的手里
如此，我们一直受着冥界的支配

于是，我在乘公交车时
将这枚硬币郑重地放入投币箱
听见它叮叮当当落入海底

终点站到了
我从后门下车，想起
邻居说她，临终前流下了眼泪

出 门

周蓬桦

是春天了，今天早晨一出门，
迎接我的是满目金盏花。
融化的湖水里，鱼的影子清晰而欢快，
游着温暖的字母，把薄冰拖上岸。

这一刻我想说：多么爱你，
亲爱的春天。
你单薄的布衣下，那被风
吹动的寒意。你的名字已被我
藏匿了整整一个雪季。
梨花里的黄蜂，尾部的针尖，

每一针都注满了甜蜜的液体。

把手伸给我吧。在这个唯一的时刻,
我愿意成为中国的雅姆,他笔下的驴子
走在荒凉的路上,忍受孩子们的揄揶:
“我受苦,我爱。”

破　坏

高　伟

我生下来是为了被破坏的
我得先把自己长好　长得有质量
美成硬道理　和男人谈情说爱
顺手得如日中天　全都是为了被破坏得
更彻底

为了把我破坏成废墟　我的身体预先被设计成
房子　二室一厅
左心室里住着成功　右心室里住着
男欢女爱　心是房子里的火苗
起先比星光还亮　比男人和女人的情欲还旺
厅里住着我的一个替身　有无数面具
以备在不同人堆里面戴妥帖一个
随时准备笑成一个细软

我像红卫兵破四旧那样被破坏

先从我的肉体　再从我的灵魂
我像水里煮着的那个青蛙那样被破坏
有了快感起先还会喊
我像日子对付丝瓜那样被时间对付
先把内里的水分抽空
糠了的是我的内心
丝瓜就是等着被破坏成丝瓜瓤子的
就像我　心被破坏成缕空的心脏病
眼睛被破坏成伤口

暗夜呵　又要把我装进去了
我像一条网兜里的鱼　被逮了进去
又仿佛一颗住进避孕套里的精子
和无数另外的精子一样等死
没有一条通往爱情的阴道

即使这样也嫌我被破坏得还不够
我生下儿子以便破坏完了我再破坏他
儿子以后还要生下儿子以便继续被破坏
我若是没有被破坏够还不能去死
我的命里还没有积攒出一克拉的荒凉
死的奢华还轮不到我

除了惊心动魄地被破坏下去
我其实也没有其他的出路
一些人忙着活　一些人忙着死
其实全是一些和我一样等着被破坏的人

因为从来没有假如　我们设计出
假如这个词　就是为了让自己
从被破坏的命运中偷出一口甜食
像药片外面的糖衣那么甜
我们忙着成功　忙着挣钱
忙着装好人　忙着做歹人
忙着演讲　忙着写作
忙着做最女人　忙着白富美
忙着高富帅
忙着男欢女爱　在异性的怀里忙到昏迷
这样就暂时躲开了那种被破坏的恐惧

观鳇鱼洄游

于荣健

在浅滩,有十四级台阶,
它们集体讨论宿命这种东西:
漩涡里,鳇鱼们周身淋漓,一试再试,
准备放纵一跃。

溯洄从之,此乃水的天堂,云的故乡,
回家之路,为何道阻且长?
“那里有我们繁殖的冲动,
尽水之变,我们随物赋形。”

沿着沙柳河、泉吉河的指纹,

每一片波浪，已被青海湖深深掌握。
鸬鹚、鱼鸥翩翩，作为圣餐的领食者，
如标点符号，负责大快朵颐的段落、节奏。

带上原罪的身体吧，时间不多了。
浮上来，张开口，稍歇片刻。
哪怕只剩一根鱼刺，
也有追逐泡沫的权利。

生死循环的游戏者，
它们沉浸于水底的迷乱。
每一颗水珠，紧紧包裹着，
然后，又放开了它们。

素描火棘果

撒　容

我的妈妈，
她寒微得像一张白纸
一生只爱我父亲一人。
她不能忍受三种以上颜色，
一生走不出草原蓝和羊群白，
她高个，白皙，脸上没留下高原红。
这和她的命运有关，经历战争，童年丧父，
经历过大饥荒，失去幼小透明的长子。
她一生不停行走，预防脚踝麻痛。

十岁上学，十六岁开始工作，
“凡有的，还要加给他，叫他有余；
没有的，连他所有的也要夺过来。”
他乡的灰色天空，仿佛劫难，
令她花容失色，一年年衰老。
她像一束火棘果，入秋之后，
举着满树小红灯笼，仿佛示威，又仿佛示弱。
其实，她一生达到的高度我从未达到，
是的，她从未这么坚定地红过。

空镜头

北　野

他坐在海边，浪花翻卷的
一块礁石上

大海深处的寒冷
快要吞没他心中的火苗

该死的火苗！没有熄灭的迹象
反倒越燃越旺

结出一粒粒灯花
像无人的海面上被遗忘的灯塔

一种语言

冯　冬

一种透明的语言，如一缕初光
穿越一切先验形式，第一次
从表象语言的爬行中站起来
从观念语言的飞行中落下来
照入迷雾遍布的山水语言
花的语言，月的语言，洞中滴水的语言

在摹仿的语言中完成幼年
在跳跃的语言中完成青春
在历史的语言中完成不惑
在砰的一声关上人门的言语行为
与言语事实中，在最终的退场中解开纠缠的语言

把关于孤绝的言意之辩留给垂钓江雪的人
把比情更深的酒留给打虎之人
装饰性的窗子式的语言留给相对性的人
刀剑与血的语言留给嗜血之徒
故事的哈欠统统留给羊群，走入沙漠与正午的
毫无一物，身披颤动的透明的语言

见到天空的蓝，我总是不由自主地想起海

马启代

——见到天空的蓝，我总是不由自主地想起海
仰望天空，心中就有海的宽阔

作为大山的子孙，我已经确信，离海最近
站在汉语的山峰
我周围的浩渺一望无际

——海看人都是平视的
海用自己的宽广给人类构成衡量高度的坐标

可是，所有能成为海的水都获得了无限的海拔
我必须仰视
能与天齐高的海才有资格成为海天

——能登上天的水，澄明，锃亮，共长天一色
其实，水愈高愈蓝
雪花和阳光也是蓝色的

此生，我不上天
我只不过要用海的意志攀上一个时代的高原……

以诗的名义

吴 兵

卖石头的
想把诗刻在石头上

卖木器的
想把诗嵌在木器上

卖枣的
想把诗雕在枣核上

卖药的对医生说：
这瓶子里装的是诗

醉房间

孙 磊

有一个深夜，我回来，
家突然萎缩成一团雾。
所有的记忆精确到微粒，
它们次第弹起来，在空中
它们相互闪耀着彼此的反光。
而我，还没有戒酒，

醉醺醺地，又拉断了灯绳，
火围着圈坐下，我全速
飞行，往事吹得脸生疼。
我根本看不清楚那些琐碎的光圈，
看不清也要看，看得沙发软了，
书凉了，筷子和碗漂起来，
壁纸也长袍一般拖着地，
还有笔记本，它自动翻页，
我记录的一切都哗哗地流出窗子，
我感受到失去，
所有的事物都在否定我，
空间将我榨出汁水，
我身体的各部分也流动起来，
在诅咒中，我成为
一个流动的整体。
一个问号，
一种陌生的回答，
背上的伤疤卡在喉咙间，
掌纹捆住了眼睛，
我认出某些非我的形象，
在我身上，独裁者的夜潮
散了，房间中只剩下
圣歌烧灼的肉香。

我想和你在古代吃个橙子

瓦　当

我想和你在古代
一起吃个橙子
这里有山
这里安静
有风
有一些人类活动的痕迹
穿越了这么远
我只是想和你坐下来
吃个橙子
我可以请你吃个橙子吗
这要是在古代就好了
我就能看见
古代的阳光落在你的头发上
也落在你手中的橙子上

东荀小学

雪　松

东荀小学
是树叶上的
一缕清风

是张老师的圆口布鞋
碗上的一双筷子
擦得锃亮的那盏
煤油灯罩

是走出课本的春天
是沟渠里镶着银簪的流水
燕子的朗诵
蝌蚪的算术
——对于土地上的事物
我们很早就睁开了双眼

一片桑叶上的
东苟小学
我像一枚蚕抬着头
一堂未结束的
草虫课

山　西

镜　子

宋耀珍

如果你长时间盯着一面镜子
会觉得
你是另外一个人
这个人
那么陌生
苍老
悲伤
孤独
无助
突然又那么烦躁
愤怒
举起一只拳头
要砸出去

却轻轻放下
然后
叹口气
离开

青花瓷的夏天

雷　霆

清凉的瓷器，有内心炽热的舞台。
山水高高在上，众鸟各行其道。
反复呈现的美，不厌其烦的泥土。
靠时光的缺陷擦拭，用心灵喂养。

或者就是一座空空荡荡的花园。
寂寞充当银两，换取身后的好名声。
想念一把深山里的好土，想一山鸟鸣，
抱紧一再松散的峰峦，抱紧晨钟暮鼓。

烟雨不在楼宇，瞭望止于功名。
丰盈的朝代会把迎面而来的花朵，
悉数摁进一片青瓷，受伤的部落，
穿梭的音节，露水的前世今生。

就说青花瓷不背负早年的陶土，
不是心比天高的尘埃，就说世间，
冷却的不是我们一直守候的宁静。
你们看见没有？炊烟一寸一寸升起。

那是柴火在一次次告别自己的过往。
像我们平凡的生活，总有闪动的事物

引领我们明知故犯。在灰烬的故乡，
抱得越紧的泥土,碎裂得越是彻底。

在王家大院

温建生

我只等待黄昏沉寂的光线
它祥和而且镇定
有一种高于想象的主观之美

我只相信孩子和老人的笑脸
他们侧身而立的一刻
整个世界都屏住了呼吸

我热爱能捕捉光影的镜头如爱我的母亲
它教会我崇拜太阳
并在沧桑世事中闭紧嘴巴睁大眼睛

我迷恋并追逐着大院之中黄昏的倒影

倒影如回音
如病榻之上一个老人轻微的咳嗽
只一阵风吹来就散了

给空气加热

薛振海

给空气加热
把里边的鸟掏出来
把里边的人请出来
留下黑
化成脓水的黑

脓水打扮得妖里妖气
拒绝加热
继续大吃大喝：
阿姑阿姐呢
阿爹阿娘呢
一副黑心肠
不吃就冷

但我也是一团
脓水
不加热
就会结晶
就会蒸发

继续加热吧
里边的鸟鸦雀无声

里边的人头脑肿胀
欢迎来到
脓水世界

给空气加热
直到里边的人逃出来
直到一只鸟生下一千只鸟
一千只鸟一齐在新空气里
欢鸣

失眠的几种可能

张鹏远

零点钟
身体里排列的01代码再一次
脱离缰绳独自运行
直到
内存溢出,继而奔溃,新进程启动

意味着一个波函数坍塌
意味着
新秩序开始
如你所知
孤独的行为由噪声所支配

一块土豆被切片

生锈的
大扳手咔咔咔拧紧厨房的水龙头
一滴水的时间路径
由一个确定的非线性方程所生成

有时想想
我和世界的复杂关系,我,世界
主体和客体
浪漫的美学被打断
两个上访者无故消失

以上
以上二分之一
无序的点的集合
病患者前半夜失眠的部分内容
没有一点意思

微暗的火

郭新瑞

让他怎么在睡眠中遗忘
金黄闪闪的安慰,超过长长来路
在烈焰的归途中陨落
晨光撕开单薄的相会
冷风化不开浓情,远山如黛
有时刀锋冷冷,但瞬间就微弱地消失

当我们相对无言的时候，让他怎么遗忘
暗夜的吻给予我们更多的痛
朦胧的容貌赋予彼此更深的裂缝
悲伤逆流成河，孤独足以证明
在豆色内衣或是紫色峡湾中涌出
凭什么让两个人关闭愤怒的苍空
不是梦境，不是履带追赶的焚尸炉
他仅仅怨恨，恨不得终止一生
就像用红色铅笔，在相同的姓氏上画下叉号
那些要命的音节，有时比铅笔更短
这不是他所要的，无法探知的世界
在无辜的清晨派生出法律效应
他的哭泣冲毁无数秀美山河
此刻，只需小小的头绳，就可以
捆绑千万条倾泻的河流，从一次偶然的梳洗开始
他相约出发，在紧紧的束缚中写下生死契约
直到疲惫的一天，直到橡胶的奔跑戛然而止
直到新生的胚芽重新被折断
我们，我们。
被决口的天河冲刷殆尽
在无坚不摧的誓言里成就雄心勃勃的衰亡

隐秘押解人

赵泽汀

突然又想起《水浒》。落难的英雄

戴着木枷，棍棒与吆喝，侍候着
烈日当空。生命的真谛，依然
包裹在坚壳里，宛如秋天的松果
滚落在流放的途中——那么是谁
凭什么，定你有罪——那真正隐蔽
的押解人，又是谁——我们被告知
人生，是一趟被押解的旅程，无处
可逃，天下所有的人，都必须接受
缓刑与判决。灾难，疾病，饥荒
与战祸，从来没有饶恕过历史。而
另一部有关福音的书，一位先知
木匠的儿子，甘愿代替人类去受刑
可他能免去我们的罪孽吗——不用
说远，就在近期，古老的金字塔附近
炮弹不是又爆炸吗——南半球
新西兰，不是又发生震灾吗，即使
在身边，一位名叫小招的年轻人
不是投河自尽吗——他写下过
愤怒的诗句：——“下辈子我要做
一只禽兽，一旦人类挑衅，我就
毫不犹豫……撕烂他的喉咙”
——不要责怪他，同情也没有用
人生本如此，从诞生就被投入时光
的囚车，黑夜与白天交替着监管
仇恨也与爱一样，都难以找到解救
的道路。那么，诗歌呢——这人类
所有申诉中最迷人的音调——我听见

爱琴海的波浪，继续拍打克里特岛
的礁石，吟诵荷马的诗行："春天
来到，林中又会滋发许多新的绿叶
人类也如是，一代出生一代凋谢"

YES

唐　晋

YES，亲密无间，睡眠中共同的走向
多毛的大腿和微微翘起的脚趾，并非梦境
第二天，产生效应的法律
看着他们吃下彼此厌倦的食谱
YES，因为爱，短于刀叉的单词
你用龙虾的橙色暧昧，恨不得终止这一天
沉溺于唇的温度，YES，是爱
约定的硬度，朝明天打开新的香味
我们不屑于任何床单，任何角度的脊椎
你的昏沉或者不被探索的世界
用偶尔多汁液的鳞茎说出：YES
在幼童交叠的奔跑里揪出喘息
在无辜者的默然中，印刷你的期许
如果不是重新生长……可以折断
从一场冷冰冰的搅拌完成雄心勃勃的礼仪
YES，不会分开，当肉体嗅着空气
你的目光冲毁了更多桥梁
不会停顿，直到厌倦之门降下

通过口涎浇筑死亡之词：YES，是爱
重力下的荼毒和美味，向最深处扎根
YES，YES，YES，YES……
牢不可破，像地堡抗衡火焰

寒露

韩玉光

一日无事，秋天显得空旷而宁静。
再读叶芝的 *The Indian upon God*
仿佛听一只年老的水鸟说起永生。
光线在屋子里一边踱步，一边作画。
恍惚以为，我就是画中的诗人
不停地写下
画中的美好之物。
嗯。其实，我并不奢望永生。
就像秋风路过小院
就像玫瑰正在绽放。
就像一只喜鹊落在高高的水泥电线杆上
它的叫声与往日一模一样。
已经不惑，我却依然不懂
百鸟一直在祝福谁。
孔子曾愀然曰："请问何谓真？"
请让我暂做渔父如何？
不羡渔，不临渊
只把目光倾向一粒寒露

看它像一个问号——
陪叶芝继续向前走不远
就可以看见落日了。
走下去，诗就是光的陋室
轻轻打开门，请
万物来做客。

一幅斗方的若干种念法

闫海育

在乡下，一间著名的老作坊
门板上已经褪色的过年时
贴的一幅斗方，吸引了我们
人酒和美，这是顺时针的念法
同样的意思还可以读作
酒人和美，人酒美和，酒人美和
都能体现宇宙万物之人与酒
和谐共处的关系，不可悖逆
正规的念法是人和酒美
或者酒美人和，比起政通人和
更接地气，有了具体所指
人与酒由此变成一种因果关系
喝酒全仰仗心情，约酒本初
皆自美好，如果骤发乌七八糟
的吵闹、争斗，甚或血拼
杯中酒就化为泥污，脏了肺腑

最喜乐和人美酒,和是唱和
对酒当歌人生几何,曲水流觞而有兰亭
也能通俗翻译为与朋友一起喝着美酒
是一件多么愉悦的事,更愉悦还能读作
美人和酒,可以兼得,和美人酒
喝酒时有美人陪伴,君子亦贪杯
人美酒和,一个女人改变一场酒局
这里我权且把人狭义地理解为女人
美酒和人,酒不醉人人自醉,说的是自己
人和美酒,内心充满无限孤独
酒和美人,重点是说美人
情人眼里出西施,西施之美出酒池
方能达到美酒与美人完美组合
但喝要有度,酒桌上讲究怜香惜玉
人之初,皆有欲,酒至美,和为上
酒肉穿肠过,江河万古流

一个人

阎　扶

一个人正当好年华
一个人与其他三个人
站在黑白照片里
照片压在镜框里
镜框挂在墙壁上
一个人站在右边

主人站在左边，雕在院子里
雨下一阵停一阵
像想起了什么，又不敢肯定
多像一个人的一生
在另一个人的脑海里时暗时明
这是五月，时当初夏
麦子白色的梢在雨中
更加迷茫，多像一个人
在另一个人的脑海里模糊不清、难以辨认

老所以老

任晋渝

每个人都有一个老家。老所以老
其实是某种痕迹一直在深入。譬如拴着骡马的缰绳
也勒紧过祖父的掌纹。这个风水先生
探究过的地理遍布南村四野。
而四野的足迹里也混杂着叔伯们的潦草。
当我们走过那些剥落过光阴的门庭，
当风簌簌地吹过已经褪色的墨渍，
他们的意愿便会又一次浸入我们：
牛羊满圈，五谷丰登……
那些年年遍布南村四野的糜谷
谁敢说没烙印着他们的言语？
老所以老，其实是某块地方安息着某些遗忘。
正如祖父的告诫：我埋葬过他们，

但除了我，谁还能寻到他们的归宿。

稻草人的外衣

木 头

1

药瓶开启
药粒综合甘苦，气味移动
沁入舌尖，跟着入嗓
剧烈疼痛的太阳穴是风摧毁
巢，冬天辽阔
耳朵嗡嗡作响
一个孩子把卷入高空的风筝
抱回来

2

你在镜中等雨
新修的桥
通往旧地
独行男子穿过正午
星期四
小女孩在花裙子上不停抹着手

3

有谁哭泣

直到母亲赶来
钥匙在炉火中燃烧
鱼是你
鱼是我
争论变成沉默
你是你
我是我
你听
你跑
百公里外的农场
稻草人没有悲伤
我伏在方向盘前睡着

唐晋油画里的雪野

王春平

涂抹了一个晚上,画布还是空的
“略带邪恶,狡黠的眼神”
“浪荡不羁的派头,晋阳酒徒的风度”
“诗人!”
“在酒杯中浸泡过九天九夜的诗人”
“在北绿树下嚎啕大哭的老董”
“对,烟斗!点燃什么呢?”
“差点忘了,这家伙还是个古董商”
最先在画布上涂下的肯定是红色
然后马上又用黑色覆盖住

颜色要压住,要有市井的风尘
唐晋在提醒自己“头发要像一蓬杂草”
“但是,但是嘴唇要有力度”
“眼睛,忧郁的,浑浊的,善良的”
——,——
他一边涂颜料,一边想
不知不觉打开一瓶酒,兴奋起来
“嗨,为什么不能用酒调色”

世　间

王占斌

灰烬中的炉火,在一场暴风雨中
燃烧绝望,这是最后的忏悔

万物手捧各自的心跳
像揣着不可颠覆的密码
让大地回归到深不可测的寂静

世间若不诞生美好
天堂就可能选择沉默,再不会蹿出
鸟鸣一样撕裂伤口的闪电

陕　西

旅途开始

刘知己

旅途开始了
向远方眺望,那里是梦幻的远方
浓重的灰霾下
是威猛的群山
在梦幻的深处

从一座山到另一座山
从一条河流到另一条河流
从一座城市到另一座城市

我想去哪里,连我也不知道
我要去的地方
有风、有雨、有阳光
我要去的地方
是永不安定的归宿

播种的季节,很多人从这里出发
不同的旅途
不同的命运
在扭结中翻滚、碰撞
如大海的波涛

火　车

刘　诚

一列火车经过的声音
把我从梦中惊醒
这列火车是第几次经过,我已经记不清楚了

一列老从诗人梦中经过的火车
它从凌晨经过,从一个诗人的梦中经过
它从梦中经过的时候,梦就醒了

这时候它一定是开着前灯的吧
明亮的独眼的光穿过黑暗
照见平原上沉睡的村庄
这时候除了一个诗人醒来
一定还有别人醒来,却产生了不同的心情

这列火车,有时候像是一列火车
但有时候极像是三列火车
三列火车,一列咬住一列的尾巴,相互追赶

它的声音很大,也很柔和,低低地叫
无数的钢轮从铁轨上碾过
像是打着云板,又像是摇着沙锤

它好像很有一点陶醉的意思
经过城市的时候鸣响汽笛
汽笛有些荒凉,呜呜的,有时长些,有时短些
像是在跟什么人打着暗号

我确信它一定不是一列运煤的火车
很可能是一列客车,灯火通明
里面的人各不相识、昏昏欲睡
他们相信这一列火车的忠诚和睿智
相信它一定能把自己拉到中国某地,而不是恰恰相反

我确信它不是一列十八年前的火车
一列十八年前的火车,已经开走十八年之久
在它经过的时候天色正暗
是零点四十分吧,那时我的儿子刚刚出生

重返秋天

全晓锋

重返秋天　重返记忆辉煌的果园
岁月磅礴的手　展开
在生命静谧的阴影里　惊醒睡眠
惊醒
如水的华年

那些我们珍爱的日子

那些永恒的词　风以及
小小泪水的火焰
被大风
彻夜吹痛

那些渐渐沉没的黄昏　鸟如风
陌生的面容被依次点燃
华年如水　多少
我们曾爱过的女人　华美精致的诗句和谎言
那不复存在的世界
深渊如梦

事物简单的轮廓　离我们很远
生命清晰的容颜　离我们很远
大地上　清澈的水和风却
亲密无间

我说,回来
洗净夏日鲜红的手指,我们重建家园
回来,让风中的孩子
再一次骄傲和庄严

回来,我们歌颂秋天
歌颂水和麦子庞大的睡梦
歌颂丰收　歌颂岩石携带闪电
携带雨滴般婴儿的笑脸
从深草从海面

归来

回来，让我们重返雨中　让我们大声喧哗
神祇高蹈的手
就在窗前　就在洁净阔大的纸面
把烛光点燃
把头发和肩膀点燃
把沉重而丰盈的谷仓点燃

回来，我们欢呼　我们热泪如注
九月的泥土呕吐出鲜花和果树
呕吐出盐和黄金的猛虎
九月，如此慷慨

回来，重返秋天
重返母亲甜美的果园
秋天的乳房　丰硕　挺拔
秋天长发如梦如画
秋天的雨
和广场　感动的我们
无以复加

重返秋天，我们感谢上苍
我们闭目　合掌
大路通天
唯一的鹰在头顶闪现
重返秋天
重返心灵的家园

千里之外

马慧聪

我把母亲安顿在千里之外
再把儿子安顿给母亲

在这一年又两个月以来
千里之外宁静如坟
河水干枯而去,土地塌陷而来

还有草木夭折
乌鸦坠落,大风涌动,星斗逃离

他们就这么被我
安顿在我的千里之外
没有飞机场,也没有火车站

只有我远在千里
像个孤儿

只有灵魂没有方向

古　岛

观看落日向西,有见证高僧圆寂之感

倾听流水叮咚,有欣赏稚童诵诗之趣

落日西沉,把普通的一天送入历史的棺椁
流水东逝,将一个人的耳朵编入时间的年轮

日落之后,万物喧嚣都归于沉寂
水流过的地方,处处都是废墟

在看不见的黑暗里,灵魂雾气般
随风飘散,努力维持着人的形状

自 画 像

武靖东

空气中夹杂着孤独
那人的肉体被烧得
只剩下遗址、几个句子,还混入了
其他杂物——

广厦宾馆后的
月亮是谁痊愈后暂存的片剂?
那人切除了
脸上重重叠叠的市区
那人降水的过程
耗费了许多
地图上无法标明的能量

那人的体征
一如云彩上不饱和的、缺页的经卷
一如大地上有噪声的鸟卵

借

高　璨

借来之物
终须还

亲人是打出生那日连同命
一起借来的
朋友是一段路上
字里行间借来的
爱人是某日
从云里星光里借来的

借来却据为己有
人的可爱　可笑　可悲之处
像遭到打劫
钟表也会谋财害命
这些年残忍地嗑着瓜子
被动地一样样归还
无法赎买

自杀少女

把命典当给伤心
报纸借来新闻
茶余饭后的啧啧叹息借来话题

一个孤独的魂儿
在借贷窗口徘徊许久
而后押上自由　借了一生

一个复归孤独的魂儿
在同样的窗口
脱下肉体
放在台面上
试图掩藏
附着的爱恨情仇之前
就接过孟婆汤

就变得轻飘飘
就变得很想回到窗口
再借一生

泪水很应该
更名为白流

秦岭，一个人的自画像

吕　刚

草木　云烟

浩渺的心事
坚石　曲水
沉稳的步子

哦　秦岭

南窗下
一个人　一生的
自画像

母　鹿

宋宁刚

多少次　我们相互躲闪着对方
只因臭味不相投　道不同
不相为谋　只因生活
在不同的世界　直到现在
她坐在我近旁　诉说
自己的失恋　投入　忘我
当她说起自己的付出　委屈
对方的负心　仿佛河流决堤
所有的矜持与骄傲
先从内心　然后从眼睑　脸庞
溃散　她哭得如此悲痛　畅快
让我不忍打断　我忽然觉得
她从未活得如现在这般真实　赤裸

竟有几分动人　我几乎有一种冲动
想去拥抱她　为了避开这胡思乱想
和令人有些尴尬的真实
我起身　去冲一杯速溶奶茶
令人愉快的奶香味四散
似乎也吸引了她　抬头
仿佛草原之上　一头温良的母鹿
越过草丛　朝远方凝望

一个人走了

远　村

一个人走了,不能带走他一生的修行
但能留下他内心的火焰。
一个人走了,还能回来,还能用他当年的悲悯
看着后来的人。

一个人走了,不能带走他的出生地
但能留下他朝思暮念的祖籍。
一个人走了,还能回来,还能跟我们站在一起
说道那些年的幸与不幸。

一个人走了,不能带走他的姓和名
但能留下他恋土的乡情。
一个人走了,还能回来,还能让他前世的清名
肥一方薄田。

一个人走了,不能带走他的亲人,
当然也带不走自己的敌人,但能留下盖世的豪迈。
一个人走了,还能回来,还能用他病弱的身子
为天下的穷秀才,遮风挡雨。

一个人走了,不能带走一管磨秃的狼毫
但能留下几卷上好的诗篇。
一个人走了,还能回来,还能让我们
亲切地叫他子美,或少陵。

秋风里,我与影子

张铁虎

潮水般的人群迎面涌来
我知道他们会很快经过
我也会经过
就像满树的叶子在秋季某一天全部落去

到了一定年龄
人会长得越来越像树
绿了红了荣了枯了
都是宿命

秋是还债的季节
抖落的是一个轮回的沉重
萌动繁华属于春夏

裹挟雪花的寒风是冬的无情

梦中惊醒
太阳在天上
有时影子跟着我
有时我随影

香积寺

之　道

阳光和煦，风不追随，众菩萨闭目养神。蜡梅不惊
黄色花蕾，枝头上打打闹闹，叫小红的女子警告它们，嘘
炉前香女一枚，燃香四方叩拜，她要拆散一段不属于自己的婚姻，
麻雀们，不情愿。虫子冬眠。龙爪槐下有粟。
老和尚顽皮，腊月不长志气。

上　海

她起身，果盘上的苹果熟了

朱春婷

她起身，果盘上的苹果熟了
沙发凹陷，尚印着她身体的模型
一半是殷红，一半
被留作装饰的葡萄枝丫裁剪成青黄

你曾为哪种颜色所倾倒，尊贵的客人
有毒，还是无害的那个弧面？
苹果自顾自地转动，没有手
转动，如我们无缘无故居住的星球

河在轨道里奔跑，将红色的人群
与黄色的土地分开，仿佛回到一个
不能被更改的、原初的错误里
苹果落下，再不能返还处女的新鲜

不能紧闭十指，任一生的水流走

凝 视

张 烨

我微笑着走向你
你的凝视是幸福
然而,幸福也使人担忧
我害怕会有一阵风雨袭来

我觉得自己是樱桃是蜜橘
喝着你的目光
我醉了
醉得甜甜蜜蜜,光彩四溢

我坚定地走向你
你的凝视是静穆而崇高的激情
像一座幽深的大山
你沉默的呼唤
注定了我一生的登攀

既然爱的凝视来自心灵
我就要步着你的目光
一直走进你的心灵
勇敢地去占有
并通过你的眼睛向所有人宣布
你的凝视只属于一个人

侧面

赵松

物体侧面浮动的阳光
穿过变形的圆柱之间
也经过金色的草地

坐在草地里的枯槁老人
此刻还在,而那个男孩
低头吹着草叶上的灰尘

你的影子已掠过了他们
天色暗下,森冷的气息
浓郁地漫过你的头顶

无题

刘漫流

你要镇静,像死人
死火山
像蓝色的瓶子
呜咽的一丸

你们,要镇静

在蓝玻璃修道院
像悲哀的集体
肩并肩抬着床单
仰望蓝屋顶上
白色的雪

像左手使劲回忆
一片右手的落叶

乌　鸦

紫　衣

我是非法闯入者，我是星期五
我是自己的执法者和绞架
我是唱诗班假唱的染黄头发的少女
在拥挤中向下生长

我是钢琴键里的错音
我是自己的教堂，一小片饼干
流着毒汁的蛋糕，荨麻，后院的墓碑
比它更多刺的玫瑰

我是孩子天真的噩梦
让所有的不幸散发出草莓气味
让所有回家的梦倒立
浑身淋透如一朵乌云

在黑暗中心，太过耀眼了
我正从马路对面走过

我的伤痕将天衣无缝

一　枚

一桩悲情留下一道伤痕
如同一累的硕果
沉甸甸的泪下
和着暖阳　散步　奔跑
或者舞蹈
一起发酵　发酵

非常过瘾
痛比快乐
好像它预示着诞生什么
而且分量绝不会轻
加上祈祷　它
就要飞升　飞升

自愈　自乐　托着你的灵吸
我的伤痕将天衣无缝

这人是谁？

李天靖

把梵·高
一屋子桌椅板凳堆在床上
空出地板想干啥

这脑残

把乔治·修拉
所有的点彩装入一布袋
用绳扎紧想干啥

这洁癖

把老彼得·布吕赫尔
一条街所有的人都弄回家
这太平盛世想干啥

这神经

把康定斯基
许多的非意象朝一个方向
竖起来想干啥

这力比多

女人是男人的未来
白日梦强迫症的艺术家
想干啥

这癫痫

把勒内·马格里特
洒脱的众人排成低中高
的队列

把胡安·米罗
自由的精灵整成一脸
呆萌,免开尊口

这独裁

一个人的众人
这人是谁?

两天一夜

肖　水

他身上冒出白烟。火车已过去几分钟,
但他仍裸着身体,在床沿坐着:雪在

脚踝处舔舐，痒痒的。一定是有什么
咬住了门缝，回忆的细节，皆如此地
不成功。缓慢伸手、收回，空气晃动
那些简陋、来不及吃的食物。曾听到
的歌曲都空荡荡的，玻璃外雪松间的
界限，依旧陡峭。虽然天气晴好之时，
梨花也不灼人，一些影子也并不落在
地上。但对着紧蹙的床单铺开的朗读
似乎纤弱了些，仿佛有人拆散了所有
声音里的灯光，再往带尖顶的屋顶上
转移了一些发黄发涩的石头。鸟雀们
吞食的太阳是褐色的，季节并不变换，
烟头也永不会被掐灭。他打开蓬头，
速度如一种禀赋：从对面走过来的人，
快过滑滑梯的人。而一些虚晃的想法，
依旧绵甜地叠加于同一体量的词语上。
肉身如何冷却，油脂状的废墟如何是
唯一可被适当表达的仓皇？他湿漉漉
地回到床上，像有黑色毛发的一束花。
电话迟迟没有来。他跳起抖动被子的
一角，被分离出去的棉絮，重新回到
抬升的屋顶。接着，沿着山脊，月亮
就要升起来。月亮在故事里呈现一种
与他相反的意义。

当我们祈祷

王　晟

当我们祈祷，黑夜里依然有白天的存在
当我们祈祷，无声凝视着自由，我在等着我和神性的相遇
风尚一直在变而又一成不变
河边夜间排档，烧烤中穿着暴露的姑娘，摩托声从窗外传来

当我们祈祷，他惩罚并拯救了我
在一个新生的仪式中，水滴进我的心脏，清理所有污垢
连指甲盖都被一起扔掉，人的地狱就长在身上

当我们祈祷，他慈爱的严厉目光击穿所有邪恶的伪装
懒惰可以变为自私，骄傲可以变为嫉妒
追求完美的我们更容易被撒旦诱惑

当摩托声再次从窗外传来
我们祈祷，灵魂载着我们奔驰在高速公路上
一路向前，向这个无底的黑洞发起冲刺！

圣诞节的额度

春　野

忘记天的大小，心在
风暴中推碾日子的风车
红帽的影子也无规则，从
等待到出发是一根绳子
捆绑夜的眼神，神的晦涩
礼物　期待饥饿的天堂
风在赞颂万人的雕塑，麻木
在祈祷祝福的额度，将圣诞
自由落体，仿佛你从大海身旁
归来，将爱自由落体，作为
黑夜航向的手杖，指引所有
像那趟地铁驶向自己的黑夜

兄　弟

张海宁

兄弟喝了一些酒
把自己拿过来倒进杯子
他递给我一件心事
却什么也不说

我看见他的脸上
闪烁着女人的柔软
无限深度地颤动
但是
一滴也不会流下来

兄弟最后只说了一句
她要嫁给我
不知等到什么时候
只要我还活着

兄弟又添了一些酒
他站起来
举起了自己
风
越来越大

去一座屋顶花园

潘灵剑

去一座屋顶花园,那里
硕大无朋的城市矮下去半截
花朵向星星走近了一步

迷失的下午,天空被重新
发现。回去的路只有一条

向上的路无限敞开

一本束之高阁的书
突然被你打开
每个字竟都是花蜜

虚构走进现实,你被
蓄谋已久的美谋杀
被一声雏鸟的叫声谋杀

在时间的回廊和玫瑰之间
你突然遇见失散多年的自己
你看着他匿身于树丛中,无法唤回

职员的晨曦

古　冈

沉浮的升降梯,
门合拢来,隔音
徐徐地吊起。
吱地塞进文件柜
每格分类、剔除,
每人被罩上
铁栅。铃
突入心里
喧响的源文件和水笔。

内壁隔层，楼当中
被竖起一条
通天的钢绳。
增值，延年
树状图和钱漂白
白领成就的衣襟。
你用它造房，放下身段
冷的朝阳，碎玻璃窜动。

小区光灿灿的
小孩子的天光，
一日之晨在于此。
新活力，煎蛋的平底锅，
润滑楼道一梯
多门洞，通地基的
穿梭感，阴森
小边门。盘旋着上路，
蚁群穿现实人的制服。

口音和遗骨
奇特的手势，盛情在。
寒风空刮穿堂，过街，
预案里，他们想抓
往日笑靥的团队。

亲戚躲着安睡，说门扉中
梦话连篇的一声，似敲门，

响了却无音，无人在。

盛夏的果实

王霆章

阳光是静止的
时光也是静止的
微风穿行其间
微风掠过我的发梢
果园的果实熟了

这是盛夏的果实
她们被收拾在内心的篮子里
尚未熟透的
依旧挂在记忆的枝丫上
洋溢着我的汗水

我劳作、收获、享受
普通的生活
一切都是最好的安排
甚至蝴蝶的尖叫
都可以被倾听成背景音乐

没有人能打扰我的幸福
没有人让我羡慕
盛夏，随着果实逐渐丰盈

连失去的爱人
也成为我的一部分

英吉利海峡

陈　陌

头发像一只短尾兔,从后颈窝
拎出来,把领子翻开,微微荡平
下颌有一道英吉利海峡需要穿越

嗯,你看上去,像是好人家的女儿
你,或者,是长了脚的美人鱼
执意返身去找回那具疼痛的鱼尾

找寻风暴里开了一扇窗的人
在糖罐里掀起巨浪的人,在狂热的脸上
接管但丁的九重漏斗的人

为了你的眸中之钥
云不断更换着门

蜻蜓不见了

海　岸

她最后的一瞥,看见

窗外的景致坍塌。蜻蜓不见了

一位小女孩,随同一车的父老乡亲
顷刻间完成一生的绽放

一道南国的闪电,击中了一列
飞奔的动车,一列国家机器的中枢

哀鸿遍野的惨痛,纷飞的灵魂
一夜间,震惊了全球

整整一百年,火车开到了家门口
开进她的梦想。蜻蜓在低飞

那长长的铁轨,一再撑开她的远方
火车打从西方驶来,消失在更远的大际

汽笛声声。黑夜只是暂歇的白昼
还会醒来,一如既往地醒来

而今晚,她的灵魂无从知晓
为何要湮灭在这片黑漆漆的夜色里?

四　川

瞎　客

袁　勇

一股穿制服的风跑来
抓住我的手
用我一个人能听见的声音喊:
你这个狡黠的家伙,快交出你眼里的星辰
我用从人民广场学来的太极推手
将风推开!
月亮从我的手心跌落
我匍匐井边,把右手伸进水里
令人悚然的是,风从下面
把月亮拉进井的黑匣子里

星辰从我眼里熄灭一颗
连接我骨头的螺丝钉就松一颗
旁边站立的树就倒下一棵
在树上栖息的鸟就举家逃亡
今晚没有醉酒,我不敢跳井捉月
就硬生生地站在那儿,任风把我
盘剥成荒芜的小矮人

就算我呼救,我的眼睛也会被黑瞎!

雨的时辰

刘泽球

雨水改变你所热爱的秋天，如同时间的残忍
它被添上条纹的颜色，以及空气增加的重量
收走的温度，夜里停止奔跑的敞篷卡车
有人曾希望它改变天空，当化工厂
不愿意闭嘴，他们只有对马路表达不满
为月亮缺席在山边预留的入口
星光也会从那里进来，但海绵布似的云
暂时还守卫着监测站的隘口，你看见雨
像被筛过一样，如同它们是特许公民
而你好像还没拿到通行证，尽管你已经
混入雨水的队伍。植物表皮发霉的味道
表明有些事物已经衰老，需要被改变
就像雨水正在改变秋天，但它不能改变
正向秋天走去的事物。比如：削短的旷野
窗框比夏天装下更多的东西，颜色的过程
而现在，雨水和夜晚正把它们装进黑暗的柜子
只有伞把一样的路灯还用一束光立着
没有伞面和龙骨保护的赌城上空，子弹
掷下另一种形式的雨，不是哭泣的冰冷
那些陌生的邻居，至少不会在这个时刻散步
你也不会在运河般交织的灌木影子下面
发现什么有价值的东西，仿佛秋天已被改变

早上起来，你就被阵阵袭来的肩痛
弄得心神不宁，窗外那棵树
似乎也是一样，没有果实在它的枝条上
此刻，你正听着雨水从上面滴下来
像祷告一样漫长，你曾经梦见的那样
祷词的内容已经改变

留点柴给山神

发　星

不要把焰火全背进家中
山神在冬天一样寒冷
他睡在你留在山中的那束焰火中
他看见你在背回家中的焰火中对着他悄悄微笑

永恒坐在监狱中思考的诗人

——从文王姬昌开始

龚盖雄

没有心锁，就打造一把。
没有铁栅栏，就打造一排。
没有墙的铁幕，就建设，就修筑。

为什么需要监狱拷问良心？
穿透语言的最后

吉祥和凶兆的双胞胎落地
以铁锈的红
发问——

卦象剥夺了指尖的生活。蜘蛛
定身法一样脱落

自由天空紧锁的眉头
飞出了孤独

说吧,水

李龙炳

生活在最糟糕的时候,
是整夜听关不严的水龙头滴水
水可以兴,可以观,可以群,可以怨。
古今之诗,不过是水而已。

水流向哪里,我也无法说清,
未知的那一部分有更精致的脸。
青山与永恒的倒影,
值得我在人间安插最美的间谍。

我认可你,在梦中爬楼梯。
窒息的前朝,颠倒的空间。
旋转,再旋转,形成彩色漩涡,

精心计算之后，房顶跃出鲸鱼：

痛苦的重量压榨着呼吸中的
每一滴水，作为礼物献给你
灿烂如铁锤，反复敲打的风景，
水浮起的中国，有异国的幻象。

不过是青蛙跳入古池，到处
听到水响。现代少女下河游泳
恍惚中撞见一只来历不明天鹅，
天鹅蛋的蛋黄，浑厚若史诗。

宿命论

孟　原

世界没那么复杂
世间本是一场空事
我们没有那么多未来
需要设计
没有那么多的理想
需要编织
一针一线
只是我们穿针而过的快感
命中的图案早定于心
我们当下需要一个
简单而直观的小宇宙

用生命自我点燃并消耗

去浪费在爱情上

浪费在接近虚无的地方

必然那里开着幽冥的花朵

睡前书

娜　夜

我舍不得睡去

我舍不得这音乐　这摇椅　这荡漾的天光

佛教的蓝

我舍不得一个理想主义者

为之倾身的：虚无

这一阵一阵的微风　并不切实的

吹拂　仿佛杭州

仿佛正午的阿姆斯特丹　这一阵一阵的

恍惚

空

事实上

或者假设的：手——

第二个扣子解成需要　过来人

都懂

不懂的　解不开

逝去,或者永恒

桑　眉

她在木板上躺着,靠窗
头枕瓦片,仿佛夏夜纳凉;
似乎因为过于平静,而如同家什,
因为不平整而蒙上绸布。

娘家人没来之前,
她十一岁的长子和三岁的幼子在堂屋内外,
追来追去,满头大汗,
不时笑出声……

邻居一如既往,
扫地的扫地,带孩子的带孩子,
抱一捆干草的则慢悠悠地向屋后去;
狗偶尔出现,煞有介事地看风景……

除开她丈夫亲手凿的佛龛,
供瓶里的假花换成了滴血杜鹃,
这个叫寨头的村子,
与她生前没什么不同。

九寨的风

蒋　蓝

劲风，破夜
可以听到冷杉开裂之声
离枝，落地，闷雷砸亮山溪
让我想起唐朝雷琴收纳的闪电

风从山顶偷来冰雪
在丛林上挂起一轮斜月
那是拒绝融解的长愁
风甚至从山坳怪石吹出一道
纷披山林的豹吼
击穿了偈颂与枭鸣
在九寨的花园摆出梅花阵

风吹倒了花架
吹落了鸟巢
惊慌的鸟儿张开了剪刀
风把那些千古不去的情愁收往山巅
把经幡从长空一字排开
这可以让歪斜的雁阵
栖息而眠

我站在风中远望旗云下的旗树

捡起几片从未见过的彩叶，瞬即掌心凝雪
我知道有些归去可以很小、很轻
也知道有些鸿毛比山岳更靠近天庭

博什瓦黑

黎　阳

沿着这条南诏时期的河流
在北岸，岩石上的龙蛇开始风化
梵音越来越远
涅槃像开始模糊

尔乌山的起伏没有能阻挡
历史的后退　法铃
盘旋上升　山路缠缠绕绕
揪着彝族的辫子　走进岁月的长卷

在黝黑的指甲缝隙中
头戴法帽身着披毡的毕摩
咒语翻过唐朝
降落在巨龙出没过的大山中央

波涛汹涌的博什瓦黑
跟随出巡的南诏帝王
一起淹没在浪花中
飞舞的雄鹰　奔腾的骏马

伫立在山谷的回音壁

博什瓦黑　那些圣灵的福音
在滚滚的与时俱进中
赶场　退场
游走的山民背负着沉重故事
蜿蜒在大凉山脉

绵州夜雨，与母亲一夕谈

史　鸷

“……四月的细雨浇在你我心上。夜里 10 点，
警钟街的喧闹渐渐消停，临街小宾馆，橘黄的
灯光暗淡。只有你，和我，灯影下对坐，
半晌无言。母亲，隔壁中心医院 9 楼呼吸内科，
父亲的心肺在生死之间来回搏动
持续高烧不退，年轻的主治医生像上帝，早已
宣告了他生命的长短。一再拿消炎药掷骰子，
她手里的美罗培兰已是最后的稻草（她
愿意一试，但他能否抓得住？）他的境况
你我都心知肚明。你想把他转回老家
（让他魂归故里）的念头，一再涌上嘴边，却
说不出口。父亲，我们家里最大的神，
似乎已神光渐退，我们都提前感受到了
他离去之后的深深寒意。
我担心你，70 岁的母亲，担心

一个大家庭从此分崩离析，逐渐飞鸟投林。
你却在操心我。你还是说出了口。
我无儿无女，一身是病，曾
让父亲和你在夜里辗转反侧，不放心老去。当
命中的那天终将来临，你已无力
再陪着我走远，你不放心我靠什么支撑漫长的一生？
哦母亲，我该如何开始，向你表述此生
虚幻的归宿，诗歌，这宏大、充满吞噬力的事物
你能否理解？我嗫嚅的嘴唇，该如何向你表达
这神秘的文体？抑或文学，能否像面包和肉，
给我带来生存？或像个贴心的女人，带来
真实的温存？我也真的不知道（恐怕
没有可能）但它可以让内心安稳。母亲，当多年前
你的儿子像毒品一样爱上文字，这到底是幸，
还是不幸？你当然无从回答，但他的一切皆由此，
并成了如今的模样。母亲，这世上你不理解
的事物，和我不理解的一样多，
包括命运、善恶，和你所不了解的诗歌
（它们不像你所熟悉的庄稼一样实在，付出
就有收获）谈论它，让我的语言变得艰难，但总是
那不被看得真切的事物，却往往
给了我们最大的福报，比如空气，比如爱
面对这吞噬的漩涡，无限的诱惑，生命的火，
我陷入其中，早已无力挣脱。母亲，
这或许就是命，就像你一生认过的命。上天
在年轻时就把我逼入绝境，也许只是
为了更早地投到她的面前？谁知道呢

我也许终究会辜负她，正如辜负了你，也许
仅仅是自作多情（现在看起来非常可能）。
母亲，我枯燥无力的表述，你是否
听清？我内心满是羞愧，仿佛灵魂被曝光，
仿佛让圣洁的事物蒙了羞。那么，母亲
让我们先放下诗歌，先谈谈你，
这世上我最爱的两个人之一（也许很快就会
失去一个）首先你必须好好活着，一直
活下去，用术后瘦弱的躯体活下去，
用与生俱来的善与爱活下去，
你活着，我更多了活着的意义，才不怕
前面的一切，我才可以
内心安宁。为了你们活着，我甘愿放弃很多，包括
宁可不要这虚妄的诗歌。”

龙泉驿

梁　平

那匹快马是一道闪电，
驿站灯火透彻，与日月同辉。
汉砖上的蹄印复制在唐的青石板路，
把一阕宋词踩踏成元曲，
散落在大明危乎的蜀道上。
龙泉与奉节那时的三千里，
只一个节拍，逗留官府与军机的节奏，
急促与舒缓、平铺与直叙。

清的末、驿的路归隐山野，
马蹄声碎，远了，
桃花朵朵开成封面。

历经七朝上千年的龙泉驿站，
吃皇粮的驿夫驿丁，
一生只走一条路，不得有闪失。
留守的足不能出户，
查验过往的官府勘合、军机火牌，
以轻重缓急置换坐骑，
再把留下的马瘦毛长的家伙，
喂得结结实实、精神抖擞。
至于哪个县令升任州官，
哪个城池被哪个拿下，
哪个死了哪个活，充耳不闻。

灵泉山上的灵泉，
一捧就洗净了杂念。当差就当差，
走卒就走卒，没有非分之想。
清粥小菜果腹，夜伴一火如豆，
即使没有勘合、火牌，
百姓过往家书、商贾的物流，
也丝丝入扣，不顺走“一针一线”。
灵泉就是一脉山泉，
驿站一千年的气节与名声，
清冽的水荡涤污浊，显了灵，
还真是水不在深。

有龙则灵。灵泉在元明古人那里，
已经改叫龙泉，龙的抬头摆尾，
在这里都风调雨顺。
桃花泛滥，房前屋后风情万种，
每一张脸上都可以挂红。
后来诗歌长满了枝丫，
我这一首掉下来，零落成泥，
回到那条逝去的驿路。

退坐至体内 1 000 公里

陶　春

静止在一滴秒针
不断散开时间幻觉涟漪的深潭

来自底楼花园的高空
一片树叶
划过额头，垂直
砸落在地面
留下一个：深得足以埋人的陨坑

仿佛，冷汗
渗出梦魇。沉睡的杯水之外——

从一张脸
　到另一张脸

从一双手
　到另一双手

从一柄剑
　到另一柄剑①

古老的特洛伊之战仍在接力
硝烟弥漫,不再为饥饿的海伦
只为争夺,高于倾城
美貌价值的土地、石油与黄金

被俘士兵的残肢
挂示在电视塔尖,像一束惩戒之血的箴言

退坐至体内 1 000 公里寂然枯坐的旷野
我仍与这个世界相隔 0.01 厘米的险境

花毛茛机器

王学东

从南门进去,请记住这些花的名字,
顺便来看看我,一起坐儿童旋风跑车。
幸好昨晚留下了一瓶浓香型的烈酒,
要不然的话,这些花毛茛,全都是失望。

---

① “另一柄剑”,意指发射在现代化战争中的各式导弹。

不过，更多的是绝望，
在公园中，有太多的智能手机，
没有花能比得上最新的新闻和游戏。

"爸爸，我又忘了这朵花的名字。"
而我，也忘记了在杯子里加上可乐，
没有带充电器，我们都不会命名。
这有什么好害怕的呢，有肥料养育着生态系统，
等待一年，花毛茛仍然还会怀孕，
持续漠视橱窗里鲜艳的塑料花朵。

最终我还是想去摘下一朵花，
握握手，就像蹲下去抚摸一只小狗。
只有这样，才能拥有暂时的祝福和好运。
还是走吧，一不小心，
我们就会迷失，或者被花粉所控制。
我已经失去了对自然的感受力。

此时，花毛茛机器开始轰轰转动，
大声发出了对生命的抱怨，
因为它也遗传了大自然太浓的雀斑。
植物机器的花瓣中有和平，也有宁静，
但这个公园在感冒、发烧，有太多的疲倦。
闭着眼睛，假装多睡一会儿吧。

论实验戏剧

翟永明

论一杯金汤力　更为容易
一杯金汤力　加一盎司金酒
我们获得标准的口感

实验戏剧　在世界之外
悬起一束白绫　是要吊死自己
还是别人？　他们赤裸上身
在地板上磨蹭
或又沉默地在舞台中间走动

雪白的追光拷问舞台
她从白床上慢慢起身
她是在做梦吗？她大声说道：
“我们是在哪里？我错过了什么？”

论实验戏剧　不是从一个字开始
而是从一个仪式开始
从夜晚　从黄昏　从黎明
从某一刹那　从我们的脚抬起走动

我们每天都在实验
在戏剧　在挥霍

在幕与幕之间现身
或隐去　在空对空的
嘶叫　滚地　撒野
以致舞台上的辉煌
沦为受害　沦为消耗殆尽

女主角赤脚躺回白床上
目光睽睽下　她眼光涣散
她没有表演悲痛
但我们感觉到了悲痛
她没有力气呼喊
但我们听到了吼叫
她默默侧身向里
我们静静张口结舌

我们没有流泪　但空间流泪
调音台在流泪
我们将往舞台上投掷什么？
钱币、鲜花？冷笑、诅咒？
掌声、喝彩？冰块、还是纸杯？

台　湾

肉体时空

——病榻前的祖孙相觑

方　明

冷峭的病床缠住孤寡的残喘
惨白的四壁困住我游丝般呼吸
孱弱的体肢已无法撑住浑身遍布的焦虑
渴望情欲的讯息同样颤弱得混沌不清
眼神与舌尖以苍白的色调抖传着简单的欲求

天荒地老的时刻在咫尺徘徊
我紧握着孙辈灼热的嫩手
此刻,我所有的能量惊愕与妒忌面前
流着相同血脉的脸庞
她拓印了我湮远艳亮的青春
拂动的云发传递着芬芳的招引
红苹果的双颊给人咬一口的幸福
摇摆的纤腰是最骚动的风景
唇齿的娇嗔是燃烧情人的火种
浑身的体香分泌着骄纵的情愫
吹弹欲破的肌肤是被宠爱垂涎着的肉躯
鲜亮的胴体与春天相互吮吸着俘虏的蜂蝶

我无言崩溃在如斯完美的复制品前

在死生轮回敲响的时刻里，我那不甘颓衰的灵魂
匍匐在青春无敌的雕塑前
觑望仍是充满莫名的妒忌

虚脱记忆着邈远的岁月
曾有俊硕的情人驯服在我乳香的怀里煽动风月
此刻，薄弱的气息弥漫着肉身垢藏着的腐味
爱与恨的救赎都成麻木世界里的呓语

听花开的声音听花开的声音

阿　芒

好多人在听花开的声音在泡泡沸腾暴龙比赛气喘的捷运我想知道他们的耳机是什么牌子
好多人在听花开的声音手指按下链接通向一支曲子一首诗一部电影一口井一网红都链接到花开的声音在我的国家即使花不开最低阶的手机都行使了奇迹

但

这是个不信奇迹的人背着一棵树苗走
这是个落后的人上天注定
这是个被树附身寻找泥土的人
这是个无药可救的聋子
她走过花开的声音

花开的声音
什么都没按下
天罗地网,什么都没连过去
我看见她的眼神像绞刑犯
脖子上一圈绳索
脚下的凳子
将被踢走
那一刻还
不知死活地打转,还在找
那在我国家被叫作隙缝或老鼠的东西

花的博爱论

陈育虹

会跳舞的花会爬墙的花
这花园里有会照镜子的花
会亲吻的花
会脸红会流泪的花
会刺伤人麻醉人会猎食的花
怕冷的花怕热的花
怕天黑的花怕天亮的花
人马座花巨蟹座花这花园
有博爱的花害羞的花
有法国号的花双簧管的花
竖琴大提琴古钢琴的花
我美丽的开不完的

欲望之花爱之花恶之花
花们从地底
(从我身上)冒出来
很多花很多
很多我：混乱，和谐
要跟上花们是多么困难啊
我必须放弃我
存在，滋养虫鸟
死亡，滋养蝼蚁
多年生的(反复的)
一年生的(夭折了)
每朵花都是一座神龛
小小的祭坛
我的原型：混乱
和谐了我

花园是宁静的

阿里山神木十四行

解昆桦

倒掉的千年神木铁轨旁横卧
仍试着向岁月彼岸长征
但只成为时速二十公里阿里山小火车
一分钟多的风景

一分钟中我度过千年
波浪般的纹理
车厢摇摆前行蜿蜒
我任窗外群树经过我一生如常的孤寂

有尽神木已在我远方的阿里山
躺成有尽的阡陌层涌
容纳林雀啄食探看
日光化为稻穗的可能

即使神木已朽已枯
夜里回神仍是对落樱凝神的雄鹿

最多，至少

紫　鹃

越来越像母亲
在阴雨天哀悼昨日狂欢

我们闭口不提
骨折的长寿花

在冰箱寻觅
午茶点心时光

眺望落地窗外

一千只飞鸟自由

人间琐碎
多在餐桌椅行进

冰火菠萝油面包加黑咖啡
奶茶和葱花夹心苏打饼

我们臣服美味絮语
遮蔽疼痛带来不适症状

叉子插向
玻璃盒内削好苹果

日复一日
培养良好节操

诗经流域

陈义芝

我听见女子的泣诉
像风吹进竹林削薄竹叶
四处寻找发烫的耳朵
眼泪结冰的冬天
她哭战争的绝望
黄莺啼鸣的原野

她哭春天的迷惘

日照下那女子
像河边的芦苇林中的葛藤
与季节一同呼吸
翻过山冈
牵挂是悬崖上的一条葛藤
跨越栈桥
悲伤是溪流中的一根芦苇

　　一日不见,如三月兮
　　一日不见,如三秋兮
　　一日不见,如三岁兮

你问我往哪里去
风在城门楼上来来回回
有人采荇有人采薇
在爱与被爱的地方
小草抚触肌肤般的土壤
我的情人与我相会
又与我相别

你问我何时归来
兵士不再群聚干戈
丝绸不再片片撕裂
有人蚕桑有人浣衣
星光交击晨光的音符

我的情人啊天黑与我共眠
天亮为我相思

忠孝东路的女故事

杨小滨

下雨了,这淫荡的天空。
我刚走出丹堤,
信义区就脸红了。
我披着苦出身,
任凭空气藏起果味。

想唱台北就是我的家,
表情沾满口香糖。
哼不完的总是春风。
唾沫只好说起日语来,
雅蠛蝶扑飞粉娇娘。

路边摊也浅笑了,
递过来蔡依林。
肤色洗不干净,
微痛,一脸醉意。
躺下的水才最烫人。

雨声呻吟不止,
我的伞欢喜极了。

假如摩托都跑成小白兔，
我干脆掏出胡萝卜，
诱惑满街的玩具鼻子。

重逢(且装蒜)

杨佳娴

夜摊开,皮革
揉进粗颗粒的盐
一种渴望而后熄去的
烟,仍然住在里面

我曾见过你如霜
那样笑,像薄日光刚刚出生
触着手就预备软化
我曾听见过
铁片从你手心长出
逆向刮过我
隐秘张开的鳞

此刻,谨慎且陌生地
和其他人一同环绕
传递酒杯和耳语
电是沉默
空气微微麻痹

再添一些柴火吧
小地狱逼出全部的鬼
因为烟正外溢
心正紧缩如蒜头

北港溪的黄昏

绿　蒂

小河潺潺
记载着小镇的繁荣与变迁
映流着童年的颜色与气味

母亲重复又重复的叮咛
已不在故里的碎石路口瞭望
濯足戏水的溪河
已不见清澈见底的鱼虾
防风树排植成水泥丛林
阻隔了橄榄树悦耳的蝉鸣

妈祖庙缩小了记忆的版图
不再是儿时嬉游的乐园
桥上没有载运甘蔗小火车的汽笛
只有南阳国小的弦歌
与凤凰木依旧

防波堤延伸得更长

挽不住流逝的波光粼粼
再提升楼层伟岸的高度
也遮不去余晖透露的感伤

每一寸夕光缓缓编缀成
七十余年岁月的织锦
小渔舟在三级风中
引领视线航向更远方的苍茫

回眸平溪落日　始觉
我的爱　在风中
我的诗　在风中
人生最后的一段乐章
也在风中迤逦演出

天　津

穿　越

图　雅

这里是一家陵园
沿着右侧一条小路
缓缓而下
尽头是窑洞般的阴宅
四壁有佛龛墙洞
中间一张石床
用以停棺

那天他带女友来玩儿
恰逢大雨
躲进此处
他俩爬上石床
干了阳间的事

看着自己成为帮凶

闫永敏

两个同事竞争职称
一个工作出色

一个与我要好
二选一投票
我考虑几分钟
在他俩名字后面
都打了对勾
这样就成了废票

老　人

马知遥

在养老院
每到年三十
儿女们纷纷接走父母

没有接走的
是因为儿女都在国外
或者不知道去了哪里

王老太太一直难为情地对我说
我儿子也是大学教授
他家住得太高
我爬不动

白发

庞琼珍

我已能接受白发
去探望公公婆婆时
丈夫劝我染发
理由是
咱俩的头发不能
比爸妈的白

血亲

李想

将未成形的胎儿
强行与母体分离
相当于大于20倍的吸尘器
将躯体碾碎吸出
我不忍再往下看
天空之上流淌着红色大河
软嫩的四肢缓缓漂浮
它们相互寻找无法愈合
那里也曾有我的血亲

解剖课

王彦明

有时候刀子被藏在了衣服里
有时候小心地亮着。
就像在皮肉之内的思想,也是一把尖锐的
抵向自己的刀子,同时还是砧板之肉。

(这孤独的矛盾论。)

那么切割就成了一种真实的虚妄。
你如何操控一局棋来赢了自己?
划破表面,就是艰难的开始。
所有的枝节,都率先批落,像风吹过——

像风吹过,也是一种假象,那些深埋的
故疾,是狡猾的狐狸,洞穴都带走一层屏保
迷幻的色彩。自己也会对自己开恩,宽容
——进入歧路,指点会正常地出现。

如果错过,还是要再补上一刀的,伤及更多的
完整。不能错过骨头,那坚硬的部分,有些地方
已经钙化,朽烂的部分,固执地坏死,被挑出
被放在旷野里,成为野狗的食粮。

那些幽暗美学,在福尔马林中会消失。一粒尘埃
会在大海里丧失意义。刀子依然在游走,
观瞻者会惊叹于破碎与完整的组合。
进入如同消失,一尾鱼只有露出水面的鳍。

香　港

短　歌

陈子谦

完了么,这漫长的前奏
当弦线不再临摹白烟的颤抖
世界就卷入更深的耳蜗

更深的耳鸣,全是耳垢!
清道夫拖着失去魔法的扫帚
口罩爬满高速铁路的铁锈

是谁剃光少年的头?
一个个小沙弥抑或少年犯
晨钟敲成暮鼓,暮鼓敲成石头

完了么,这盛大的秋收
博物馆展览着整齐的佛头
闹市徘徊着走失的牛

耳蜗走失了黏糊糊的蜗牛

出发去热岛

关天林

出发去热岛,与留下来的
耐劳的守军,喝十五瓶酒
听藤蔓在春梦里滋长的嘘声
听,明日的雾早分配好每人的墓
白鸽的扑翅令我们悲惧
海中心的斑点忍不住出航
往更不祥处航去,五吨的水
是败北后死鲸的吞吐量

出发去热岛,掏心挖肺的
排除掉自我,对岩石冷漠
蓝调的小孩拐进后巷扎钉子
剩下司机向瞌睡者传说,明天
窗帘会瞬间变白,像在关节洒盐
我们会把懊丧的脸踩在地上
电会转个弯,重新点亮船舱
二十五年前流行的暗

出发去热岛,为了沉没的
不再浮上来,浮着的沉默
我们染好双眼静待日出被跳过
终于被跳过,像忘词的歌谣

为了回程而豪赌遗忘的高度
攥紧大风的拳，抠箱子的舌
色诱旋转的狐尾醉五次
再拴着桅杆，发射孤独信号

钟声与塔光

周汉辉

东望洋山在澳门市区上
兀起，山下那些赌场
也重重兀起，都潜隐于
你不尽随意的旅程——
山顶灯塔睡过白天，像你
渡海而来度假，吃喝逛逛
坐歇，杯壁间葡国咖啡
旋尽则止，你才出神
与座下的城，城背起的
历史对坐，它们静候时机
再进入你像信仰——钟声
游人举头溯望声源，本地人
也许已听不见，你倒以为
是流行歌的前奏，摘去耳机
最后一口咖啡流下咽喉
清醒得还在公司，或教会
保持笑容时渴想休假——基督
昨天死在骷髅地，今天你远行

满城教堂间避走了大半天
石板巷旁茶座留你坐下前
只坡上一所教堂先留过你
一对母子随后踱进来，未有
仪式在三人间进行，默祷的
力度拖成日轨，琉璃彩窗下
赎世神迹遍地即是——三盏灯
亮起，日消，鱼汤粉滚烫
引聚多国食客跟你迫处旧区
一间缅甸小店，像灯柱下
圆形广场向各方收纳路径
分发人车与时光，当你拒绝
地图，灯路便拒绝放你回去
步下身影在沿途呈黄底色
涂画你身经另一处，行空了
肚了，双腿，长凳上回气
十字架所踏，水自来注池
渴感涨浸颈项，池后楼墙
扯掠过一个个巨大的自己
像一念追逐一念——车灯
一一从后划照，疏落，无
又有了，高耸入夜，楼顶
长暗中骤亮，骤亮，你一愣
溯望，东望洋山灯塔转醒
旋挥光束为敲响远方钟声

地铁的彼岸花

洛　枫

走过彼岸花的月饼广告
你站在原地不动
我回身和你对立
花叶从此不相连
会不会有一天我们的城市
中秋变成烧衣
雨伞被禁止带入 paid area
自动电梯不能随意上落
黄线继续不能超越
老年的关爱座变成少年监狱
车门一旦合上
你我永成隔世

列车驶入冥府
四处筑起一卡一卡的墓碑
没有人面只有名字
广播哑了嗓子
人们忘掉自己的声音
呼吸指定的气流
狂暴的雨水冲不进来
平稳的车速磨灭了凹凸的骚动
八达通卡死守感应和警报系统

广告灯箱的框框内
我在彼岸没有花
你在人群的流动与停顿间
数着消失的拍子
鞋底钉死了腐朽的浮华
我只好独自逆着反方的流光
倒退向未来……

议　题

荧　惑

每个人似乎都在谈论
他们死亡的方式
是刀伤致死还是堕地才气绝
情杀，抑或牵涉其他
职业和收入的差异
人们开始关注楼价的问题
然后是风水
始终太少人关心死亡
死亡是一件黑袍还是白雨衣
有茉莉的幽香还是青苔
香茅或者肉桂？
死亡有它自己的习性吗
选择草地而不是石滩
太阳而不是枕头
每个人的死亡都有轨迹吗

像一夜的流星雨
谁都在忙于闭目许愿
一万年的飞行里看见了什么
为什么选择在这一刻
这一颗蓝色的星球上？
人们张开眼睛
每一对虹膜都有不同的颜色
我看着你的双眼
可以别再聊天气或者国家吗
死亡是
一次没有尽头的塞车
在它里面乌鸦永远不吵嚷
铁灰色的天际下
有人散步,有人喝茶,读诗

盐与胡椒

吴耀宗

在餐饮之间,让对话
刻意模糊我们的刻意
笑声淡如菊花

集中制造一小段旅行的细节
比如善待偶遇的陌生人
或在上载下载之间,让智能手机
播放桥上桥下的风声

翻落的帽子随波流去

悠远了以手作檐的悠远
荫住半抒情的脸
侍应生走过来
给我们胡椒和盐

扎 染

池荒悬

投考车牌,同时
寻获通往湖心的路
就连事物的意义也白费了
涟漪却让万物衍生出崭新用途

像仰望,然后进占山脉一样
最后还是归于沉寂
和消亡。以单色扎染五体
适应一种血型不同的呼吸
始终把诗误读的难民和冻阳光
渐层消融在流动的细语中
曾经在众腿间游动的蝉
凝固后化身游客的耳轮
鸟、鱼、黑花:失温的秩序
叶和光柱错落宽阔单肩上
泡沫的序列

从各洞口
飞升

三十三间堂遇菩萨海

廖伟棠

一千菩萨堆栈的压强甚轻
如果我沉下去必不得上浮
第一千零一片,不拈的花瓣

但有一个悲伤的老妇挡住这海
她是树,擎住夜空
夜空上也是我,猛火缭绕

这大星是熊,躬耕着不毛之田
菩萨不负责任,倒用盐一遍遍洗刷
用霹雳一镞镞隐匿:尸首

如果我泅渡此阵,生还必不是我
但猛火中一只细手稳稳拉开纸门
睡醒的小女在树荫下接引

新　疆

松树塘望雪(外一首)

郁　笛

总是望见雪,站在低处的山坳里,一截时间的朽木
经历了怎样无声的断裂,有如喧哗,遁入天山的苍茫

而怎样的雪,使万松耸立,望不见英雄远去的背影
军塘夜客,月色里早已照不见灞桥的烟柳,恨与别

清辉寂照,我说的是旧时明月,垭口上结满了漫长的
　霜花
你只是回首,松呼风应,一夜雪,白了少年头

东天山仙姑庙

庙堂高远,这些山间的旧俗,是不可避免的
东天山这一带,山水连着陕甘的乡音,几辈子不绝的
　黄土

瘠薄和贫苦的土地上,请赐以恩德,永续的香火
仙姑庙庙门洞开,连同古树环绕,在天山向南的山
　坡上

祈求者迈过高高的门槛，福祉也缥缈在旧县衙的厅堂
有过多少许愿的日子，私家的马车，在官道上踏出了雨点

仙姑，请允许一些贫寒的妇人，和她们尖尖的小脚
日夜星辰的赶来，许下心怀里私藏的愿望

有时候贫穷，也不能阻断这些异乡的女子们
心怀着遥远故土和家族的夙愿，星夜兼程

何况还有那么多丰饶的日月，赶上了一些好天气
庙会总是不可缺少的，就像我们，遥遥不可逾越的节气

套在白昼黑笼里的新娘

杨　钊

要说出一生中少有的时光
要慢行　真正置身于瞬间的眩晕
知道　哪怕给予针尖大小的蜜
也要做一块清澈感恩的石头

那是什么样的眼神？羞矜。轻柔
凌乱的步子穿过喷溅音乐的水珠
罗袜濡泅　湿浅裙裾

你知道了　夜露匆匆一双紫色的玉足奔走——
该有多好！

雾更低，青荇软泥，慌张的踢踏
一缕夕光投递到这边来淋雨
我敏捷地抱起，就会赶在雨露前头吻你的发丝

奄奄一息。夜晚这位套在白昼黑笼里的新娘
我要是赶在她的身前摘采一颗露珠
或露珠蚌合体内的紫色心
就该有多好呵！

梦里的世界

去　影

先生头戴斗笠站在悬崖边上

微微生长的胡须可以感受到梦境的边界
再向里挪一点　要不会压着裙子的花边
彩色的气球一个一个点燃　开成一棵树

我只贪恋得不到的肉体
乳房　臀部　性感的嘴唇和荷尔蒙大口呼吸的
　声音
都让我失去控制
石头掉下来　砸中客厅的茶几

很多双手说你不能　很多双眼睛盯着悬崖边的
　先生
先生微笑着跳下去
他感受到从来没有过的快乐
所有的马都奔跑在草原上啃食石头　所有的
所有的故事都生长出犄角
所有的女主人公都带着可人的面具和嘲讽的微笑

分针转动五格　石头悬在半空

关键的事情你似乎还没有做
你必须做
这几乎是一种职责
你想换一个地方
不要那么多人
毕竟时间无边无际　毕竟我们永不衰老
毕竟水还没有从深渊流到脚踝
毕竟你见过的女人在梦里都不会走路

她送给你两公斤空气
一段孽缘
一个完美的身体和无欲无求的灵魂

先生的斗笠忘在了窗户外面
风那么大

午后阳光

张　玫

那些清爽极了的午后的阳光
和你淡定的目光,细致的语言洒在洼地里

此刻正有一些强烈的人与动物的呼吸、脚步涌来
一座山不再是旧日的晚秋,黄昏里的孤独垂影

一只山雀划过眼眸斜插进山林
她窥见一个盛大的虚化的春天在吐露蛇的红信
枯竭的树叶瞬间转变为鸢尾花的姿态

一只猎狗从山下狂奔到山上
你可以驱逐一只勇猛和野蛮的动物
却无法抵挡你南国季风的多情和忧郁

你从山坡上走来,流连驻足
一棵龙爪榆,一排排的青色白杨
寄托了你的身影和你夏天葳蕤的模样

我只是你眼里的一片白雪吧
我只是触动你情思的一缕微风吧
我只是你午后生命里斜飞过的一只小鸟吧
我只是你想要拥抱和轻吻的一个春天吧

其实,我什么都不是

我只是山里的一个幻想,一片多余的光阴

窗　外

王　晖

我的家就是这样

前无池塘,后无小山

我的家被越来越高的楼群

挤下了越来越低的谷底

南北两面的窗户

是此生最经久的观光台

目光已被建筑物层层褫夺了

可还是没有谁比我更喜欢眺望

热力站浓烟滚滚的巨大烟囱

盯着看一小会儿就有妖怪出现

尤其是有月亮的晚上

它幻化出让人不安的彩云追月

只有万家灯火齐发时

房前屋后才有种说不出的人间暖意

而这个时候我最孤单最徘徊

盼着小孩放学的脚步快来解救我

七十年一遇，月亮最圆之夜
我守着窗户守着银月孤悬的苍穹
江河的潮汐应到最高水位了吧
北方冰冻的河流又怎么说呢
反正我此生的潮汐飙到了危险的最高位
再不会有了，一生一遇，皎皎者

守着关了灯的窗户我趴在窗台上
楼下亮着灯泡的菜店静卧雪地
急速奔驰的车辆冲向横陈的夜
那些闪电一样的车灯荷尔蒙超标
再也没有这片疆土拓荒之初
一群可爱的男孩追着新车奔跑
绕到前方害羞地摸一摸解放车的"眼睛"

弦上塔里木河

王兴程

流沙颤动，琴弦起伏
歌唱的人闭上了眼睛，把头抬向天空
他在呓语里植入了自己的苍茫

将声带上的风沙拂去
把声音压低，拖长……
他开始把一条大河牵入梦境

这个下午，阳光干燥
我们穿越了沙漠，站在桥上
看见它洗净了沙子，流进了一个干渴的喉咙

像是多年前的一幕，在南疆的天空下
离乡的人在一根弦的低音上徘徊

不回忆过去，不重复苦难
你只需要接上另一个人的应唱
我曾告诉过你，心怀伤痛者寻找的不只是泪水

这个下午，我还想告诉你
不用回到故乡，走过塔里木河
你就能找到那个可以相依为命的人

心境：月夜

曲　近

轻轻推开窗
推开夜
悄无声息
接满一盏月光
无需太大的动作

这月光，波动着
可以小酌

可以浅唱
可以泼墨
可以熬药
也可以唤出笋尖
打探人间冷暖
如何从心里穿过

是夜
你非你
我非我
枯坐成滴露花开
哪一朵
正好将我淹没
制成琥珀

云　南

一根枯草可以诠释我

雷平阳

人们常说:“万物嗷嗷待哺。”
我不相信,我只知道
是万物缓解了我的饥饿,让我新生
在金沙江上航行时,两岸的山峰
用荒凉与陡峭养育我
住在溶洞中躲避瘟疫时,黑暗的滴水声
把时间交到了我的心中
我在稻田里清数绿色的青蛙,也在夕照下
借飞鸟的眼睛,得出了山的数目
万物都明白,我就是一个人
一根枯草,就能将我诠释
一份爱,就可以把我引渡给虚空
那些在我眼皮底下断气的人
他们曾经比我更加感激清泉、粮食
和书本,装进棺椁的手心里
还紧紧地握着白银制成的金刚杵
而我只比他们有更长的寿命
活在万物中间,知道感恩
却无力代替遍地的秋风发出阵阵怒吼

只有写下一首诗才能安魂

海　男

一首诗,仿佛在夜色中迎来了另一只蝉
你见过树林中翅膀透明的蝉吗?那时际,她随处漫游
只要搭上一辆车,倾听到来自小镇人的声音
就自认为已经搭上了去乌有之乡的车
乌有,是不存在的,是虚拟的,是人们在梦想中
涂鸦的地壤。她有一种追求乌有之乡的勇气
在她认为,只要听见蜜蜂的翅膀划破窗外的黑蜘蛛网
就意味着冥冥之中有什么奇异的事情要发生了
就像每夜的女诗人,只有写下一首诗才能安魂
她的魂,只要有一只蝉的引领,就会掀开夜幕之帐
她要去的地方,必须有人,无论是人还是神
对于她来说,都是乌有之乡的传说

只有写下一首诗,她才可能编织好明天出门前戴的草帽
她气息如蝉翼,只有写下一首诗,才能安魂于黑暗

堆父亲

王单单

流水的骨骼,雨的肉身
整个冬天,我都在

照着父亲生前的样子
堆一个雪人
堆他的心,堆他的肝
堆他融化之前苦不堪言的一生
如果,我能堆出他的
卑贱、胆怯,以及命中的劫数
我的父亲,他就能复活
并会伸出残损的手
归还我淌过的泪水
但是,我已经没有力气
再痛一回。我怕看见
大风吹散他时
天空中飘着红色的雪

悬崖葬

艾傈木诺

如果可以回到盐津的古代去死,我要
选一道绝壁,上有青天,下有湍急河水
我要选崖壁上的岩缝,岩块上落着一堆鸟粪
我喜欢鸟粪上长满沾沾草,除了裹身衣
我还要一把木梳子,一面铜镜子,作陪葬品

一往情深的那缕炊烟,我要带走
长着倒勾刺的那个情人,我也要带走
我要看见候鸟飞回来,它们飞走的时候

我要睡觉。我死了,就去驯服对岸的风
叫它们风化棺木,缩入诗行,长出草籽

你穿过关河看见的,就是我留给你的遗产
我是我灵魂养出的孩子,长着你的模样
你的嘴巴,复述我的故事,你的眼睛
替我在这个世上,受污染。你是遗嘱执行人
我在悬崖上,闲着你的一生

静夜思

陈洪金

在深夜,我独自站立。一支烟缓缓燃烧
它的微光,没有照亮什么,就连
我的手指,也是一片模糊。隔着窗
对面的楼层,每一扇窗子都熄灯了
那些人在他们的梦里,沉静地睡去

在深夜,我看不到远方。城市寂静成幽魂
漆黑的天空,也许游荡着鬼魂
他们奔跑,哭泣,号叫,不忘前世的恩怨
泪水和血渗进尘土,成为暗河里的浪花
打湿一个孤独者在无眠时刻的脚尖

凌晨三点,这是一个孤独的时刻
我没有惦记着昨天的忧伤,没有设想未来

我没有感怀某个人的离别，没有眺望家乡
喝干的茶杯，搁浅的残汁，平淡成此刻的心境

这样的夜，我可以开门出去
每一条路上，都没有人，出发的人还没有醒来
远方的人还没有抵达。凌晨三点，看不见的霜
笼罩着整个世界。太多的清冷，打湿了目光

雨敛黄昏

高 专

雨敛黄昏，红日浮荡

我翻墙飞落公园
脚，重温着熟悉的曲弯
一步步中，思想有了形状
拐弯处的道路前方
模糊的色彩低缓挪移
——左手拄小木凳，右手拄另一只
一条腿悬空蜷曲，另一条陪衬似的
点缀地面
雨后的圆通动物园空无一人
比平时容易，他接近铁栏杆
他仰起头

水滴哩哩啦啦，夕光滩滩洼洼

透过栏杆——菱型矩型的空白
丹顶鹤鹭鸶白天鹅
耸峙起座座雪峰的圣境……
颤巍巍，他勉强支撑在山脚
仰起看掉帽子的头颅
身后已经忘乎所以

天使们，有的扇动翅膀来回奔跑
有的引颈高歌
有的斜瞟着淡淡的月牙
清漪上，有的梳理着，或不再一动
而他——仅是栏杆脚的一团暗影

公园青翠阒然
公园与学校一墙之隔
照例，我翻墙独步这后花园
一步一蹙眉，思想拱破地平线

渐入佳境，此刻
他逃出来的街巷被人群缝合
他磨蹭过的斑马线仍人车纵横
他遍体目光的铁钉正脱落
不知过去多久，时光迷糊
什么东西触动，他醒来一样
拽了下小背包，环顾四周
然后调动全身关节肌肉
一条腿点拨大地，另一条与大地

保持恰当距离
手的双桨奋力前划……

世界又醉酒似的起伏动荡起来

平静的夜晚

杨凤金

我在一个平静的夜晚里，把自己
留在山上，一是想看看这个城市的亮光
一是借此听听自己心中的黑暗

风捋过一些叶子，山那边的人
已经开始不安。雨，只是时间的问题
我在来时的路上已经碰见过她
她一肩棕色的头发，已经掩盖了她的眼睛

我跟着这些东西，听信了所有的谣言
把心里所有的兔子，已经安全送达
我要去的地方，只是秋天和早晨……

旧时庭院

爱　松

松柏撑起流动

唯一的蓝
漫过童年和少年
让成年的身体
热爱且偏执

青石板
落下雨滴
敲响一双
踏进门槛的鞋
令暮色更深

时光剥落
朱红色墙漆
露出一块块
纯木质的脸
冲我发呆

蔷薇盛大
石桌石凳石条
做了一夜梦
把紫红的清晨
撑开

一蓬竹子中
藏着秘密
每逢秋高气爽
里面会跑出
几只小鸡

浙　江

秋风起

涂国文

秋风起。银杏枝头的唱针咬住了音乐的嘴唇
古老的苍穹，一张旧唱片在吱吱旋转

阡陌纵横。芦花、红枫、丹桂、菊瓣和白云
被一齐卡在了喑哑的嗓眼里

我用七坛美酒，在河岸上布下天罡北斗阵
将从稻谷中归来的人，绊倒在虚假的喜悦里

秋风扫过郊外的墓园，触碰到坚硬的墓碑
月光脆裂，大地上阑干着遗言的巨冰

一张渔网，从神秘的高空兜头撒下
莼羹、鲈脍、菰菜。归思兮，起于洛水之滨

一个人要死

梁晓明

一个人要死，是有气息的

谦逊、安宁,像缩小的喇叭,低微、轻诉……

一个人要死,是有音乐的
节奏很慢、很缓,柔软的流水
使坚硬的堤坝漏进光明,它手指拨动
忽然弹响了暗夜正在迷茫的秋风

一个人要死,会忽然开朗,眼睛有光
会把世界当成难得的一点蜂浆
不舍自饮,微笑、向你
把离去开成一朵幽秘的鲜花

一个人要死,难免悲伤
像关门上锁带走他所有的时间
不再回头,你在原地
像一封信刚刚写完
投寄一片迷茫

一个人要死,是有气息的
谦逊、安宁,像低垂的喇叭,倾斜、轻诉、缩小,不再回家……

镜　子

王国骏

秋风告诉我,我的母亲已经老了

她在采摘果子的时候，总是有意无意
在树上漏下那么几枚。我微笑回答
幼年刚刚记事，她就这样对我说过
留几个桃子给鸟雀啄食，给过路人解渴
别赶尽杀绝；凡事要留有余地；要为别人想想
后来，我慢慢长大以后，她反复抠去
我胸口可能藏掖的冰和匕首。让一粒种子
诚实而光明地闪亮白天
那些黑夜的虚伪、肮脏
她都替我一一绑住手脚
我的灵肉相对比较干净
像河水一样缓慢而有情有义地流淌
闭着眼睛我都能看到母亲的影子
因为，她在我心底投射了一面镜子

陈子昂读书台

蔡天新

从江油到合川
涪江流经此地
一座山丘名金华
在南岸巍然兀立

你在山巅沉思冥想
绿树为你带来荫凉
落叶做你的书签

涛声陪伴你入眠

诗的韵律随风而起
也酿造了酒香
一代文宗的美名
传递了一千三百个春天

你被残害的第二年
李太白出世了
他的童年在你的上游
伺机与你携手出川

信

乔国永

从中原迁到塞上
父亲母亲把自己装进牛皮纸信封
他们以为只要地址无误
早晚他们会被寄回故乡
奶奶睁着快哭瞎的眼睛来过几回
母亲专注地为她清理眼里的秽物
像被锁在门外的孩子
在杂草里翻找丢失的钥匙
姥爷来过一回。就这一回
便让他客死异乡。他的棺木
藏在一车尖尖的煤里

父亲为他的身体精心安排了一次偷渡
他的魂魄却被永久地卡在贺兰山口
最终,他们决定把自己抛进早已废弃的
邮箱。他们明白了
即使地址准确无误
可哪里还有收信的人

浣溪沙·漠漠轻寒上小楼

晏 榕

有时,我会把这连续的怀疑
比作一张薄薄的帘子

比作孤独的小楼
空阔的秋天,绵绵的细雨
或者是被动的缄默
或者是漫长的叫喊

还可以是花开花落不厌其烦的
重复,是早晨年迈的咳嗽
是幽深的街道,冷漠的脸,飘到天上的
死亡,也是流水一样的生活

你看,它们小巧、精致、微冷
多像我们所渴望的“真理”

秋

黄洪光

来到幽暗的院落的时候
她还没有全然睡醒呢
每天满手魔法,她爱在树叶上变化
山坡上那一系列色泽并不只是幻象美
还具有大雄宝殿上
香炉青烟袅袅的性质
正午更有虚空气象
破魂裂魄

季节的齿轮相互咬合
她倾听
茕茕孑立者走出尘世
她倾听

白昼,她有迷离的眼睛
那么自伤地坐在湖边
天空中,白云如岛屿耸峙
大地上,万物一动不动

星汉灿烂,黑夜像海底
她摇响无数树叶
顿时,人世间有个女子

盈盈含泪,臂上清凉无尽

在马致远故里

马　叙

这一日
在中国沧州
东光县于桥乡
马祠堂村

这一日,一阵秋风——

删去一个元朝
删去一个沧州
删去一个东光
删去一个于桥
删去一个马祠堂村

剩下一座
上了锁的
马氏祠堂

这一刻
马氏祠堂也在被删去

剩下一个

马致远——

唉,孤孤单单的马致远

请原谅……

伊　甸

请原谅我对一只蚂蚁的不敬
我用一块断砖拦住它的去路,用一根枯枝
把它拨得团团转,用一滴水
给它制造巨大的灾难

请原谅我对一片树叶的不敬
我把它从一棵大树上摘下来
夹进一本乏味的书,让它在寂寞中枯萎
或者扔进溪水,看它怎样撞上一块又一块石头

请原谅我对一粒泥土的不敬
它托起我的双脚,它给我大米和青菜
我从来没有邀请它到我的灵魂里做客
我的诗离它越来越远

我想请求上帝这样惩罚我
——让我每天做一小时蚂蚁
做半点钟树叶,做十分钟泥土
让我默默地承受,默默地宽恕

涂画

南野

那个孩子在画画。画上的鱼脱离了海洋
具有装饰的风格。如一个预言
那个孩子傍晚时分被一辆公交车带走
被判定为失踪。他从不言语
他消失已久。他仰头呆望楼顶,目光凝聚
他在奔逃。那孩子在逃走,狂奔而去
他像一个引领者。他暴露了恐惧
他埋头书写。我居住于草庄,简朴的公寓
他害怕醉酒。沉醉,被具体的事物迷惑
他低头而行。我的脸埋在阴影里
内心有过多怜悯。丧失着一切却依然活着

冷酷与美皆是局部。我涂画着
一个女孩安静地坐着,她想象着
盘子里的苹果被取走一只
一朵花在其他枯萎的花旁边开放
在战场上一个人杀死另一个人。一颗星陨落
一条鱼胜利地冲向上游
眼前这个世界可以被认为是一座庭院的一角
某个夜晚我经过一座城市。惊鸿一瞥
那个女孩割破着自己的血管

给大雁唱一支歌

池凌云

我不知道在黑暗里除了我之外
还有谁不肯带着苦涩睡去。
而道路已经模糊,隐退的田园牧歌
滑过一声声哀鸣。

在黑暗里,一颗星星就要结束。
我不知道是谁越过榉树
长出蓬松长翼的手摸到一段陡岸。
在黑暗里。在黑暗里。

有人已经进入睡梦,我不知道
将发生什么,是谁又长出长翼。
但我梦见,我们集体
给岛上的大雁唱一支圣歌。

还有多少光阴能与你共度

江南梅

还有多少光阴能与你共度?
这是最近两年,我经常想到的问题

一个人独处的日子
我总是耽于沉默
除了必要的走动,常常不愿出门
就连柴米油盐也尽量减少
一起消瘦的
还有指尖的词语
它们越来越像黄花,在孤独中枯萎
四季交替穿过城市
就像你定时乘坐傍晚的火车抵达
在我对镜辨认新的皱纹时
又一个秋天来到了

我怎么能独自享受时间的盛宴?
在你不在的地方
我总是擎着夜晚的一点灯火
重新阅读
我们过去的时光

认识论的早晨

江　离

清晨,摄影师用三脚架
固定了一片风景
他在调整事物的景深
有一刻,一只花斑瓢虫的逗留
让他着迷

这么多年,朴素的激情
仍伴随着他
行进在世界那陌生的宽度中
让他在镜头的这侧
尝试着美学的翻新

对我来说,这也意味着一个
认识论的早晨
摄影师带着移动的风景
进入到新的风景中
就像我们每个人,带着偏见
寻找着相互理解的基石

没有人比他更清楚,在对焦时
花斑瓢虫越是清晰
背后的草坪就越是退入到
一种模糊之中
万物静默如谜,可见与不可见的
始终不可穷尽

快门按下,那启示性的闪光
仍不过是一种简化的捕捉方式
在它所拥有的限度之内
而我们别无他法

银杏树的象征

——读王阳明家训有感

任　轩

傍晚时分,我和妻在银杏树下捡白果。
在枯黄草地上,不需费劲细察,
就能看见它们。在我指间,果蒂衔接处
浓淡不一的褐色最是醒目。在我而立之年,
一本书中说这就是蒂坏的结局。
这世界上有那么多种子,
你,或者更多人,曾悲悯它们日渐腐烂的果肉。

我和妻一起捡白果的时分,
我正抱着小儿,大儿在窗户内沙发上趴着,
保姆在厨房准备晚餐。寻常的傍晚,
银杏树就在家门口。众声既简单也嘈杂。
如果我不唤大儿拿篮子捡白果,
他或许会一直趴着。
这世界上有那么多植物,
在惯性中任情生长。

但是银杏树,自制、谦恭。
一枚小小的叶,也是它的“知行合一”,
在金黄与绿之间旋转落下,我们都熟悉的结构,
有着特殊的对称的张力。一根细细的脉节制着,

因惯性而可能肆意扩张的叶翼两端——
即使在最繁茂的岁月,它们也依然坚守扇形生活,
抑制着为了追求名利而付出的努力、嫉妒以及浪费。
即使在最干枯的季节,也依然笔挺如标杆!

一本书被打开,光因处于黄昏而更珍贵。
捡那些活化石身上掉下的果实,
另一种景象应被牢记:自足而饱满的果核,
有久久朴素之白,良知一样纯洁,多么美丽、
坚韧。这应成为永恒理想,
高于周边所有攀援植物,甚至树木,
并用令人震惊的慢,在赞扬和责备之上开枝散叶,
长出令人惊赞的色泽。

慢慢地,我读懂了银杏果的毒。
那是一个个椭圆形带着锐角的元音,
它们被聚集在一起,在大自然中形成界线,
一代代正直的心引为俗世的钟和镜。
带着它们激发的问题,我重读了圣人的家训。
我记录着和妻在银杏树下的这个傍晚,
一枚枚白色的果子正在爱抚中逐渐成熟。

一座院子

苏　波

一座陈旧而厚重的六层大楼(时代的遗留物)

把街道、霓虹和市声挡在了外面
旁边是一条通道,一脚半油门的长度
往里面,在方向盘的扭动中链条哗哗打开
值班室,停车场,饭店的厨房,烟囱,
白水管上的水龙头
和钢架撑起的巨大的藤萝瀑布
早晨,厨工们扫地,洒水,摘菜,说笑
方言俚语里有粗糙的欢乐和隐忍的忧伤
小面包装扮的运输车,运来盘碟碗和菜蔬
那清脆的叮当声,是瓷器乐队,晨间奏鸣曲
而这边绿萝下的小桌上,几个老者在打牌
他们的经济学与政治学在纸牌间起落
夹杂着一个时代落寞的手势和短语
中午,骄阳蒸腾着灰尘和寂静
钟表在阴影里堆积着沙粒和水银柱
而傍晚的凉风吹开了昏寐,树叶哗哗
窗纱里升起的菜肴和高脚杯,酒的浓烈,
佳馔的香气,语声的轻柔
流入街道的路灯,人影,乐声,汇成
边城混血的眼窝深陷的浅褐色湖泊
一位老者陷入陈旧的沙发,眼目微阖,
他的花白的头颅,若灯盏照亮小院僻静的角落
而褪色的邮政编码,值班记录表,和监控探头(或已失效)
正以微语细述着往事和叹息
入夜,一只老了的小狗,从幽暗处走出来
像某种灵魂,且行且停,迟钝的秒针

一座院子,某些人或许多人的一生或相框
在缓慢移动褪色中,完成剪辑述说与送别
一部纪录片或正在拆除的影棚
在新旧两种时间里,完成它们的融合

在微山

方石英

可是我还在喝酒,尽管整座小城
都睡了,都在梦里做一个好人
那又如何? 重要的是我还醒着

微山,微山,空空的城
荡荡的月光洒在微子墓前
也洒在张良墓前,万顷荷花已败
秋天早已深入骨髓

可是我还在喝酒,幻想一把古琴
断了弦,高手依然从容演奏
弦外之音,驴鸣悼亡也是一种幸福

微山,微山,微小的山
不就是寂寞石头一块
异乡的星把夜空下成谜一样的残局
趁还醒着,我喝光,命运随意

水中自我

——致廊桥

郑亚洪

你脱离了水，与我愈发遥远，
一座桥，在南北涧。
金灿灿的水仙，华兹华斯死于文字招摇，
意外的，致命的，
爱恋靠近你的忧郁，靠近镜中自己。

泗溪、雅阳、西旸、筱村，
从窗外向我掷来，这些落满灰尘的汉字音节，
经过春风涤荡会清晰。
作为岸上静物的你，
比水更通透，比树更永久吗？

一次泗溪，便是一次水中仪式，
它们是姊妹，却互相混淆。
“你肯定比我能活，”一座对另一座说，
因为脸面的颜色，它们活过了同类，
这样一拼，偶有松动的一根榫，
在时间中更加缠绵。

我可以搬走流水，搬走桃花，
但是我怎么搬走一颗铆钉、雨蓑、水中石步碇？

这些外来物与你融为一体不分彼此，
我却想在石头中掰开一个灵魂。

陌 生

流 泉

——那会儿
白髯飘飘的守林老人，对我说——
“孩子，去山外有很多岔路口，请把一颗心留下，
做个记号。”

现在，松针金黄，寺庙修到了白云上

独自的和解

芦苇岸

没有谁不期待有个人在雪天进驻心间
盘腿坐下，温良、大度、彬彬有礼
只说好话，让风把记忆的耳朵吹软

我们从自己的身体里出走太久
灵魂失去篱笆，证明“人类失去了家园”
路上篝火熠了，迎接的远方却迟迟没来

是“回到厌倦了自我的自我”吗

用影子挡住欲望的边界
用聂鲁达的诗篇逼退在世道深挖陷阱的人

在墙上画一个窗口,在桌下放一个壁炉
坐下来,和自己来一次促膝长谈
从哪里说起呢?哪一句在为黑夜点睛?

谈着谈着,飘雪散了
柴门春风度,小毛路闪着干净的光

作为翻译家的诗人

切入《卡萨布拉卡》的镜头

罗 池

镜头由此切入警察局的外景
　　　　切入里克饭店大门口
　　　　切入蓝鹦鹉饭店门口
　　　　切入这家破旧旅馆的走廊
　　　　切入一扇门
门开了
一个本地警察走了进来
然后镜头切入整个屋子的全景
他走向门口
镜头又从另一个角度切入那扇门
她站起来追上去
接着镜头切入
他们站在门口
镜头由此切入依尔莎的近景
　　　　切入旅馆后面的一垛墙
　　　　切入饭店外部
　　　　切入办公室外面的阳台
　　　　切入办公室外面的一道门
门开了
一个本地警察

布拉格的秋日词

李　笠

我穿上厚实的毛衣
宇宙在我四周垂成镜子

塔尖揭开云中的少年——
练字,背诗,“做一个有出息的人!”
宫殿展示我有过的爱情:
一只只相似的骨灰盒
“嘎……嘎……”乌鸦从城堡飞来

钟声敲响,镜子更亮

伏尔塔瓦流淌浦江的波光
夏日脸云集的大桥
只剩下八九个鞋钉大的影子

钟声敲响,镜子更亮

此时没有朋友,就不必再交朋友
一只甲虫,机器人
在花园里走动。它在除草
安静,如远方被打上“拆”的
老屋,被屏蔽的文章

钟声敲响,镜子更亮

救护车的尖叫涌出迷宫
涌向山上的修道院
和随遇而安的遛狗,那遁世的吟咏

写在水上

姚　风

我一路两眼酸疼,走进岳阳
所见处处朦胧,但何处有诗?
洞庭,一湖的眼药水
是否可治好我的眼疾?
而在我的瞳孔深处
有人在撒网,在捕鱼
或者,是在打捞一具尸体

二十一年前,我登临岳阳楼
目击一个没喝农药的妇人
纵身跃入湖底,也许
只有湖水是至善者
负责养育,终结与埋葬

而我,与七嘴八舌的游人一样
是目击者,是旁观者
是堤岸上灰暗的石头

是死的句号,扩散的水纹

我用湖水净眼,向湖面望去
却看清那打渔人
头戴竹笠,一身布衣
执一根竹篙,不是在打捞
而是在水上写字
用繁体字一遍遍写
那篇《岳阳楼记》

焉耆月

薛 舟

我在戈壁滩上飞驰
兴奋又多情
抬头望见焉耆月
忽然间羞愧难言

焉耆月,焉耆月
听惯了丝路驼铃
你会不会讨厌
我的喇叭声声

那天我驱车来到库尔勒
看见清清孔雀河
库尔勒十万人家同入梦

一起梦见焉耆月

十万梦中焉耆月
月光无声又冷清
照不见尘埃漫漫的心
唤不醒路途遥遥的梦

生　活

汪剑钊

一个人在家,并非必须咀嚼孤独这枚硬果。

语言可以照亮阴郁的内心,
让裸身的对话始终保持愉快的频率。

从书桌的起跑线跃出竹制台历的囚笼,
回到万花筒的童年,
走进恐龙翩翩起舞的白垩纪……

伟大的爱造就渺小的人类,
生命巴士欢快的嚎叫
发自卢布兑换美元残留的瘦褶角。

上弦月亲吻摩天楼的尖喙,
倾泻鱼鳞样的光芒,
为痴情的向日葵写下黑色箴言。

纯净水洒出,构成伪柔情的抛物线,
溺毙于自己的倒影,
而冰溜子绕檐泄露寒冷之秘密。

世界远离我们的想象,
死亡也不是时间的终点。

生活已经结束;而你,还得继续生活。

单身女人的房间

李以亮

许多人对于离异单身的女人
有着一些不恰当的同情
其实她正获得她的独立性
婚前,她是童话里的公主
父母超期为她保留了襁褓
婚后她自觉交出了
骄傲、任性、有限的社交、
全部的时间,成为
某个父兄合一的男人的影子
或者回声,在七年的美好时光里
先是少女的乳房变成
妈妈的乳房,腰肢同时变形
语言逐渐中性化,偶尔
不避男性才有的口头禅

在频率可疑的性爱后，她开始
信心大减，而怀疑逐步上升，最后
在电子技术的漏洞中她终于起获
一份确凿地伤害自己的证据
婚姻真是爱情的坟墓，或者
一个人的爱埋葬了另一个人的爱
离异后的房间，白天成了一座空城
晚间成为一个特定儿童的幼儿园
现在她是单身，准确说，一个
拥有监护权的母亲
爱情不再是唯一的事业。事业
才是事业，过日子更倚重惯性
比从前成熟，天塌下来
确信能独自顶起。她开始
重建个人的作息时间表
精神的气象云图，她开始
有选择、更有批判性地
转发鸡汤文。好事者的
过度关怀，不时引起她的不适
而仅仅因为礼貌，不便发作
起初令她不屑的、比她年轻的
异性的殷勤，越来越少
接下来，她已越来越享受
无爱一身轻的甘甜，只在
夜深人静时，有一种疲惫
不像是身体的，因为
睡意倒更像是奢侈品，唯有

在孩子脸上浮现的恬美梦境
给她安慰，在熄灯后的片刻
她果断关闭自我对话的
意识流，又摸黑
将次日的起床钟设置提前了五分钟

作为诗评家的诗人

清　脉

沈　奇

一隅梦醒
又是发呆时刻

——不思考
免得复制、粘贴
——不动情
免得郁闷、纠结

……清空
而后保留——
纯粹的疲倦
纯粹的劳作
以及必要的冷漠

唯乡愁残留依旧
柔桑青青
纤云漠漠

——母亲在天上看我

背上的老头

刘　翔

癣一样依俯在身上的老头
咬住你脊柱
甚至像吸血虫潜入血管
无论在生活的任何一片海面
也无论你是哪一位航海家
总会遇到这样一个老头
他猛地跃上你的背
就好像你是一匹装了好鞍的马

无论你是男是女
无论你哭丧着脸或中了彩票
哪怕你也是一个老头
那另一个还会跳上你的背
用恶狠狠的脚夹痛你的腰
用你的血当饮料

你定会主动蹲下来
邀请那老头上来
出于好玩、无聊、好胜
出于纯洁、善良、悔悟
他得意洋洋地骑在你身上
一天天抽打你

直到伤口都结痂
直到你习惯了他
直到老头本身
成了你真正的肩膀

杀猪与杀羊

金汝平

听村里的老人说
杀羊是很简单的
只要用刀往脖子上
轻轻一放
羊就知道自己要死了
羊就不反抗了
羊就不动了
只是眼睛里
流出大颗大颗的泪
但杀猪极难
猪要逃跑
猪要嚎叫
杀猪必须用绳子
把猪紧紧绑住
民间有这样的俗语
一个杀猪的
十八个侍候的
现在杀猪

也变得容易了

命　运

包临轩

一直往森林幽深处走，在前面出现交叉小径
就会遇见他。他其实是我
童年的伙伴，或者干脆，是另一个我
我以为，我们早已走散
好多年了，以为他是一位耄耋老者
乱蓬蓬的胡须，面孔模糊
拄着拐杖，磨出光泽的杖身，弯弯曲曲
一肚子神秘的学问
不肯示人，却在林间彷徨不已
口中念念有词，听不懂其中的奥妙
但我这次，发现他了，森林里
谁，遗落一面破碎的镜子，沾满泥土
或者，就是为我而碎，在我必经的路途
刻意扎破，我的脚
我在滴血与疼痛中，拼命擦拭，看见
镜中那个年长的家伙，尘满面，鬓已霜。
而他布满血丝的眼，竟也在探究着我
目光相遇的瞬间，惊觉
命运，原来不是一个陌生人
我和他，终于在小径的交叉点
合二而一。像生者，遇到另一个生者

像少年，遇到了哲人
他在镜中现身，却为何
以枝叶和泥土，将容颜半遮半掩
为神秘，还是为玄虚
不是的！只是担心
刚刚醒悟的那人，会否因为羞愧
一头栽倒。落木
正萧萧而下

白螺湖

于 坚

看不见草根　黑夜上面　草连着草　组成了嘎玛草原
母马般地卷伏　正在低语　在发亮的天空下　等着
下一场阵雨　来了　马背闪光　风朝经幡涌去
牧人收紧了皮缰　牦牛是黑暗的陵墓　带来一朵朵
阴影　之间有一潭水　暴雨的烈马留下的一个蹄子印
羊群要绕开　只有星月获准逗留　藏人看出这是一只
海神遗落在大地上的白螺　献于王妃　云在后面建造
一座座高耸在天空间的护法殿　羚羊穿过黑暗来磕头
取水　它们找到逗留的地方　总是有相爱的人来

贫穷的人来　牧羊人来　迷路人来　失败的人来
躺着　仰望天空的是拉日村的洛桑多吉　煨桑的
是旺姆嬷嬷　也有悲伤的人　不知道冥冥中谁在
　揩拭
镜子　时间涌出来　又落向何处　那双眼睛不在
我们中间　它看见大地上有火焰　玉石　庙宇
牛奶　爱情　水罐　舞蹈和祭坛　鹰在云端上打坐
乌鸦背着蔚蓝色的石头　万物有灵　这样看世界
　多妙
带着远古的铜色　沉着苔藓和沙　我们来拜访草原
我们总是在赶路　赶路　最后被落日驱逐出境
天黑后　打酥油茶的妈妈　坐在星空下　一千零
　一次
讲起格萨尔王的妃子　嘎玛草原上的传说　声音
　很低
像是溪水滑过草叶　感激　坚信　依靠　安静
白螺湖离公路不远　很容易被当作水坑忽略

自媒体时代的诗语碎片（片段）

欧阳江河

黑客贴着众花的耳朵一听：
通灵的神经，
尽是些硅片和电线。
旅行箱里的虚无越来越沉重。
衣服买一件扔一件，越扔越多。

最后一件风衣是外星人的，
而云深处的恐怖分子取下头套，
所到之处，不带任何行李，
只留下一只闹钟和庄子的蝴蝶。
他给炸弹也穿上跑鞋，
并砍下双腿交给死人去奔跑，
自己却安装了假肢，
不是用来逃生，而是在花园里
优雅地，和李尔王一起散步。

一个面孔如铁板烧的乡下人，
给暗恋多年的盲女子，
买了一副隐形眼镜，对她说：
戴上它你依然看不见我，但能
更清晰地看见你的婴儿
和你自己。

在暴风雨的中心

张清华

在旅途中遇到一场暴风雨
就像目击了一场神的战事
雷电的震怒和人类的怯懦
让我仿佛成为了一个奸细

我赶紧打扫良心

看看里面剩下了多少
我翻翻前世的罪孽
看是否已到了必须偿还的时候

嗬！闪电穿越我的心
让我发出死的战栗
我羡慕一只蜗牛的家居
也比我的世界更坚固

人世的暴风雨已将我庇佑多年
让我习惯了在房间中窥伺
可此刻一个响雷邀我说话，我只能双目闭紧
不敢面对它天地间庄严的逼问

喀纳斯河短句

耿占春

喀纳斯河，在我写下这几个字的时候
我知道，你仍在一个真实的地方流淌

你在阿勒泰的山中奔涌，在白桦林
和松林之间，闪耀着金子一样的光

在夏天与秋天之间，你不是想象的事物
但此刻，我差点儿就把你从心里想出来

我在你的河边歇息过的石头不会有什么改变
而你岸边的白桦树正一天天呈现秋日的金黄

当我写,“喀纳斯河在流淌”,这些文字不会
改变你的行程,不会增加或减少一个波浪

就像远方的朋友,不会受到我想念的惊扰
此刻他和她或许正推开院门,吹着口哨

“喀纳斯河”: 这仍然是你的一条支流
穿越字里行间,你依然在我心中滚滚流淌

走　路

荣光启

傍晚的时候
去接孩子
道路引导我迈向童年
呼啸而过的车流
给我绵绵不绝的回想
配音
配景

有的时候
未来也涌向我
那些突然而来的热血

笼罩了近期的绝望
使走在路上的我
像天使在抑制着飞翔

我觉得我正在被治愈
天哪
上帝真好
就这么平凡的走路
也能成为给我的礼物

与母亲跳舞

马永波

她把我的脚放在她穿塑料凉鞋的双脚上
我很小,仰头看着她
我们都在笑,转了一圈又一圈
不知道舞曲早已停息
我看见她鼻子上细小的汗珠在闪光
她凉爽的裙子轻轻擦着我的鼻尖
我们每转一圈,我就长高一些
直到能晕眩地埋在她的胸前
直到能平视她闪着恶作剧光芒的眼睛
直到我高过她一头
而她从三十岁慢慢还原成一个少女
我们像同学一样拉着手,避开众人
幽暗的森林不时升起绿色的信号弹

河水也在闪着光流进黑暗
她倚着大块的黑暗抽烟
她突然转过头看我,微笑一下
她的笑容像黑夜中的涟漪一圈圈扩散
她抽烟的姿势像个离家出走的富家女
她吐出一圈圈芳香刺鼻的烟雾
她把剩下的烟放到我嘴里
我在烟雾中咳嗽,越来越小
又成了那个四五岁的孩子
只是她不再微笑,只是透过烟雾
沉默地看着我。音乐重新响起
枝型水晶吊灯的光波越过露台
向森林和远山一圈圈扩散

作为艺术家的诗人

天上出现异象了吗

马 莉

今天有雨吗？今天有雨吗？
将上帝的存在想象成今天有雨
或者没有雨。雨是水，是简史
是时间回到子宫，是逝者腐朽的生活
天上出现异象？巫师去了哪里？
哲学家坐在隔壁听见猫正叫春
自从上帝死了，他从此走出《圣经》
云里雾里翻找证据，他说：不——
蛇并没有诱引夏娃吃掉苹果
而是亚当吃了苹果，夏娃吃了亚当
蛇吞了夏娃，人类的肠胃由此变黑
他又说，现在蛇是上帝，上帝是
硬币的两面，一面邪恶一面真善
巫师呢？虚无尚在途中，身陷荒凉

三级情绪

严 力

她曾像一把大提琴

靠在沙发上
与我一起酝酿如何排练
现在不排了
原因包括不少红杏
对如今的墙之内外
都已失去了兴趣
也可能是我
被几次失恋扫毒之后
开始关注情网流量的流逝
或者更像天空与彩虹一见钟情
却没有能力挽留彩虹住上一夜

如今我更愿意伺候花香甚至香水
在我的鼻孔里人睡
于是有人说这不是三级片
顶多叫三级情绪

除夕夜话

刘春潮

面对一盆灰烬
父亲和我的夜话
像空中渐渐暗淡的烟花
已经到了尾声
他安详地躺在摇椅上
手中的酒瓶滑落一旁

嘴角露出难得一见的微笑
我把外衣轻轻盖在他身上
突发一个极不孝顺的想法
我希望父亲就这样睡去
永远都不要醒来

瘗鹤铭

岛　子

三个守夜的,都睡酣了
除了鹤,还在
天门上空试唱,萦绕

三丈高的黑波涛,抛来
被砍下的游吟头颅,游吟的
星空嘹亮,鹤唳,更嘹亮

三千年三只石鹤,都风化了
除了那只:守望在天门
等你再骑飞的鹤

在鹤唳,被倒进风声
之前。在思想的沙场
追猎鹤魂,贿金,抢收鹤的羽冠

之前。在三个无鹤的星球

投胎一个鹤翼女信使
之前。那化身为鹤的

——是枯槁大殿
我的遗骸

半 夜 雨

李川李不川

雨下大时，有一群野草在院子里舞蹈
那些小脚丫合着我打字的节奏
围墙们手拉着手唱起儿时的歌谣
房顶是一把大伞永远撑着沉默着

父母熟睡着，上苍继续悲悯着土地
大树继续在雨里自由的飞翔
甩丢的鞋子变成了小水窝
我继续躲在自己的文字里生火做饭
等天亮，等人类和动物们都睡醒了
我们围成一张圆桌祷告，开饭，爱人如己

死鹰出现的一所房子

林继昌

墙被敲开一个洞

音乐挟烟味泄漏
走廊的脚步　自远而近
停住在门口

三个人　像三颗花生米
龟缩在皮沙发
烟灰老厚
堆积旧年与新年
进来的人看见墙上的死鹰
背手离开

跟着一个女人
环顾四壁
音乐重复播放了一遍
送走一只屁股

第三个人进去
身后跟着一群鸦雀
三个人从沙发蹦起
同时使劲推他
门哐当关上

三个人回归原位
谁都没有觉察到墙上的死鹰

他们等待的人来了
一个乞丐

跟他们互换名片
单腿站着寒暄
四张老朽的脸浮现稚气

蘖

吴震寰

我开始担心这个下午还没到来就离开
我坐在下午里
我看到下午一直在拔自己的翅毛

阳光一直消退无法察觉
我安静地坐着
看到院子里众鸟喧哗
风在每一摇曳的枝叶上呈现形象
竹子在阳光里紧缩起叶脉

蘖说
树枝折断了重新长出叶子叫蘖
她的声音安静
像大海一样
夜是巨大的
此刻天空也是巨大的
蘖这么安静

蘖这么小

仿佛没有人世的肉与骨
仿佛随时会消散不见
我看到自己身上长出枝叶
我看见自己正是那枝被折断的树枝长出了新叶

生活的意义

洪　启

你说要探寻生活的意义
我说我就是你的意义
你说不
你说我
只是你生活的部分

好吧
我离开了再没有回来

你死去之后
我回到了我们的国家
我对着已成为尸骨的你说
你找到生活的意义了吗
你不可能回答
我没再说什么
默默地离开了
你的墓地

夜晚布满谎言

郁 雯

夜晚布满谎言。我倾诉
你交缠的手臂像莲藕徐徐抬起
触摸梦中的远方
恍若美好从不凌乱,仍在气息的恒温里
我倾诉,向桂花的秘方求救
夜晚不眠不休地展望凌晨
——谎言的绊脚石使它无法到达
夜晚以黑的形式关闭
西湖的风水左右着一个城市的柳暗花明

夜晚布满谎言。月亮掩面低泣
皎洁的挑逗,将星光逼入旖旎死角
夜无法实施白色行动
恍若美好从不凌乱,却屡次错失良机
月亮的方寸总在圆满的进度中
黑夜的风景,被一再遗漏
同属于夜的黑与白
经过一面镜子的诡计亲热地相拥

迷人的谎言笑出了声
“你是我的,我是你的”

地球磁场不稳时，我们该怎样调节自己的大脑？

沈亦然

最近，越来越多的人
带着诡异而又静观世界万变的表情
坐到我面前
不用他们开口我已知道
他们想与我交流，最近时日他们突然之间
拥有了许许多多的
智慧
甚至是
可以穿墙而过的
特异功能
好吧！好吧！
我承认你们都很厉害
我承认上帝在帮你
也承认佛陀也在帮你
不过
我更承认南怀瑾更厉害
因为他很早就预言
200 年后
人类最难克服的是
精神疾病

一张厚厚的脸已抵达自由

旺忘望

很厚的一张脸
层层剥离　中间夹着一所监狱
一串关键词被放飞
谎言　带着镣铐开始舞动

骄狂监控着浪漫
情绪洒下一张矫情的网
浑水摸鱼多年　终于
抓住了几条游动的名利

一脸油头粉面的诗歌
滑倒了一批无知的眼球
一只装腔作势的烟斗
飘出持久不散的虚荣

声明　一定要声明
声明一张厚厚的脸
已抵达自由

平 等

张广天

没有生命是可以超越的，
也没有生命是可以替代的。
因为生命本是残缺，
如果完美就等于终结。

不同的生命充满不平等，
不平等是生命本来的样子，
一切平等的努力，
都是反生命的更不平等。
只有心是平等的，
因为心是高于生命的。

然而人生来又是平等的，
因为来时都各有长短瑕瑜。
看兄弟眼中的刺，
不看自己眼中的梁木，
这么看来又真的很不平等。

没有人是为了另一个人活着的，
你怎么可以夺了别人的性命来祭祀？
你可以在命中做奴隶，
你不可以在心上做主子。

一朵花，
你路过时采摘它。
不要丢弃它，
不要丢弃它！
请善待它，
因为善待它就是敬仰上帝。
上帝也驻在它的心中，
因此我们才被赋予不可抗拒的平等。

山　水

邱振中

斯奈德从美国出发
走进中国画卷中的山水
写下关于山水的诗

行行重行行
关山度若飞

读诗的中国人
用他的诗句
构筑了一种山水
斯奈德
便在那片山水中住下

长风几万里

江上数峰青

每个
山水中人物的背后
是山水

这时　大地芬芳的面孔

韩三之

如花　我的身
这时　大地的面孔芬芳
我们的时间花在
风的摇摆里是完美无缺的
尽管妇女们在
鱼蛇交错的歌声里
站立起来
尽管留神于广大的孩童快乐场

而你的价值在光明的中心

虽然秘密萦绕在常见的事物之外
远远地被少数人颂扬
给予你的平衡
会出乎我意外的歌诗
我会让你欢乐　慈爱
如对待已身

子夜的酒吧

李云枫

在子夜走进一间酒吧
侍者的衣服是红色的,眉毛也是
他的声音低得只能让一个人听到
他为你斟满一杯酒
你可以在那红色的液体中看到他的眼睛
你无法猜出他的年龄
在布满刀痕的脸上,岁月细如利刃
他可能已有一百岁,或者更老
他把酒杯放在桌子上,杯口朝下
他说他可以阻止液体流出
然后他就只剩下了一张背影,像图片
在更昏暗的角落中翻转
这是子夜的酒吧,只有一个侍者
他让我想起那些死去的人
忧郁,孤独,喜欢一个人说话
他也可以让我想起一些更深的夜晚
在梦境与梦境交接处游动的时间
以及,那些在镜子中不停变幻的面孔
这是子夜的酒吧
在昏暗的世界中
侍者的衣服是红色的,眉毛也是
他让我想起一些人

却无法说出他们的名字

羞耻,U 型铁掌

般龙龙

好吧,你执意不肯原谅我,
那就离开吧,如同某某离开自己的出生地。
离开马首,离开群类,
带着僵硬的腰、渗血的骨头,盘缠少许。
不是铠甲的路,不是缺陷、伤口,领航员。
先一步逃避抓捕。
挡着诗句。
轮椅减轻其重量,深陷其中的屁股
轻飘飘的,总有推者推火车。
有幻听,那喉管爆炸的巨响,
无时无刻不在风中。

那就离开吧,生死托给四肢,
血、精液和泪水滚在尘土。
我吃饭要你们喂,
我说话要重复三遍。我是自己的沼泽地。
拔出脚,心就坦荡。
一路花的银子是捐来的,那么多疾病
撒在大地。空空地换。

那就离开吧!鼠标在软键盘上一字一字地打,

羞耻的长诗一行一行地露。
本该为失去信念的钉上
U 型铁掌，本该是我的双腿落在你的故国，
换头术做引子，
它的创造者追求传说中的名。

残躯，余生，我不觉得还有无尽的时光，
钟在钟楼偶尔敲响，雪还没下，
再赊一场忘却、得到的旅行，
我到死也行！

我那可怜的错误，像战马累得不行，
连射到尽头的箭也躲不开。
离开吧，维稳的噱头随处可见，
我却弃鼓楼，
做逝者，一蹴而就。
真实离开另类，离开前熠熠发光：
儿子的送别，车厢的秘密，皮箱，羽绒服，
高铁的刺，
命里的南京、杭州、常熟，
她们约我出来只是为了更好地让我离开。

离开在结束前，
背影整成哲学家，
它一直被忽视。上帝要的，正是我们离开的！

只是如何唤醒

满坡的绿？大海，钦州，一直在，
它们把厮守牢牢拴住。
芭蕉叶盛大，总有衰败之嫌，
榕树的根把它的老活成慈眉善目的样子。
爱是两片布，扣一起遮风挡雨。
爱是悬崖，为我准备了不再奔波的居所，
相隔千年；我的骨灰曾埋在这里，
再埋一次也无妨。

终有不再离开的活人死人，
树林、山川、村庄、河流，每日更新。

孩子，还是希望你做好人

马尚田

孩子，还是希望你做好人
虽然好人处境艰难
当坏人坏事已经超出想象
大事化无不痛不痒

孩子，还是希望你正直
虽然正直已被踩在脚下
当很多人折叠世界
信口雌黄却炙手可热

三原色可以调成黑色

但不希望你黑白不分
因为因果,因果不虚
因为报应,自作自受

更因为信仰
“诚实与率直是最终胜利者,
真理一直在你们身边护航。”

年度文论

新诗百年：未完成的中西诗艺转基因工程

孙绍振

新诗粉碎了旧诗的镣铐，取代古典诗歌成为诗坛的正统，迫使古典诗歌退居二线，在中国千年诗歌史上创造了横空出世的自由诗形式。一个世纪以来，经历了尝试、突进、分化、颠覆、危机、建构的曲折历程，思潮的大起大落，流派的迅猛翻新，语言情感的嬗变，风格诡异的衍化，其辉煌、其惊险在中国诗歌史上堪称空前绝后。仅仅百年工夫，其诗艺建构跨越了西方诗歌两三百年的历史，吸收了西方古典主义、浪漫主义、现代主义流派的诸多营养，俨然自成一家，自立于世界诗歌之林。如今其作者群体，少说不下百万，每年出版（包括自费）的新诗集，其数量可以毫无保留地说非举世任何国度可比，堪称世界诗歌史上的奇伟景观。但是，与如此浩大声势的诗歌阵营相比，读者的接受却相形见绌。公然宣言给二百大洋也不看者有之，对之如敬鬼神而远者有之，纸质媒体视之为发行毒药拒绝刊载者更有之。与此现象相对，则是被宣判死刑的旧体诗词不但不曾死而不僵，相反显示了顽强的生命力，五四以来，从文化巨擘，如鲁迅、周作人、郭沫若、郁达夫、柳亚子、赵朴初、聂绀弩，到政治家，如毛泽东、陈毅、朱德、周恩来，都有名作传世，如今专门刊载古典诗词的刊物和网站，仍然拥有数量庞大的忠实作者和读者，他们毫不怀疑古典诗词的艺术优越于新诗，公然对新诗取藐视态度。更令新诗的忠臣尴尬的是，在新诗开创期曾经取得重大成就的大家如郭沫若、臧克家，到了晚年放弃了新诗，以写作古典诗歌为务。大师级学者如王国维、钱锺书等以古典诗词酬答几成定则，若以新诗交往，如胡适致梅光迪，则带上打油的色彩。更有甚者，革命者临刑不惧，慷慨赋诗，几乎毫无例外地取古典诗歌明志，最有名者莫过于夏明翰的"砍头不要紧，只要主义真，杀了夏明翰，还有后来人"。殷夫改编自裴多菲的诗"生命诚可贵，爱情价更高。若为自由故，两者皆可抛"，鲁迅为文引用，如今中学生皆能出口成诵。甚至当年还是热血志士的汪精卫被捕时的口占之作"引刀成一快，不负少年头"，至今脍炙人口。古典诗歌如此高贵的文化功能，是新诗所不可想象的。

本来新诗的建构取法于西方自由诗，严峻的还不仅在实践上，而且在理论上，从五四新文化运动一开始，完全废除古文，全凭口语白话，能不能成诗，就有质疑，胡适新诗的"尝试"就是为了回答这种质疑。但是，在漫长的实践中，每过一个时期，这种质疑之声，就如幽灵一样重现。其影响最大者为新诗不应该追随欧美现代自由诗歌模式，而应该在中国民歌和古典诗歌的基础上发展。此等封闭性，推倒重来的"理论"曾经雄霸一时，为历史实践所证伪。朦胧诗开创了新的美学原则时代，取得空前的发展，但是，对于新诗，尤其朦胧诗、后新潮诗、后现代诗，对追随西方前卫潮流的诗歌的合法性的质疑仍然如影随形。令人惊叹的是，发出这种质疑的，并不是一般无名小卒，或颟顸官僚，而是写出过像《金黄的稻束》的经典诗作、学贯中西的郑敏教授。她在《新诗百年探索与后新诗潮》中，①断认新诗并未成熟："尚在

① 郑敏：《新诗百年探索与后新诗潮》，《文学评论》1998 年第 4 期。以下所引郑敏出自此文者，不再一一注明。

一个未定型，没有找到自己造型的阶段"，也就是尚处在草创阶段。就是开一代诗风的朦胧诗，在她看来，能够留传后世的，也只有为数不多的几首经典，"卑鄙是卑鄙者的通行证，高尚是高尚者的墓志铭"堪称雄杰，但是，从那以后，不但后无来者，而且北岛本人"也似乎没有再写出这样真诚深刻的诗句"。相反，诗坛盲目追随欧美前卫诗歌流派，充斥了五花八门的"语言垃圾"和"精神垃圾"。

郑敏先生对五四以来新诗的巨大成就，取基本否定的态度，其偏颇是显而易见的，然而，如果不拘泥于其论断，究其宏观的历史回顾和前瞻，对中国新诗更高的期许而言，却不能不说其中有合理的、深邃的内核。从理论根源上说，郑敏此论应该与在西方后现代主义文艺走向极端，激发出以英国克拉克为代表的古典现代主义思潮息息相通。

四年后，郑敏又在《中国新诗八十年反思》中指出中国新诗从一开始，就全盘否定古代汉语和古典诗歌，对欧美此起彼伏的流派疲惫地追踪表示质疑。从理论上说，"以消灭传统为新生的前提是幼稚和不明智的"，因为在语言文化中"有着民族灵魂的基因"，"切除其文学语言，只留下口语时，我们日后的汉语语言危机就已经注定了"。① 此文对新诗的批判有所缓和，不否认这里有历史的必然，成就不可低估。的确，如今站在百年历史的制高点上，宏观地回顾，可以说没有对西方诗歌的开放和追踪，就没有新诗，但是，学习西方的目的并不在亦步亦趋地以当欧美诗歌的跟班而自得，诗人的使命在于创造出不同于欧美诗歌的中国诗派。为此就要对西方诗歌流派、风格、精神和艺术基因逻辑和历史的发展的密码有深刻的分析、批判，不能浮躁地"食洋不

① 郑敏：《中国新诗八十年反思》，《文学评论》2002年第5期。

化”,挟洋自重,一味以占据西方话语先机为重,拿着鸡毛当令箭。要改变这种状态,就要对中国古典诗歌的艺术基因有深刻的揭示,自觉地将中西诗艺作转基因式的整合,在此基础上建立中国自己的诗歌理论,与欧美诗歌、诗论平等地对话争鸣。然而,郑敏却不能不指出:“新诗在(20世纪)40年代不过是学西方的舞步,50年代学苏联的舞步,如今又转而学西方当代的舞步,这些学习都是必要的,但今天诗歌圈里有一种困惑,究竟什么是中国新诗自己的特色？难道中国新诗就没有任何可以向几千年古典汉语诗歌借鉴之处吗?”百年历史证明,有意无意地藐视中国古典诗艺,导致了中国新诗的艺术生命的反复扭曲,使郑敏觉得“前途堪忧”。

这一点不仅仅是中国新诗的现象,而且是中国文化界普遍的问题。余英时先生说:

> 中国学人跟着西方调子起舞,就是坠入魔道……今天读中国书最怕的是把西方的观念来穿凿附会,其结果是非驴非马……20世纪以来,中国学人有关中国学术的著作,其最有价值的都是最少以西方观念作比附的……中国知识界似乎还没有完全摆脱殖民地心态,一切以西方的观念为最后依据。甚至“反西方”的思想也还是来自西方……特别是这十几年来,只要西方思想界稍有风吹草动(主要还是从美国转版的),便有一批中国知识分子,兴风作浪一番,而且用之于中国书的解读上面,这不是中西会通,而是随着外国调子起舞,像被人牵着线的傀儡一样。①

---

① 见《百度学术》2017年4月7日。

也许余英时先生“非驴非马”、“殖民地心态”、“傀儡”之语，比较尖锐了一些，但是，在世纪文化反思上，却不能不说具有相当严肃的精神，在先生高远的历史视野中，人们不能不更加痛切地感到郑敏对中国新诗的前途的忧深愤广。

郑敏文章最警策之处在于，破天荒地将学习欧美和继承中国古典诗歌何者为“本”、何者为“末”提高到新诗的生死存亡的高度：

> 21世纪中国新诗的能否存活就看我们能否意识到自身传统的复活与进入现代，与吸收外来因素之间的本末关系。没有传统何谈创新？没有传统作为立身之地，创新只能是全盘西化。中国当代新诗一个首要的、关系到自身存亡的任务就是重新寻找自己的诗歌传统，激活它的心跳，挖掘出它久被尘封的泉眼。

不管你对郑敏先生这样的论说有多少保留，甚至根本反对，但是，不能不为她以学习欧美为“末”、继承古典诗歌传统为“本”的理论清醒所震撼。郑敏先生认为“自身传统的复活”，是建构中国式新诗现代性艺术的首要任务，从而提出中国新诗面临着对中国古典诗歌补课的任务：

> 在继续借鉴西方的情况下，着重补上古典诗歌及其文史哲文化的课。这是一条艰苦的道路，但如再不固本，而只顾在喧嚣中搬弄西方诗歌的表象，则中国新诗的前途堪忧。

郑敏指出，补上这堂中国诗歌和文化课，带着“固本”的性质

（“固本培元”是我国古老的哲学思想。元，本，是根本、元神，是主体根本的生理和精神）。只有这样，中国新诗才能摆脱被动，扭转食洋不化的积弊，艺术上开创真正属于中国的新诗的生命。

怀着一种盛世危言的睿智，指出危机在于：“当代新诗不但没有了自己汉文化诗歌的传统，而且也失去了对那个传统的记忆和感情。”“现代及后现代的当代社会使得世界村的居民们多少进入了一个复杂的感性智性世界，诗歌也相应在寻找与之相当的艺术形式。主要是诗歌语言、内在结构、外在形态。”言简意赅，抓住了新诗艺术生命的命门。第一是语言，第二是内在结构，第三是外在形态。郑敏先生只是提出问题，来不及从理论上全面展开阐释。这并未引起有识者的严肃思考，二十年过去了，当此新诗百年之祭，我想，应该是有条件，也有必要作严肃的反思了。

一

郑敏的深邃，不仅在于她所说的，而且在于她没有说的，或者没有明确、只是笼统说的。在我看来，一个世纪随着欧美起舞，不断地步人后尘，第一个原因在于完全丧失了理论的主体自觉，心甘情愿地被西方理论牵着鼻子走。殊不知西方理论是西方文化传统和现状的产物，其经验和思维模式/基础乃是西方的，对东方，对于汉语诗艺的传统，西方理论家在学术资源上是阙如的，但作为理论却以绝对普遍的形态出现，经验的有限性和理论的无限性，是人类理性思维宿命性的悖论。西方理论并不例外，但是，强势文化天然的权威性，掩盖了其片面性，傲然以放之四海而皆准的普适性出现，造成了一种西方理论的不可挑战的错觉，恶化了国人潜意识中的自卑和对文化传统的不自信（用余英时先生的话来说，就是“殖民心态”），就是西方一些粗浅的理论，与我国传统诗歌理论相比幼稚得多的理论，也能让国人迷信多年。哪怕是纠正一个常识性的谬误，也可能被当作惊世骇俗的狂言。

必须明确，中西诗艺建立在两种不同的语言基础上，中国诗艺属于汉藏语系，西方诗艺属于印欧语系。两者栖居着不同的诗意的基因，建构中国新诗的诗艺不能废除中国诗艺基因，以西方基因取而代之，正常的实践应该是输入西方诗艺基因，激活中国传统诗艺基因，以之为主体对西方基因进行选择，转入中国诗艺之中，使之成为优于中西的新诗艺。中国新诗的“新”，就“新”在这种转基因式的“新”。今天国人对新诗百年的回顾与前瞻，从根本意义上，就应该在这个高度上进行。

郑敏对这一点似乎并不十分明确，但她的功绩在于，为国人清算百年迷误提供了一个框架。

她把“外在形式”放在最后，其实，外在形式的变革联系着母语诗艺基因密码的变革。古典诗歌的外在句式、章法被作为镣铐打破，带来郭沫若所说的“绝对的自由”的思想解放的狂欢，之后不过几年，打破镣铐的闯将，以新月派为核心，却在致力于创造新的格律。为什么呢？第一，对母语的精神基因不加分析，难免有生命力的被废弃，无生命的被当作新生命；第二，欧美语言的基因铺天盖地地转入，在这过程中，难免泥沙难辨、鱼龙混杂，在一个历史阶段中，其文化优势造成的教条主义，不但不能激活，相反窒息了中国传统诗艺，以历史实践的过程性观之，可能是必要的代价。

就格律诗而言，其理论根据是英诗的 feet（有时译为音步，有时译为音尺）。从莎士比亚到雪莱，每行有相等的、轻音和重音交替的音步（轻重、重轻，或轻轻重、重重轻）。

格律诗的倡导者大都是欧美留学归来的，精通英语，但是，并未洞察音步的奥秘。他们将轻重交替的音步转化为每行音节大致相等。这不是制造新的镣铐吗？但是，闻一多义正词严地宣称，诗歌就是要“戴着镣铐跳舞”，而且写出了每行音节相等、“豆腐干”体的经典之作《死水》。但是，这对于双音节为主的现代汉语来说，缺乏必要的灵活性，闻一多自己也无以为继。如此这般的极端碰了壁，事情走向了反面，20 世纪 40 年代，李季式的民歌体，挟带着革命胜利的激情，引起了一片欢呼，但是，其单调的节奏，不是创造了新的，而是倒退到旧的。到了 50 年代，李季不得不公然表示无以为继了：“生活向前发展了”，“人民群众的感情已经发生了根本的变化……这时你再用‘五谷里数不过豌豆圆，人数里数不过咱俩可怜’、‘庄稼里数不过糜子光，人数里数不过咱俩凄惶’的调子来描述这些正在形成的新型农民，那会是多么不协调啊。”①既然因袭旧的不行了，50 年代中期创造新诗歌任务又一次提上日程。何其芳提出建构“现代格律诗”。他继承了 30 年代的音步说，不过把音步改为“顿”，提出每行不一定要有相等的音节（字），而应该有相等的“顿”，“每顿所占有的时间大致相等”。他不无鲁莽地对中国古典诗歌进行分析，提出七言诗是四顿，五言诗是三顿：

人生——不相——见，
动如——参与——商。
今夕——复何——夕，
共此——灯烛——光。②

① 李季：《热爱生活，大胆创造》，《文艺学习》1952 年第 3 期。
② 《何其芳选集》第二卷，四川人民出版社 1979 年版，第 142 页。

现代格律诗一方面向自由诗妥协,诗行的音节可以不等,另一方面又坚持要有相等的"顿"。这个"顿"的学说源自五四以来许多学者,从胡适到梁宗岱都认为我国古典诗歌节奏的"基础"都在诗行停顿的数量的统一。① 但是,这是对中国古典诗歌韵律基因的歪曲。就音乐性而言,规律性的停顿,只能构成单调的节

---

① 这个说法最初出自胡适,他在《谈新诗》(《星期评论》双十纪念号,1919年10月)中强调音节的"自然",他读"节"就是诗句里面的顿挫的段落。旧体诗五七言诗句两个字为"一节",比如"风绽—雨肥—梅"(两节半)、"江间—波浪—兼天—涌"(三节半)、"王郎—酒酣—拔剑—斫地—歌—莫哀"(五节半)、"我生—不逢—柏梁—建章—之—宫殿"(五节半)、"又—不得—身在—荥阳—京索—间"(四节外两个破节)、"终—不似—一朵—钗头—颤袅—向人—欹侧"(六节半)。
胡适这个分析是中国诗歌史上第一次对诗歌节奏的分析,并且提出了音和节的区别,音不等于节,其开创之功不可没。他似乎抓住了中国古典诗歌和民歌的节奏的某些特点,以一组双音构成一个"节"。但是,用这个基本由双音构成的"节"来解释中国古典诗歌和民歌的复杂现象,显然不够用,于是,胡适就在世界诗歌史上,第一次提出了"半节"和"破节"。虽然对于这两个破天荒的概念,他并没有作出界定,但是从其上下文来看,"半节"和"破节",产生于音节的统一划分与某些词汇意义发生矛盾的时候的一种变通。半节,都是一些实词,从词汇意义上不能构成双音结构,若硬性构成双音结构,就要影响词汇意义的完整和清晰。如:"风绽—雨肥—梅"(两节半)、"江间—波浪—兼天—涌"(两节半)。先把两个音组大体有规律地划分为一个"节",剩下的一个单音,就算它是"半节",并不影响词汇意义的清晰。这就是说,词汇意义和语法结构是对应的、平行的,不发生冲突。但是,如果按照这个划分方法,面对"王郎酒酣拔剑斫地歌莫哀"、"我生不逢柏梁建章之宫殿"就得这样划分:"王郎—酒酣—拔剑—斫地—歌莫—哀"、"我生—不逢—柏梁—建章—之宫—殿"。这样"歌莫—哀"和"之宫—殿",在语法上就不成话了。于是胡适成全语法结构,把"歌"和"之"单独当作"半节",变成"歌—莫哀"和"之—宫殿"。可见,这个"半节",是为了成全词汇意义的。但是,这些毕竟都还是实词,遇到虚词,如副词,胡适就另行命名为"破节":"又—不得—身在—荥阳—京索—间"(四节外两个破节)。但是,像下面这个诗句:"终—不似—一朵—钗头—颤袅—向人—欹侧"(六节半)中的"终"字,是个副词,照理应该算是破节了,然而,胡适却把它当成是"半节"。这说明胡适当时,不能很系统、自洽地分析中国古典诗歌中的复杂现象,遇到的主要困难是词汇意义与节奏的矛盾。从理论上说,音节或者节奏只有达到稳定化才能称得上格律,而且要稳定到与词汇意义发生矛盾时,意义也要服从固定的节奏。

拍（如四分之三、四分之二），并不能构成旋律，旋律是在节拍之间音长和音高上的变化。其次，西方 feet/音步的基因是以轻音重音对立统一为单位的，如果按此规律分析中国古典近体诗，当以平仄对立为单位，也就是说，不能以两个平声或两个仄声为单位，而应该以平仄交替为单位。如，杜甫的“风急天高猿啸哀”，不应该像何其芳那样分为“风急——天高——猿啸——哀”，而是“风急天高（仄仄平平）——猿啸哀（仄仄平）”，如果按西方的音步，或按“顿”来说，不是四顿，而是两顿。而这后面的三言（一顿）是不可分割的，恰恰是中国古典近体诗歌节奏的生命。而何其芳划分七言诗行的四“顿”，将三言结构分成了两顿：

浔阳——江头——夜送——客，
枫叶——荻花——秋瑟——瑟；
主人——下马——客在——船，
举杯——欲饮——无管——弦。①

七言诗节奏的特点，并不是每行四顿，而是其最后的三言结构，这三言结构决定了古典诗歌的调性，我们把它叫作吟咏调性。只要在这个三言结构中加上一个字，变成四言，调性就发生了质的变化：

浔阳——江头——月夜——送客，
枫叶——荻花——秋风——瑟瑟；
主人——下马——迁客——在船，

① 何其芳：《何其芳文集》第二卷，人民文学出版社 1983 年版，第 8 页。

举杯——欲饮——恨无——管弦。

句尾的三言变成了四言(六言、八言同),就变成了另一种调性,我们称它为说白的调性。同样是四顿,却是两种完全对立的调子。由此可见从英语诗歌转化来的"顿"的划分遮蔽了五七言诗行节奏的性质。这种理论在这么单纯的七言诗面前已经显得如此软弱,对词、曲、民歌等丰富的诗行形式更是无能为力了。何其芳宣布:词除少数上下阕对称的以外,"它的节奏根本无规律可循",就是那些上下阕对称的词,"从它的一半来看,好像节奏和押韵都没有规律",①这当然是站不住脚的。找不到规律,找不到基因,怎么可以宣布基因不存在呢?

中国古典诗歌节奏的基因,从诗经、楚辞到汉魏、唐宋诗词,其实,只有两种节奏,一种是诗经式的四言的说白调性,一种是古、近体诗的三言尾的吟咏调性。这种调性深刻地表现了汉语的音韵美。这也就是成语、百家姓之所以为四言,三字经(还有供孩子描红的字帖:上大人,孔乙己)之所以为三言的原因。词曲以及一部分民歌每行并没有相同的"顿",因为有三言和四言结尾,故有相当的节奏感。按郑敏的说法,要讲格律,汉语当是"本","顿"的理论歪曲了汉语音韵的基因,又误读了英诗的节奏规律,在实践方面破产几乎是宿命的。以何其芳刻意为之的诗作为例:

我——听见了——迷人的——歌声,

它那样——快活——那样——年轻,

① 《诗刊》编辑部编:《新诗歌的发展问题》第三集,作家出版社1959年版,第254页。

就像——我们——年轻的——共和国，
在歌唱——它的——不朽的——青春。

这里每行四顿，完全符合现代格律诗的理论，在四行中出现了七个三言结构（除去结尾用轻音字“的”还有四个），平均每行一个以上，比七言诗行所要求的每行一个三言结构还多。语言的音乐节奏却大大不如古典诗歌和民歌。其次，为什么写了这么多三言结构作者却并没有感到束缚，反认为五七言诗行的三言结构是一种束缚？这是因为古典诗歌和民歌诗行中三言结构与四言结构的组合是严格有序的。五、七、九言诗行吟咏调性产生于三言结构收尾的固定性，四、六、八言诗行的说白调性产生于四言结构（或二言结构）收尾的固定性，结构的稳定决定了功能的稳定。而在何其芳这里，三言和四言（二言性质相同）的排列却是随意的。三言结构无规律地出现在行首、行中和行末，因而丧失了传统的吟咏调性，二言（四言相同）结构杂乱地出现在行首、行中和行末，因而丧失了说白调性。这样任意的安排，实际上是离开了汉语节奏的基础，诗歌节奏的形式是离不开音组结构在统一中的变化的，这种形式之所以不理想，正是由于缺乏统一感，仍然像散文那样从一种结构自由地转换到另一种结构上去，缺乏音组结构的稳定的格律性。

现代格律诗近乎无疾而终，原因就在于以西方诗歌为模式的盲目性：不但误读了英语诗歌音步，而且歪曲了中国古典诗歌节奏的基本规律。

这种盲目性不但表现在理论和实践的寂寞上，而且表现在诗坛的宏观图景的混乱上。就在现代格律诗在理论上由于何其芳的地位被奉为理论圭臬之时，中国诗坛上享有最高权威的诗人是贺敬之和郭小川，他们的诗作完全不讲格律，词组以阶梯形式任意高高低低地排列。这种形式的合法性来自被苏联方面奉为“最有天才”的诗人马雅可夫斯基。但是，贺郭两人均不懂俄语，他们不可能知道马雅可夫斯基其实每一句诗大致是四个重音。[①] 为了朗诵的效果，他把一句分成几行作高低错落的排列。

中国新诗在形式上的盲目性达到这种程度，简直可以借用陈亦门（阿垅）在《诗与现实》中所说的“诗的无政府主义”来形容。其混乱是至今还没有得到清算的。

在20世纪二三十年代，被鲁迅称赞为最有才华的诗人冯至，曾经写出西欧当代诗歌已经告别了的《十四行诗》，虽然在当时取得了相当的成就，但是，其中根本看不到一丝一毫他深刻研究过的杜甫的诗艺的影子。这样的实践，从理论上说是荒谬的，既然中国古典诗歌的格律形式是镣铐，欧美古典格律诗歌，难道就不是镣铐吗？十四行诗从意大利到英国、德国均有发展，冯至把它拿到中国，有什么发展呢？德语名词有四个格，汉语没有，冯至如果不能处理这样的矛盾，是不是会带来一定的局限？至今没有一个理论家对之作起码的理论回答，甚至连这样的问题都没有提出。随着时间的推移，溢美的调子越唱越高，这就造成了直到20世纪末还不乏更加盲目的追随者。十四行诗在西方也没落了，硬搬到中国来，却成了不朽的经典。

此等咄咄怪事，国人居然见怪不怪，原因很简单，对西方诗歌从形式到理论缺乏必要的具体分析，五四时期的批判精神在这里出现了偏瘫：对内是彻底的、大无畏的，对外却是自卑的、怯懦的。追踪西方诗歌流派为“本”，奉为圣明，毫无西方文论所崇

---

① 懂俄语的同仁，只消翻阅马雅可夫斯基的长诗《列宁》的第一页就明白了。

尚的批判精神，以继承古典诗歌诗艺基因为“末”，全盘引进的结果不是激活了中国传统的诗艺话语，而是使中国诗艺许多精华处于窒息状态。相当发达的中国现代诗论，至今几乎没有中国话语范畴，中国诗论家数典忘祖成了新常态。

按余英时先生的说法推论，中国诗坛完全成了西方诗论的话语殖民地。西方理论上的霸权越来越强，创作上的混乱必然愈演愈烈。

这一笔糊涂账一直延续到了21世纪，在某些颇有才华、影响相当大的前卫诗人那里发展到极致。郑敏在《中国新诗八十年反思》中，特别指出“新诗向世界诗歌的学习，也未能正常，一些表面的模仿往往失其精髓，夸大其皮毛。如反抒情、都市化、平庸化、反诗语、泛散文化等等，都在‘先锋’的旗帜下不容分说地成为当然的当代诗学标记”。[①] 更有甚者，跨文本写作，以瓦解一切诗形式规范为务，把诗不当诗来写，甚至以“反诗”为旗号，干脆写成散文，彻底颠覆新的外在形式。其合法性何来？西人已为之，捷足追随者遂享优越，无条件地以西方前卫艺术为先导。走得最远的，还不是诗歌，而是造型艺术，具象变为抽象，画就是不画，将“现成物”当成艺术品，杜尚把小便器当作艺术题名“泉”参加展览，居然也引起了世界性的轰动。艺术就是不断探索革新，这也许是不可颠覆的规律。但是，第一，探索就是冒险，不管多么前卫的探索，都注定要付出重大代价，大量的垃圾被淘汰是必然的，对于个人来说，把制造垃圾当作创新也是难以避免的；第二，全盘照搬，必然是水土不服。把欧美的前卫艺术移植到中国来，让它成为中国的品种，必须用最大的努力把异域的文化基因剥离，使之适应中国的历史传统基因，要完成这样“转基因”的

① 郑敏：《中国新诗八十年反思》，《文学评论》2002年第5期。

工程,没有中国诗学、文化深厚的基础是不可想象的。事实上,郑敏指出:一些以西方后现代诗歌为标榜的前卫诗人对人家“并未系统研究西方诗歌的来龙去脉”,“在中国的‘后现代派诗歌’”,“中国的和西方的‘后现代’派诗歌间有一个最本质的区别”:在于中国的停留在反宏大主题,个人日常平庸的琐事上,而西方诗歌中,“最敏感的问题却多半是人类历史和今天所展现的困惑、矛盾有关,及诗人对它反思的情感上所受的冲击”,“目的是小中见大,平庸中见崇高”。① 而中国前卫诗人大多对此却基本无知。

郑敏先生期望建构融通古今中外的、具有本民族特色的新诗,这是个系统工程。她可能认为难度最小的是她放在第三位的“外在形态”,实践却无情地证明,这个难度不是孤立的,是和第二位的内在结构和母语基因联系在一起的。从 20 世纪 20 年代、50 年代直到如今,近一百年的时间,耗费了几代人的生命,按郑敏的准则衡量,可以说是收效甚微。和小说、戏剧不同,在诗歌领域里,关于诗歌形式阵发性的、大规模的争论屡见不鲜,不论是 20 世纪 50 年代末的关于民歌的争论,还是 90 年代,为知识分子写作和民间立场写作而打起架来,都无济于事,因为双方同样缺乏对中国古典诗歌和文化基因的彻底理解。从这个意义上说,要改变这样一再发生的聋子的对话,关键不在于外在的形式格律,而是郑敏所说的对中国诗歌文化的补课。

二

郑敏提出中国新诗艺术的宏观前景的第二个目标是“内

---

① 郑敏:《中国新诗八十年反思》,《文学评论》2002 年第 5 期。

在结构”,这种内在结构相对于外在形式的格律,乃是情感的内在节奏,这一点中国古典诗歌是很重视的,而这一点由于语言的关系,正是西方诗论所缺乏的,可以说是失语的。依赖西方诗论的中国诗论,在这方面就显得空洞。其实,人家没有的,我们是有的,对西方无所依赖,正是自我激活的良机。

五四早期完全打乱了诗歌的节奏,当戴望舒的《雨巷》一发表,叶圣陶就兴奋地称其“开辟了新诗节奏的新纪元”。叶圣陶指的是外部节奏,但古典诗歌修养甚深的戴望舒却并不受宠若惊,而是发表了相反的意见:

> 诗的韵律不在字的抑扬顿挫上,而在诗的情绪的抑扬顿挫上。①

接着他还用了一个法语词 nuance 来概括这情绪的起伏,原文的意思是微妙的变化。古典诗歌修养甚高的戴望舒在这一点上和我国古典文论是相当一致的。我国古典诗歌理论,相当重视这种内在的情绪脉络,这是由我国古典诗歌的句法决定的。

古典诗歌以近体诗为代表,句法和散文不同:大体是单句独立,句间的关系是留在空白中的。这大致可分三种:一是单句意思完足,两句之间时空上的连续关系是隐含着的。如“春城无处不飞花,寒食东风御柳斜”(韩翃《寒食》),不但句间连续关系是隐含着的,而且连视觉主体都省略了,把尽可能大的想象的空间,留给读者。第二种是,对仗关系。如杜甫的《春日怀李白》的

---

① 戴望舒:《诗论零札》,原载《现代》1932 年 2 卷 1 期。

第三联:“渭北春天树,江东日暮云。”一个在黄河之北的树,一个在长江之南的云,空间距离之遥,感觉主体之异,在散文中是要交代清楚的,由于对称,两者结构显得很紧密,读者想象的空间很大,暗示性的约束性也很强,思绪的概括力也很广。第三种,如杜牧《山行》的最后一联:“停车坐爱枫林晚,霜叶红于二月花。”逻辑因果,主客关系,都清清楚楚地交代,叫作流水句。如果词语对仗的话,如杜甫的《闻官军收河南河北》最后一联,“即从巴峡穿巫峡,便下襄阳向洛阳”,这在近体诗中是很特殊的,名之为流水对。

三种形态中,不管是哪一种,其单句基本具有独立性,而欧美格律由于直接抒情,思想容量比较大,往往很少以单句成行,屡见不鲜的是,一句长达数行(这叫作“跨行”),如莎士比亚笔下的哈姆雷特的那著名的独白:

> To be, or not to be: that is the question:
> Whether it's nobler in the mind to suffer
> the slings and arrows of outrageous fortune,
> or to take arms against a sea of troubles,
> and by opposing end them. (To die, to sleep;)

按朱生豪先生的翻译,这是一个很长的复合句。

> 生存还是毁灭,这是一个值得考虑的问题;默然忍受命运暴虐的毒箭,或是挺身反抗人世无涯的苦难,通过斗争把它们扫个干净,这两种行为,哪一种更加高尚?

在汉语中,是多个相对独立的句子,但是,在英语原文里是一个复合的长句,一连五行,行间语法上的从属关系,名词代词在数上、动词在时态语态上保持高度统一。逻辑上的因果也以连接词、关系代词严格地结合。就语法和逻辑推导方面说,西方的格律诗和散文是很接近的。从中国古典诗歌的精思和炼字来说,这是多么散文啊。比之中国古典诗歌来说多么不精练啊,但是,因为是西方的经典,就是完美无缺的。胡适就不止一次地、理直气壮地提出"作诗如作文"。但是,这和中国古典诗艺传统(骚体和古风歌行稍有例外)是矛盾的。胡适的这种思想,不但影响了他所领导的几个青年诗人,而且影响了后来的成就更大的诗人,造成了中国新诗长期的散文化的潮流,其极致乃是艾青在《诗论》中干脆提出了诗的"散文美":"天才的散文家,常是韵文的意识的破坏者",①这可能有它的片面的合理性,但是,天才是不世出的,这并不适合广大诗人群体。混淆了诗和散文的矛盾,放弃了对古典诗艺精练传统的传承,现代诗歌的语言松散和芜杂被视为理所当然。

古典诗歌单句独立,句中意象并列,句间逻辑关系悬浮,并没有影响到情感的展开和深化,相反,强化了其深度和弹性。因为意象单句并列,只是其表层,并非诗艺生命所在,其生动全在深层蕴藏着情感的脉络。这种情绪的内在的联系我把它叫作意脉,或者情意脉、情志脉。

古典诗论中,对于情感脉络有许多精致的论述,首先是立意,王夫之说:"无论诗歌与长行文字,俱以意为主。意犹帅也。无帅之兵,谓之乌合……烟云泉石,花鸟苔林,金铺锦帐,寓意则灵。"②元人杨载《诗法家数》提出意之所以能"烟云泉石,花鸟苔

① 艾青:《诗论》,人民文学出版社 1982 年版,第 153 页。

② (清) 王夫之:《姜斋诗话》卷下,(近代) 丁福保辑《清诗话》上册,上海古籍出版社 1978 年版。第 8 页。

林”,原因乃在其间有“文脉”:

> 凡作古诗,体格、句法俱要苍古,且先立大意,铺叙既定,然后下笔,则文脉贯通,意无断续,整然可观。①

中国古典诗歌仅凭并列的意象平行的诗句,省略连接词,就能在逻辑空白中做到“文脉贯通”、“意无断续”。欧美诗歌的完整复杂的句法在中国诗歌中完全是累赘,杨载强调说,为诗最忌“敷衍露骨”。把“文脉”(情脉、意脉)诉诸表层,更是大忌。② 宋人范温在《潜溪诗眼》中说:“古人律诗亦是一篇文章,语或似无伦次,而意若贯珠。……今人不求意趣关纽,但以相似语言为贯穿,(以停稳笔画为端直,)岂不浅近也哉。”③在表层上让意象群落“似无伦次”,但是其深层情感脉络却“意若贯珠”,一旦用明确的“语言为贯穿”,就“浅近”了。元人陆辅之《词旨》说到作词也一样:“制词须布置停匀,血脉贯穿。过片不可断曲意,如常山之蛇,救首救尾。”④

表层的语无伦次,潜在的意脉贯穿,精练了语言,提高了艺术的品位,用语言把意脉直接说出来,降低了艺术品位。这一点和欧美古典诗歌的直接抒情是对立的。对于这一点的漠视,乃是新诗百年散文化不能根本上解决的病根。散文固然可以构成

---

① (元)旧题杨载:《诗法家数》,张健编著《元代诗法校考》,北京大学出版社 2001 年版,第 21 页。
② 杨载:《诗法家数》,张健编著《元代诗法校考》第 21 页,北京大学出版社 2001 年版,第 34 页。
③ (宋)范温:《潜溪诗眼》,郭绍虞辑《宋诗话辑佚》上册,中华书局 1980 年版,第 318—319 页。
④ (元)陆辅之:《词旨》上,唐圭璋编《词话丛编》第一册,中华书局 1986 年版,第 303 页。按:此则又见清吴景旭《历代诗话》卷四十一,上册,中华书局 1958 年版,第 506 页。

诗美，但是放纵散文化，也可能导致情志直接见诸表层，肤浅而烦冗，“作诗如作文”，毫无难度，粗制滥造乃成风气，20 世纪 30 年代中国诗歌会的蒲风提出“诗的斯塔哈诺夫运动”（斯塔哈诺夫乃当时苏联的劳动模范），公然把批量生产当作创作原则，1958 年强制全民写诗运动，当时已成为笑谈，但是，郭小川、贺敬之式的概念化的政策图解长诗，却成为经典的“双璧”，其潜在影响直到 80 年代还未清除，被徐敬亚贬之为“清水白菜汤”者比比皆是。蔡其矫在 80 年代就对我说过，诗就是被郭小川等搞坏的。直到近年，散文化散到堪称卑格者，居然被称为“丽华体”。中国当代诗人和理论家，几乎没有什么人去钻研古典诗歌的精思、炼字之道。一些海外华人学者，论赞中国古典诗歌，也习惯于用什么时空观、小儿科的意象叠加之类套语，鲜有触及西方文论未涉及的精炼之道。安禄山叛变，攻破潼关，明皇仓皇率贵妃等出逃，在《资治通鉴》上，叙述其过程达数百字，而《长恨歌》只两句“渔阳鼙鼓动地来，惊破霓裳羽衣曲”，个中诗艺之奥妙，岂是为文所能涵盖。

三

郑敏提出的新诗的问题，更重要的，放在第一位的是语言。

在接受一种西方诗论的时候，毫无批判意识，不加分析，囫囵吞枣，对其历史的合法性和内在矛盾，走向反面的前景，不但毫无反思，连与古典理论核对一下都不屑，却无条件地将之当作放之四海而皆准的大前提。对于西方理论和实践盲目尊崇，其结果乃是对中国传统诗艺精华的遮蔽。

胡适的八不主义和他的《谈新诗》，明显是受了美国和意象派的影响，[①]但是，他对意象派的历史性探索和走向衰亡的必然毫无洞察。他连中国的“情动于衷”、“诗缘情”和英语诗歌中影响很大的“强烈的感情的自然流露”都没有提及。这是因为，胡适并未深思，意象派乃是西方浪漫主义诗歌放任强烈感情流泻，导致滥情的必然结果。

和中国古典诗歌寓情于景物、人物和事物不同，欧美浪漫主义的抒情主要是直接抒发。这固然有思想容量较大的优长，但是，也有思想压倒形象的概念化的局限。马克思批评席勒把作品当成“时代精神的单纯号筒”，歌德批判拜伦的许多诗几乎是“被扣压的议会发言”。到了后浪漫主义惠特曼时期抒情毫无节制，许多地方已经成为滥情，诗歌已成思想和感情的“喷射器”，庞德等乃从中国古典诗歌的五官可感的意象叠加中得到启示，将情感寄托在意象中。庞德给意象下的定义是“在一刹那的时间里表现出一个理智和情绪复合

① 胡适编选：《中国新文学大系·建设理论集》，上海良友图书印刷公司1935年版，第34页。胡适受到意象派的影响可以从他的日记中得到确证：胡适日记载《印象派诗人》（按：英语 imagism，今译为“意象派”）六原则：1. 用最普通的词，但必须是最确切的词；不用近乎确切的词，也不用纯粹修饰性的词。2. 创造新韵律，并将其作为新的表达方式，不照搬（第521页）旧韵律，因为那只是旧模式的反映。我们不坚执“自由体”为诗歌写作的唯一方法，我们之所以力倡它，是因为它代表了自由的原则。我们相信诗人的个性在自由体诗中比在传统格律诗中得到了更好的表达。就诗歌而言，一种新的节奏就意味着一种新的思想。3. 允许绝对自由地选择诗的主题。4. 给出一种印象（因其得名“印象派”）。我们不是画家，但我们相信诗应表现出准确的个性，而非模糊的共性，不管其用词是多么的华丽，声音是多么的响亮。5. 创作出确切、明朗、具体的，而不是模糊和不明朗的东西。6. 最后，我们大多数人都认为浓缩是诗的核心。（《胡适日记全编》2　1915—1917，曹伯言整理，安徽教育出版社2001年版，第522页）

物的东西”。[1] 受到意象派影响的胡适,在《谈新诗》中却没有真正领悟意象派的真谛。说来说去,就是“细致的观察”、“写实的描画”,结语是“诗是要用具体的做法,不可用抽象的说法。凡是好诗,都是具体的,越偏向具体的,越有诗意”,使“读者脑子里发生一种——或许多种——明显逼人的影像。这便是诗的具体性”。[2] 胡适最根本的错误在于,把诗歌语言孤立起来,而且限于视觉和听觉的感官印象。在庞德那里,意象还隐含着“理智和情绪”。胡适这个错误犯得太大了,不带感情的语言,不但不能成为诗歌的语言,甚至也不能构成现代散文的语言。胡适连中国古典诗论中源远流长的情景交融之论都忘记了。从宋朝周弼开始,后世范晞文、谢榛、王夫之、吴乔、黄生等均有丰富的论述,最后为王国维总结为“一切景语皆情语”。

脱离了古典诗艺的新诗一任散文化泛滥,到了1926年,穆木天在《谈诗》中则直截了当认为“中国的新诗的运动,胡适是最大的罪人”。胡适说:“作诗须得如作文,那是他的大错,所以他的影响给中国造成一种 prose in verse 一派的东西。他的韵文的思想穿上了韵文的衣裳。结果产出了如:‘红的花/黄的花/多么好看呀’一类不伦不类的东西。”[3]话虽得绝对化了一些,但从诗学意义上,并不绝对冤枉。

---

① 彼德-琼斯:《意象派诗选》,裘小龙译,漓江出版社1986年版,第5、10页。庞德并不绝对地反对情感,只是坚持第一,情感不能直接抒情;第二,情感和智性浑然一体。故他在《严肃的艺术家》中对于诗与散文的区别这样说“在诗里,是理智受到了某种东西的感动。在散文里,是理智找到了它要观察的东西”。见杨匡汉、刘福春编《现代西方诗论》,花城出版社,1988年,第54—55页。

② 胡适编选:《中国新文学大系·建设理论集》,上海良友图书印刷公司1935年版,第308页。

③ 穆木天:《谈诗——寄郭沫若的一封信》,王永生主编《中国现代文论选》第一册,贵州人民出版社1982年版,第81页。

当时北京的杂志《诗》上，虽然有介绍意象派的文章，但是并没有对意象派有过严肃的分析。庞德的意象观念包含着悖论：一方面力主表现情感（当然反对放纵情感），甚至强调“情感创造意象”，情感是动态的，可一方面又唯取瞬间的图画、静态的呈现，这样的矛盾注定了意象派迅速走向反面。即使庞德的《地铁车站》被西方诗界赞为“伟大的诗章”，①也只是昙花一现，其思想和艺术上如此狭隘，作为流派也就缺乏持久的生命力。不过是两三年后，也就是1914年，庞德就深感这种静态意象与情感运动的矛盾，乃与坚持静态意象的艾米·罗威尔分道扬镳，另立“漩涡”派（Vorticism）。庞德的“漩涡”论，乃是对静态意象派的反拨。他坦陈早期印象派拘泥于静态意象的偏颇，意象应该是动态的：是“一个放射性的节点或束，一个漩涡，成群地快速地涌入涌出和穿过它”，②漩涡主义的理论核心是意象的流动性，而不再是展现静态的图像。意象派到1917年走向衰亡，成为世界诗歌史上最短命的诗歌流派。

历史给中国新诗开了一个小小的玩笑，1917年，胡适向中国输入意象派的时候，意象派在美国已经没落了。响应胡适的具体做法的北京诗坛，虽然有陈独秀、鲁迅、周作人、李大钊等权威打边鼓支持，但不能不日趋寂寞。这时在上海《时事新报》上出现了身在东京的郭沫若，却异军突起，以浪漫主义的狂飙突进的姿态开一代诗风。他的纲领不是意象，而是抒情，他说，“诗的本职专在抒情”，“以‘自然流露’的上乘”。③ 这个本职在抒情，与

---

① 原文“in a Station of the Metro”如下：“The apparition ofthese faces in the crowd; Petals on a wet, black bough.”郑敏译作：“这些面庞从人群中涌现，湿漉漉的黑树干上花瓣朵朵。”

② Caudier-Brzeska, *A Menoir*, New York New Directions, 1972, p92.

③ 郭沫若、宗白华、田汉：《三叶集》，上海亚东书局1921年版，第45—46页。

中国古典诗歌的“言志”“缘情”是息息相通的。“自然流露”则是出自英国浪漫主义诗人华兹华斯《抒情歌谣集——序言》中所说的“一切的好诗都是强烈的情感的自然流泻”。但是,郭沫若把它简单化了。自然流露中的自然(spontaneous),原文有点自发的意味。郭沫若接受了情感的自发倾泻,忽略了华兹华斯还强调了强烈的情感不仅是从回忆中聚集(凝神)的(it takes its originfrom emotion recollected in tranquility),而且是在“审思”(contemplation)中产生,又是在“审思”中消退(disappears)下去的。华兹华斯还有一个很重要的补充:好诗应该是“in good sense”,用曹葆华的译法就是“合情合理”的。① 更准确的说法,是有良好的、不流于表面的感受力的,有着西方人的情智交融的意味。浪漫派在西方已经没落,而在中国却因为郭沫若而崛起,开一代诗风,奠定了新诗的最初的艺术基础。但是,英国浪漫主义的强烈感情的自然流露(流泻),从诗艺上来说,免不了一泻无余。郭沫若《女神》那些被称为暴躁凌厉、狂飙突进的经典诗作中就隐藏着一种危机,那就是直线式上升的呐喊,这种心情呼喊不加控制的后果,就为郭沫若后来宣言自己不要做诗人,而宁愿做“标语人”、“口号人”埋下了种子。

强烈感情的自然流泻的诗潮在二三十年代的中国诗坛横绝

① “一切的好诗都是强烈感情的自然流露”,郭沫若这种观念,是从英国浪漫主义者华兹华斯那里来的。但是,郭沫若把它简单化了。原文是这样的:“I have said that poetry is the spontaneous overflow of powerful feelings: it takes its origin from emotion recollected in tranquility: the emotion is contemplated till by aspecies of reaction the tranquility gradually disappears, and an emotion, kindred to that which was before the subject of contemplation, is gradually produced, and does itself actually exist in the mind.”自然流露中的自然,原文有点自发(spontaneous)的意味。最主要的是,郭沫若忽略了华兹华斯还强调了强烈的情感是从回忆中聚集起来的(it takes its originfrom emotion recollected in tranquility),而且是在“审思”(contemplation)中沉静(disappears)下去的。

一时，造成了一览无余的大白话，其原因就是因为西方文论缺乏这方面的理论防范。这是他们的弱项，而中国诗论强调的表层意象逻辑空白和深层意脉的贯通，恰恰是强项。

郑敏先生所说的诗歌的“内在结构”，具体地说，就是情感的“内在结构”，其特点是什么呢？西方诗论也不是完全空白，至少对于情与感的关系，从莎士比亚到赫斯里特都有所论述，直到18世纪，雪莱（1792—1822）在《为诗一辩》才明确说出来“诗使他触及的一切变形”。在这一点上，中国古典诗论觉悟得更早：吴乔在《答万季野诗问》中有过天才的发现。他不像雪莱那样孤立地概括诗歌语言的特点，而是在诗歌与散文的对比中进行分析：

> 又问：“诗与文之辨？”答曰：“二者意岂有异？唯是体制辞语不同耳。意喻之米，文喻之炊而为饭，诗喻之酿而为酒；饭不变米形，酒形质尽变；啖饭则饱，可以养生，可以尽年，为人事之正道；饮酒则醉，忧者以乐，喜者以悲，有不知其所以然者。”①

情思如米，文将之炊而为饭，诗则将之酿而为酒。饭不变米形，酒“形质俱变”。吴乔（1611—1695）比雪莱早了差不多一个世纪，理论更深邃，雪莱觉察到了变形，吴乔则更进一步揭示了变质。明明是我国古典诗论优胜之处，但是，在西方诗论话语的殖民地上，是没有中国话语的话语权的，有的只是华兹华斯、雪莱、庞德明显浅薄的话语。

从诗歌的内在结构来说，更为深层的是情本身的特点，中国古典诗歌不但有丰富的经典，而且有西方所没有的极其精深的

---

① （清）王夫之等撰：《清诗话》，上海古籍出版社1978年版，第27页。

理论。

西方诗论,从亚里士多德到华兹华斯,都是将诗与哲学比较,亚里士多德在《诗学》中说,诗与历史不同,历史讲的是个别的事情,而诗讲的是普遍的事情,因而诗更接近于哲学,故往往向哲理方面升华,而中国诗歌则突出情与感之交融。西方诗歌直接抒情之作,如雪莱《西风颂》,则更是把高潮放在最后的格言上:"假如冬天来了,春天还会远吗?"(If winter comes ,can spring be far behind?)而中国古典诗歌则强调情景交融,把"不着一字,尽得风流"的意境放在最高的品位。粗浅地说,西方诗歌追求的是情理交融,而中国诗歌则追求情景、情事交融,最高境界是意境。

中国诗话最珍贵的是,对情与理的矛盾作出了理论性的论断。

情与理的矛盾是中国诗论的核心命题,理与情、理与趣、史家论赞与诗家咏史之别,一直是中国古典诗论的焦点,从南宋严羽的"非关理也"①到清沈德潜(1673—1769)的"议论须带情韵以行",②还脱不了感性色彩。17 世纪,中国古典诗话在理论上取得突破。清初文学家贺贻孙《诗筏》提出"妙在荒唐无理",③贺裳(1681 年前后在世)和吴乔(1611—1695)提出"无理而妙""痴而入妙"。④ 方贞观在《辍锻录》亦持此说。沈雄(1688

① (宋)严羽:《沧浪诗话·诗辨》,人民文学出版社 1983 年版,郭绍虞校释本,第 26 页。

② 《说诗晬语》卷下,《清诗话》,上海古籍出版社 1978 年新 1 版,下册,第 553 页。

③ 郭绍虞编选:《清诗话续编》,上海古籍出版社 1983 年版,第一册,第 191 页。

④ (清)贺裳:《载酒园诗话》卷一,郭绍虞编选《清诗话续编》,上海古籍出版社 1983 年版,第一册,第 209、225 页;(清)吴乔《围炉诗话》卷一,郭绍虞编选《清诗话续编》,上海古籍出版社 1983 年版,第一册,第 477—478 页。

年前后在世)在《古今词话·词评下卷》又指出:"词家所谓无理而入妙,非深于情者不辨。"[①]从无理转化为妙诗的条件就是情感,比之陆机《文赋》中所谓"诗缘情而绮靡"、[②]严羽"诗有别趣,非关理也"的陈说是一个大大的飞跃。吴乔《围炉诗话》在引贺裳语时还发挥说:"其无理而妙者……但是于理多一曲折耳。"[③]与西方重理相对,中国诗歌重情,但是,中国诗论并不僵化,而是揭示了情与理,理性逻辑与情感逻辑的矛盾转化的条件:"于理多一曲折。"

为了说明问题,举一个近乎小儿科的例子:李白的乐府古题《静夜思》:"床前明月光,疑是地上霜。举头望明月,低头思故乡。"如此浅白的语言而能流传千年,原因就在"于理多一曲折"。第一二句是接床前月光之"疑",是月光还是霜光?不能确定。故有第三句举头望明月,目的是确定其为月,抑或为霜。按理性的逻辑贯穿到底,则第四句可能是:原来都是霜。但是,第四句是:低头思故乡,表明理性的逻辑思维中断了,一看到月亮,潜意识里的乡愁被触动了,理性为情感所转换。这一"曲折",就使原本的理性逻辑变成了审美抒情。《静夜思》之所以不朽,就在于从理性看来是逻辑中断,是无理的,而从其"曲折"看来,则正是抒情的神髓。

这样富贵的理论遗产,明明是西方所无,长期以来却被我们严重地忽略了,原因是这种潜隐的情感,被西方诗论的强烈感情自然流泻遮蔽了。正是由于对于情与理多一曲折的不自觉,在对古典诗歌分行上,出现了麻木的怪异。本来从情感的转换、曲折来看,这四句诗,按西方十四行诗的分节(三个四行一节加一

---

① 唐圭璋编:《词话丛编》,中华书局1986年版,第1044页。
② 张少康:《文赋集释》,上海古籍出版社1984年1月版,第71、478页。
③ 同上。

个两行,或两个四行加两个三行。每节之间空一行)原则,则《静夜思》应该是两节:前两句是一节,空一行,后两句另为一节。同样,孟浩然的《春晓》不应该是不分节的四行:

春眠不觉晓,
处处闻啼鸟。
夜来风雨声,
花落知多少!

四个并列的句子,给人的感觉是情感的结构是直线的。但是,前两句写的是当前愉悦,后两句则反之,由愉悦转换为回忆的感伤:耳边春鸟的鸣啭是如此美好,但回忆中不但春天风雨来得艰难,而且由于花的凋零,去得又是那样迅速。不难看出惜春主题的意脉就在这转折之中。在古典抒情诗歌中,情的特点并不是静止的,而是动态的。诗大序有"情动于衷"的理论。这在汉语构词中明显的提示,如动情、动心、激动、感动、触动。故经典的如果按情感的内涵来说,这四句,就不该以外部形式的并列掩盖内在情感结构的转折,应该是分为两节:

春眠不觉晓,
处处闻啼鸟。

夜来风雨声,
花落知多少!

中国古典诗歌不但在实践上达到了这样的水准,而且到了17世纪在理论上有了明确的认识。情动于衷,情是动的,是有起承转合的，明人杨载在《诗家法数》中这样说：

> 绝句之法要婉曲回环，删芜就简，句绝而意不绝，多以第三句为主，而第四句发之，有实接有虚接，承接之间，开与合相关，正与反相依，顺与逆相应，一呼一应，宫商自谐。大抵起承二句固难，然不过平直叙起为佳，从容承之为是，至如婉转变化工夫全在第三句，若于此转变得好，则第四句如顺流之舟矣。①

杨载强调的第三句相对于前面两句，是一种“转变”的关系，这种“转变”，不是断裂，而是“婉转”的“变化”，不是直接连续，其中有虚与实，虚就是不直接连续。如王昌龄《出塞》前面两句是“秦时明月汉时关，万里长征人未还”，都是实接，逻辑上没有空白。到了第三句，“但使龙城飞将在”，就不是实接，而是虚接，不是接着写边塞，而发起议论来，但是，仍然有潜在的连续性的：明月引发思乡，回不了家，有了李广就不一样了。外景不接，但内情接上了，这就是虚接。与之类似，“黄河远上白云间，一片孤城万仞山。羌笛何须怨杨柳，春风不度玉门关”，从孤城万仞，到羌笛杨柳之曲，当中省略了许多，不完全连续，是景观的跳跃，这是放得“开”，但在景观的跳跃中有情绪的虚接，不从实处接景，而从想象虚处接情。在杨载这叫作“合”：“开与合相关”，听到杨柳之曲，想到在玉门关外，而春风不至，乃无家乡之青柳。此景象之大开，情绪又大合也。“葡萄美酒夜光杯，欲饮琵琶马上催。醉卧沙场君莫笑，古来征战几人回？”前两句是陈述，第三句是否定，第四句是感叹。语气的变化，所表现的是情绪的突转。本来

① 何文焕编：《历代诗话》下，中华书局2006年版，第732页。

是饮酒为乐,不顾军乐频催。不接之以乐,而接之以就是未来是死眼前也要喝个痛快,则为杨载所谓“反接”。而反接之妙并不为悲,而为更乐之由,此为反中有正之妙接也。

按此原则贯彻到底,则律诗当如此分章,如《登高》是前四后四:

风急天高猿啸哀,渚清沙白鸟飞回。
无边落木萧萧下,不尽长江滚滚来。

万里悲秋常作客,百年多病独登台。
艰难苦恨繁霜鬓,潦倒新停浊酒杯。

前四句情感悲郁而豪壮,自然的和心理的空间感是博大的,而后四句则转折为个人的悲凉,心理空间突然变得狭小。这就是杜甫自己说的“沉郁顿挫”,清浦起龙《读杜心解》说它“阔狭顿异”,异就在前四句阔,后四句狭。把前后四句分开中间空一行,才能突出情感动态。当然,律诗并不是只有这样一种情绪转折模式,李白的《登金陵凤凰台》则应该是这样:

凤凰台上凤凰游,凤去台空江自流。

吴宫花草埋幽径,晋代衣冠成古丘。
三山半落青天外,二水中分白鹭洲。

总为浮云能蔽日,长安不见使人愁。

此诗凡三转,首联,是从即景空间转向时间,中颈联和颔联则是二转，从即景转向历史感叹和自然景观，尾联则是三转，从历史转向现实中的自我情绪的郁闷。

以上分行均为偶行，20世纪50年代新诗大都取四行一节。鲜有取奇行者，但是，西方诗歌罕见对仗，故十四行，三行一节，亦为重要模式。其三联句结构有特殊的非对称功能，中国诗人，似乎对之忽略。其实，古典诗词中并非绝对无三联句，词牌《浣溪沙》就是。在新诗中，三行一节极其罕见，只有余光中对其特殊功能有所领悟，故在《等你，在雨中》中，大量运用三联句，成为中国新诗中一种孤独的景观。

四

吸收西方理论，不仅仅是为了吸收，而且是为了发现、发展中国的诗学，当然，中国古典诗论像西方诗论一样并不完美，"情动于衷"的"动"，动到"不知手之舞之，足之蹈之"的程度，与西方的"强烈情感的自然流泻"在情感强烈上一脉相通，但是拘于此说，则难以洞见其以偏概全。中国古典诗歌中感情并不强烈的诗歌，大量成为神品，中国的意境的根本精神，就是将情感内在化、含蓄化，甚至淡化。最杰出的就是陶渊明，他不但淡化情感，甚至追求一种"无动于衷"的境界。如《饮酒》其五：

> 结庐在人境，而无车马喧。问君何能尔？心远地自偏……
>
> 采菊东篱下，悠然见南山。山气日夕佳，飞鸟相与还。此中有真意，欲辨已忘言。

更加以无动于衷取胜的则可举出柳宗元的《江雪》为例：

千山鸟飞绝，万径人踪灭。

孤舟蓑笠翁，独钓寒江雪。

其实，在中国浪漫主义新诗中，固然有郭沫若《凤凰涅槃》、闻一多《发现》（我来了，我喊一声，迸着血泪……）那样火山爆发的经典，但是，更经得起时代考验，仍然为当代青年读者普遍爱好的却是徐志摩的《再别康桥》，表现的不是《这是一个怯懦的世界》那样狂放的激情，而是含蓄的、潇洒的温情。在西方，也有表现布莱克的天真的童心的。最为经典的是里尔克的《夏日》。诗的意韵在夏日过去，秋日来临。诗人要表现的秋日是一种相当完美的境界。因为秋天的果实中，储存着“最后的甘甜”，也就是无以复加了。读懂了这一点，才可能理解下面的：“谁这时没有房屋，就不必建筑”，这意味着，一切足够了，就是没有地方住也不必操心去建造。“谁这时孤独，就永远孤独”，就是孤独也没有必要劳神改变，也就是没有必要热闹，孤独带来的是宁静，在宁静中，想做什么，就做什么，安于平凡，甚至平淡，也不在乎有无意义。读书、写信，而且是长信，随意自如就好。不难理解，诗人表现的是独自一人体验着心灵的安宁，完全以自我恬淡为满足。但是，不管是西方诗论还我国诗论，都被“情动于衷”、“强烈的情感自然流泻”遮蔽了。没有一个理论从不强烈的感情中概括出温情、闲情，甚至无情，概括出“无动于衷”等的诗艺密码来。

五

由于军事、政治上长期屈辱，导致文化自卑，新诗百年来对西方强势文化完全是一种饥不择食的态度，没有起码的批判的自觉。有时，一些明显浅薄的语言理论，也会被当作金钥匙。最突出的就是俄国形式主义者的“陌生化”。这个范畴俄语的原文是 остранение，英语译成 defamiliarization。其实也可以翻译为“奇特化”。意思是日常生活使人们对事物由于习惯、“自动化”而失去了感觉，而文学就是要赋予事物以新鲜的感觉。什克洛夫斯基(1893—1984)这种理论明显是片面的，别林斯基(1811—1848)早就有过著名的命题“熟悉的陌生人”，陌生化不是绝对的，而是与熟悉处于对立的统一体中的。很明显，并不是一切陌生化的词语都有诗意，只有熟悉的陌生化才有诗意。“二月春风似剪刀”和二月春风似菜刀，同样是陌生化的，但是前者是诗意的，后者却相反。原因在于前者在前面一句“不知细叶谁裁出”中，埋伏下了一个“裁”字，“裁剪”在汉语中是天然的、自动化、熟悉化的联想，而“菜剪”则不成话，同样红杏枝头春意闹，是诗意的，李渔在《闲情偶记》提出红杏枝头春意“斗”、春意“打”，则不但不成诗，而且不成话。

要破译诗艺的基因密码，光凭简陋的陌生化注定是不得其门而入的。其实，只要有起码的批判精神，将之与苏东坡的“反常合道”① 对照一下，就不难看出其肤浅、片面了。苏东坡(1037—1101)的这个命题，是从对柳宗元的《渔翁》中提出来的，“渔翁夜傍西岩宿，晓汲清湘燃楚竹”，为什么要突出渔翁夜间宿在山崖边上？他的生活所需，取之于山水。暗示的是和大自然融为一体。“燃楚竹”与“汲清湘”对仗，更加显示其环境的整体和人的统一依存的生存状态。“烟销日出不见人，欸乃一声山水绿”这两句，颇负盛名，可以说是千古“绝唱”。苏东坡评曰：“以奇趣为宗，以反常合道为趣。”这话很有道理，但是，并未细说

① (宋)释惠洪：《冷斋夜话》卷五，《宋元笔记小说大观》，上海古籍出版社 2001 年版，第二册，第 2195 页。(又见吴乔《围炉诗话》卷一)

究竟如何“反常”，又如何“合道”。“烟销日出不见人”，人就在烟雾之中，看不见了是正常，“烟销”了，又加上“日出”，更应该看得出，然而看不出。把读者带进一种刹那间两个层次的感知“反常”转换之中。第一层次的反常，点燃楚竹，烟雾使人和自然统一，烟雾散去了，人却不见了；第二层次的“反常”：在面对视觉空白之际，“欸乃一声山水绿”，传来了听觉的“欸乃”，突然从视觉转变成了听觉。这就带来视听转换的微妙感悟，声音是人造成的，应该是有人了吧，但只有人造成的声音的效果，却还是“不见人”。第三层次的“反常”是循着声音看去，却仍然是“不见人”，只有一片“山水绿”的开阔的空镜头。连续三个层次的“反常”，不是太不合逻辑了吗？然而，所有这一切，却又是“合道”的。“烟销日出不见人”和“欸乃一声山水绿”，结合在一起，突出的，首先是渔人的轻捷，悠然而逝，转瞬之间，就隐没在青山绿水之中。“山水绿”，留下的是一片色彩单纯的景观，也暗示是观察者面对空白镜头的神往。不是没有人，而是人远去了。正如“山回路转不见君，雪上空留马行处”、“孤帆远影碧空尽，唯见长江天际流”一样，空白越大，画外视觉持续的时间越长。三个层次的“反常”，正是三个层次的“合道”。这个“道”不是一般的道理，而是视听交替和画外视角的效果，这种手法，在唐诗中运用得很普遍（如钱起《省试湘灵鼓瑟》：曲终人不见，江上数峰青）。所以，这个“道”是渔人飘然而来，飘然而去，有“崖上无心云相逐”为之注解，这个“无心”之道，就是天人合一之“道”，前面的三个层次的反常，都合乎这个“无心”之道。

到了晚年，什克洛夫斯基看到片面强调陌生化，导致流派更迭过速，产生了先锋派文学中的各种弊端。他承认自己犯了错误。他说自己的 остранение（陌生化），少写了一个 н，多一个 н 的词 остранный（奇怪的），原意包含了童话中既奇怪又明朗的意味,而少了一个 н 的 остранение,就有点神经过敏,一味摆脱、躲开。确切的陌生化应该是多一个 н 的 остраннение,而在这个词里就没有少了一个 н 的 остранение 那样混乱了。① 不过,最彻底的反思是在七八十年代,他反复强调说:“放弃艺术中的情结,或是艺术中的思想意识,我们也就放弃了对形式的认识,放弃了认识的目的,放弃了通过感受去触摸世界的途径。”②“艺术的静止性,它的独立自主性,是我,维克多·什克洛夫斯基的错误。”③“我曾说过,艺术是超于情绪之外的,艺术中没有爱,艺术是纯形式,这是错误的。”④

在后现代思潮的大旗下,陌生化推进了西方文论的语言游戏,诗言志的庄严性完全被颠覆,在反讽旨意的掩盖下,人格被消解,个人精神的单人牢房成为时尚,种种光怪陆离的诗作层出不穷,据陈仲义先生归纳,至少有:戏拟、拼贴、博议、乖离、拆解、借代(顶替)、日记,等等。此外,还有表格等不一而足。⑤

当然所有这一切都是实验,也许是一些诗人的背水之战,他们力图在传统经典之外,寻找新的语言,其勇气不能不令人惊叹。诗歌从来都是语言艺术的先锋,但是,这样的探索,不是揭示了母语的新的基因,而是对母语的野蛮践踏,这种践踏的合法性,不是来自于诗,而是来自于西方先锋诗歌所谓能指与所指的游戏。

---

① 原文出自什克洛夫斯基:《散文理论》,百花文艺出版社 1994 年版,此处的阐释参考了苍耳《陌生化理论新探》的解释,中国戏剧出版社 2011 年版,第 34—35 页。

② [俄] 什克洛夫斯基:《弓弦——论似中之不似》,莫斯科,1970 年,第 12 页。

③ [俄] 什克洛夫斯基:《两卷集》,第一卷,莫斯科,1983 年,第 3 页。

④ [俄] 什克洛夫斯基:《散文理论》,莫斯科,1983 年,第 73 页。

⑤ 陈仲义:《扇形的展开》,浙江文艺出版社 2000 年版,第十五章,此文原载《中西诗歌》2003(2)。

当然，中国古典诗歌也有游戏之作，不过显示的是对语言把握的高度技巧，如苏轼、秦观等都有著名的回文诗，可以顺着读，也可以倒过来读，如苏轼的：

酡颜玉碗捧纤纤，乱点余花吐碧衫。歌咽水云凝静院，梦惊松雪落空岩。

倒过来读：

岩空落雪松惊梦，院静凝云水咽歌。衫碧吐花余点乱，纤纤捧碗玉颜酡。

虽然是游戏，但两者都是相当水平的诗，表现了作者对汉语词法、句法独立性的天才驾驭。这是印欧语系名词因性数格，动词随时态语态而变化所不可想象的。俄语光是名词就有六格，形容词因名词的性和格亦有六种变化。故语言的陌生化，产生于俄国有相当的必然性。

俄国形式主义文论中最要害的是，把诗仅仅当作语言，说得最明确的是日尔蒙斯基："诗的材料不是形象，不是激情，而是词。"①雅可布森说得更坚决："诗歌性表现在哪里呢？表现在词使人感觉到是词，而不是所指之对象的表示者，或者情绪的发作。"②全盘接受这种学说，可能被认为对传统的诗的抒情论的突破，何况还有德里达对康德的审美价值论的批判，将这种线性思

① ［苏］日尔蒙斯基：《诗学的任务》，托多罗夫编《俄国形式主义文论选》，方珊等译，三联书店 1989 年版，第 83 页。

② 参见《英美文艺学方法论》下卷，文化艺术出版社 1987 年版，第 530—531 页。

维奉为天书，盲目地追随，而看不出德里达的强词夺理。

很明显，陌生化就其理论来说，是比较粗疏的。将复杂的诗学，仅仅归结为语词一个因素来解释，这样的线性思维的幼稚性，不难一望而知，只要和传统的诗论发展核对一下也应该一目了然。中国诗论早已从单纯的诗缘情，发展到白居易所谓《致元九书》“根情、苗言、华声、实义”。① 叶燮在《原诗·内篇下》中则云：“幽渺以为理，想象以为事，惝恍以为情，方为理至事至情至之语。”我国在诗学上提出三分法：一是理，二是事，三是情。三者是分离的，唯一可以将之统一起来的，是一个新的范畴“想象”，正是这种“想象”的“事”把“幽渺”“惝恍”的（朦胧的）、不可感知的“情”变得生动。情与事的矛盾，情与理的矛盾，是要通过“想象”的途径来统一的。

什克洛夫斯基的谬误还在于隐含着悖论，它反对从心理角度来分析文学，但是，它的感觉陌生，感觉新异，感觉延长，本身就是属于心理功能。其次，“陌生化”，或者“奇特化”，被表述为“恢复对生活的感觉，为了感觉到事物，为了使石头变成石头”。但是，感觉是人的感觉，人的感觉是离不开人的心理、人的情志的。而情志的渗入，越是贴近主体的心灵，就越不可接近原生的客观性，诗之所以要想象，不是要与世界缩短距离，而是要扩大与世界的距离。故雪莱在《云雀颂》中，不是回到云雀，而是说，你从不是鸟禽，而是“欢乐的精灵”：

> Hail to thee, blithe Spirit!
> Bird thou never wert

---

① 四库全书子部，类书类，经济类编，卷五十四。

正如关汉卿在《单刀会》中让关公看那滔滔的江水：

(带云)这也不是江水,(唱)二十年流不尽的英雄血!

不是江水比之是江水,不是鸟禽比之是鸟禽,更有诗意,如果是回到客体,云雀就云雀,江水就是江水,就不成其为诗了。这就是清代诗话家吴乔所说的“形质俱变”,以扩大与客观的事物的距离来缩短与心灵的距离。故普希金歌颂大海时,并没有让大海回归大海,而是把它变异为“自由的元素”,这种变异是普遍的规律,而且是因人而异的,与客体拉开了距离,陌生化才可能是无限的。什克洛夫斯基的软肋就在这里,为了回避情感,留下了显而易见的漏洞。

他举月亮为例,说它本来有“测量器”等的意义,自动化却使之丧失了。这种表述很幼稚,就是恢复到“测量器”的感知上也并不就是诗,就算恢复了“月亮就是月亮”的感知,那也肯定不是诗(审美),而可能是科学的理性的真,例如,月亮是地球的卫星;也可能是实用的善,又如石头是建筑材料。这样的恢复一点诗意也没有。其实,光有一个词的陌生化联想,对于诗来说,是绝对不够的。诗意存在于词义与词义之间。俄语里的月亮(луна)和英语里的月亮同源(luna),本来都源自罗马神话,是月亮女神的名字。她看到一个美少年就爱上了,为了不让这个少年变老,就让他长睡不醒。每逢她经过就给他一个吻。这是有点疯狂的,故其形容词和名词 lunatic 就是疯狂的意思[莎士比亚在《仲夏夜之梦》中就把 lunatic(疯子)和诗人、情人并举]。但是,这是欧美语言的基因密码,要把它和中国的月亮基因结合起来,就要有基因转化的功夫。教条地把月亮当作疯狂意味,在汉语里,肯定没有诗意。余光中先生在《月光光》中,表现故土的乡愁,把它和中国的圆月结合起来,写出了“恐月症”(由于不得回归本土,而见到月亮就感到恐惧)和“恋月狂”(但是又对月亮怀着疯狂的爱恋)。把对圆月的“恐”和西方月神的“狂”凝聚在月的意象上,以两个自动化的联想构成一个陌生化的意象,完成了基因转化。

什克洛夫斯基在另一篇文章说,不仅是为了恢复对象的感知,而且是要抛弃事物对自动化了的“旧名字”,用比喻赋予对象以“新名字”:“使我们耳目为之一新。”①

但是,这种“新名字”的说法不但与他所说的回到事物本身(使石头成为石头),缩短与世界的距离相矛盾,而且很狭隘,诗意并不存在于单个的词语的修辞之中,而是存在于整体的呼应和互补中。这样的说法与中国古典诗艺是相悖的,除了运用典故以外,一般并不给予月亮以新名字,甚至也不依赖比喻,而千古流传的杰作比比皆是。

月亮早在《诗经》就是姣好的意象:“月出皎兮,佼人僚兮”(《诗经·国风·陈风·月出》),以月光临照天宇清净显示感情的纯洁。经过了千百年的审美积淀,在曹操的《短歌行》中,“明明如月,何时可掇?忧从中来,不可断绝”,是以月的无边透明,美化忧愁的无限。陶潜的“晨兴理荒秽,戴月荷锄归”,以月光临照写诗人之悠然,谢灵运的“明月照积雪,朔风劲且哀”,写月光之透明与雪色之洁白融为一体。让朔风劲吹其间,长驱直入,从质上,为这个纯净的宇宙定性为“哀”,从量上,显示充满天地的悲凉。到了唐代月亮意象符号演进为思乡的亲情,具备了公共性,诗人的才华并不表现在给月亮以新的命名。李白并没有废

① [苏]什克洛夫斯基:《故事和小说的结构》,托多罗夫编《俄国形式主义文论选》,方珊等译,三联书店1989年版,第19页。

除月亮这个旧名字,也没有用比喻来为月亮作新的命名,而是就在这个旧名字上突破了其公共意象的单一性,展开了情感冲击下的多样性。李白赋予月亮以自己的生命,改变了它作为观赏对象的潜在成规,月亮和李白不可羁勒的情感一样运动起来,静态的联想机制被突破了,随着李白的情感而变幻万千。当友人远谪边地,月光就化为他的友情形影不离地追随(我寄愁心与明月,随君直到夜郎西)。月亮可以带上他孤高的气质(万里浮云卷碧山,青天中道流孤月),也可以成为豪情的载体在功成名就时供他赏玩(一振高名满帝都,归时还弄峨眉月)。金樽对月意味着及时享受生命的欢乐(人生得意须尽欢,莫使金樽空对月)。对月可歌可赋,无月亦可起兴(独漉水中泥,水浊不见月。不见月尚可,水深行人没)。抱琴弄月,可借无弦之琴进入陶渊明的境界(抱琴时弄月,取意任无弦)。"明月出天山,沧茫云海间"中的月带着苍凉而悲壮的色调,"长安一片月,万户捣衣声,秋风吹不断,总是玉关情",思妇闺房的幽怨弥漫在万里长空之中,幽怨就变得浩大。对于李白来说,月不但可以"待"(浩歌待明月,曲尽已忘情),而且可以"邀",视之为自己孤独中的朋友(举杯邀明月,对影成三人),还可以当作有生命的对象来"问"的(青天有月来几时,我今停杯一问之)。但是这并不仅仅限于屈原式的对神话经典的质疑(白兔捣药秋复春,嫦娥孤栖与谁邻?),而且是对生命苦短的传统母题的反思和突破。不但可以咏歌之,"弄"(弹奏)之,甚至可以"揽"(欲上青天揽明月),使之交织着"逸"兴和"壮"思。月亮的名字还是旧的,并没有变化,其诗意却千古不朽。

从理论上说,我国古典诗论的诗酒文饭、无理而妙,比陌生化深邃多了,可是就在什克洛夫斯基对陌生化几乎已经宣布了它的死刑以后,直到21世纪初,我国仍然有数以千计的论文和著作以陌生化为无保留的大前提作完全盲目的演绎，而专论诗酒文饭、无理而妙者却寥寥无几。综观历史，不难发现，饥不择食地引进激活我国古典诗艺基因者屈指可数，将之遮蔽、淹没者比比皆是。

六

我国诗人的想象受到西方文论窒息太多了，但是，毕竟那些肤浅而片面的理论只能蒙蔽一般诗人，对于真正有才华、有深厚古典文学修养的诗人来说，误导是有限的。

郑敏显然不忍目睹为西方激进现代派所挟持的中国新诗的困境，也许还受到英国肯尼斯·克拉克"古典现代派"的鼓舞，行文之间，可能多少有点情绪化，几乎完全忽略了从五四新诗草创开始，即使在古典诗歌被宣判死刑的百年历程中，中国古典诗艺仍然未被西方诗歌话语霸权所完全扼杀，在新诗的许多经典性的杰作中仍然是活跃的。似乎是意识到了这一点，郑敏在四年后的《中国新诗八十年反思》中举出的俞平伯的《凄然》等有限的几首有中国古典诗歌的韵味，但是，应该说，是比较稚拙的。

其实，中国古典诗艺基因是十分强大的。百年来，每一西方流派的引进，中国古典诗艺都或多或少地渗透其间，当浪漫主义如急风暴雨般涌进时，最有才华的诗人仍然情不自禁地将浪漫的激情与中国古典意象结合起来。闻一多仅在《祈祷》一首诗中就用了尧舜、荆轲聂政、神农黄帝、九苞凤凰、大江黄河、孔子吊麟、庄周、淳于髡、东方朔的笑，成系统地反击了胡适所反对的用典的教条。最值得称道的是，郭沫若还创造了新时代的典故：凤凰涅槃。这本来是郭沫若的个人话语，可在百年的实践中，却成了全民话语。原因在于其思想和文化内涵的多种元素化合。这个形象来自古埃及的不死鸟 phoenix 五百年集香木而复活的传说。郭沫若将之译为凤和凰，然而 phoenix 是没有性别的。涅槃则来自印度佛家学说，含有圆寂、寂灭之意，并无烈火永生的意味。涅槃最后达到常、乐、我、净的最高境界，被郭沫若融汇为一种主客物我无差别的境界，表现荷兰斯宾诺莎泛神论的哲学。凤凰涅槃的意象将亚洲的佛学、非洲的传说、欧洲的哲学和中国的神话融为一体，既表现了五四时期毁灭旧世界、旧自我，创造新世界、新自我的狂风突进的精神，又具备了在烈火中永生的普遍象征性，从这个意义说，郭沫若的凤凰涅槃比之胡适更接近于庞德的意象中渗透着智性和情绪的定义。受象征派影响的戴望舒，有深厚的古典诗歌修养，他的《雨巷》，则将中国古典的意境与法国象征派的通感结合得天衣无缝，他写爱情，是用中国古典诗艺中的缠绵，代替了拜伦的狂热，至于受西方现代派影响最深的卞之琳，虽然曾经照葫芦画瓢写过晦涩的《距离的组织》："想独上高楼读一遍《罗马衰亡史》/忽有罗马灭亡星出现在报上。"其晦涩使绝大多数资深诗人学者都莫名其妙，后来他自己解释说，意思是，有几千光年外的陨星之光到达地球。用中国古典诗艺的"无理而妙"为准则，这样的诗，真是无理而不妙。但是，他也写出了《断章》中那样"你站在桥上看风景，/看风景人在楼上看你。/明月装饰了你的窗子"这样蕴含着古典意味的情境。

应该承认，将中国古典诗艺的传统基因现代化，百年来，在很大程度上是在下意识地进行着，但是，随着后现代解构主义带来的混乱严重化，中国古典诗歌可谓弃之如弊履。物极必反，否极泰来，许多沉溺、神往于拼贴和戏拟等文字游戏的诗人开始了向传统回归，将古典诗艺和现代派诗艺结合起来成为新的挑战。

在许多杰出的诗人那里,开始走向自觉。这一切被郑敏忽略了。

曾经为覃子豪痛斥的余光中,致力于古典意象的复活,表现其系列文化乡愁。如他的《月光光》一诗。就是写过《石室之死亡》那样欧化得令读者头痛的洛夫也写出了《边界望乡》。在超现实主义的构思中渗入古典意象,把邦国乡愁和超现实主义的手法水乳交融地结合起来。《边界望乡》成了经典之作。落马洲是香港最靠近大陆的地方,1949年,国民党残部流落落马洲,成为一个特殊群落,后来成了遥望大陆的景点。诗人一开头就取落马洲地名的联想引出传统的"勒马四顾",接着"望远镜中扩大数十倍的乡愁"是超现实的,而"一座远山迎面飞来"显然是暗用王安石"两山排闼送青来"的典故,而自己为乡愁而感到病了的原因则是因为禁止越界的石碑。"凋残的杜鹃"/"咯血",用了古典诗歌中"杜鹃啼血"的典故,《西厢记》中,张生"绿杨声里听杜宇(即杜鹃),一声声道:不如归去"。而"咯血"则为现代医学的术语。这就把乡愁心理的痛变成了生理的病,病因全在潜意识里杜鹃一声声"不如归去"中。从古典转向现代,在错综的语义中转化,洛夫花了很大的力气对古典诗意进行当代转化,力求在多重情志的错综交叉和叠加中构成一种奇崛、陌生而自然的风格。洛夫就这样,将中国古典意蕴与西方当代观念转化的。

在追求西方诗艺与中国古典诗艺在潜在层次中的密合方面,郑愁予表现得更为明显。他的《错误》写女性情思孤独的等待和落空,与古典诗歌的思妇主题一脉相承:"打江南走过",其意象与温庭筠的《望江南》相近,"江南"、"东风"、"柳絮"、"青石的街道"、"春帷"属于江南传统意象,但是又有对传统闺怨的现代突破。

传统的望江南是女士倚楼而眺望江帆,而"三月的春帷不揭”,女主人公不是在倚楼眺望,而是把窗户关起来,窗帘也不拉开。“过尽千帆皆不是”,失望了不知多少次,“斜晖脉脉水悠悠”,望得夕阳无情地暗淡下去,江水(时间)忍心白白流去。但是,郑愁予笔下的等待,则是根本不望了。春天节候则是“东风不来,三月的柳絮不飞”。传统之女性闺怨,尽写春色之美,而《错误》反其道而行之,尽写春色之无,可以说是“反春色”。这是抒情主人公的心灵景观。诗人接着说:“你底心如小小的寂寞的城”,整个的心都封闭了。对春天的美景就没有感受了。暗示等疲倦了,干脆就不等了。

从这里,可以看出两点:第一,其情感对客体景观想象之自由度极大地超越了古典诗歌;第二,对古典思妇母题的突破。

传统的闺怨属于女性的独白,而在《错误》里,却是男性对女性的告白。他不是江南游子或者荡子,而是一个策马而来的骑士。这里马蹄意象的功能,是很现代的:第一,江南水乡,行旅以舟船为主,鲜有骑马驰过小城石街者。第二,它对全诗的意脉有着严密的关锁功能,为最后写马蹄达达留下了伏笔,使全诗走向高潮,意脉顺畅自洽。第三,诗人写骑士,只写马蹄声,以打破女士寂寞之心城,其形象并未在女士眼前出现,只是以“马蹄”之声,令处于孤寂中之女士蓦然惊喜。这就提示了女士紧闭的窗、下垂的窗帷,仅仅是视觉的封闭,而听觉却分外警觉,在无望中未能抑制渺茫的希望。更精彩的是,马蹄声的定性:“我达达的马蹄是美丽的错误。”“达达”强调寂静中马蹄声响效果,效果不是物理的,而是心理的,说明听觉的敏感精致,而继之以“错误”,提示听觉在这短暂的时间里的迅起速落,意脉从兴奋到失落,诗人只写了一句,并无夸饰。“我不是归人,是个过客……”更为奇崛,催马而来的不是丈夫,于现实而言,是无价值,就情感的悸动而言,越是“错误”,越是有审美价值。更精彩之处还有:陌生

"过客",与女士毫无关系,何从洞悉窗帷垂落的闺中期待之殷?何能道出悲与喜瞬间微妙交替之情?自称不是"归人",但策马而过的军人姿态,却是女主人公心目中丈夫的形象:不是"归人",显系欲归而尚未能归之人。

诗共八行,最鲜活的生命在最后两句。古典诗中"过尽千帆皆不是,斜晖脉脉水悠悠",写女性的失落,是持续性的。而此诗前六行是失落、寂寞、无声的持续,而后两行则是从意外的兴奋到瞬间的失落,最后有删节号,则又回到持续性的失落。

为了这两句,用六句作了铺垫。首先,是从大自然环境上渲染,三月无春。其次,从居住环境上想象,窗户封闭。再次,从心理上说,感知封闭,凝聚为一种无声的寂寞的城。最后,最重要的是,青石街道上达达的马蹄之声,打破了封闭的寂寞。其精妙在于,不但是情绪起伏转换,而且是从视觉到听觉的转换。

诗中还有值得注意的西方诗歌的元素。

这就是声音效果贯穿首尾的构思。中国古典诗歌比较长于视觉景观,故情景交融历来成为共识,梅尧臣所说"状难写之景如在目前,含不尽之意见于言外",反复为诗话词话家所称引。本诗以听觉代替视觉作为贯穿全诗的意脉走向高潮,似有法国象征派五官交响的痕迹。

诗中的修辞,也是中国古典诗歌中罕见的。古典诗歌强调比兴,多如朱熹所言,"以彼物喻此物",以物比物,从具象到具象,间或以物比情,从具象表抽象,已属出格,如"自在轻花飞似梦,无边细雨湿如愁",然其潜在的成规乃是以大自然之景象比情,主客关联自然天成,情景交融,图景完整,故能称妙。而"你底心如小小的寂寞的城",以人工建筑比心,二者之间的联想中介只在封闭性上，这在汉语古典诗学修辞中极其罕见，而在欧美诗歌中则不鲜见。“美丽的错误”这样的修辞，也为古典诗歌中少有。“错误”在汉语中，为负面意涵，在诗人主体乃痛，可以作负面抒情，如陆游《钗头凤》：“东风恶，欢情薄，一怀愁绪，几年离索，错、错、错。”“美丽”则系褒义，两者直接相连，要达到和谐相当困难，然而在欧美却是属于修辞格中的矛盾修辞法（paradox），徐志摩的《莎扬娜拉》中“甜蜜的忧愁”颇为人称道，其实来自雪莱《西风颂》中之“sweet thoughin sadness”。只有具有相当欧美文学修养的人士在这方面才能得心应手。美丽的错误，表现为情感和修辞双重的精致的美，为这首诗的不朽增加了亮点。

郑敏的文章颇多偏颇，除了其他原因以外，跟她长于欧美诗歌，对中国古典诗歌修养不够系统、不够深厚有关，如在《中国新诗八十年反思》中论述对仗的概括功能时，举杜甫《梦李白》之“魂来枫林青，魂返关塞黑”为例，其实这是一首五言古诗，两个“魂”在对称的主语位置上，“魂来枫林青”五个平声，显然并不是对仗句。尽管有这样的硬伤，她的文章在唤醒国人恢复文化诗学的基因的自觉和自信的功绩，将会得到历史的肯定。关系文章的局限性还表现在仅仅唤醒恢复古典文化传统基因，而未进一步提出，要达到这一目的，必须对百年来如潮水般涌入的西方诗潮/诗论，对照着中国传统诗歌、诗论，进行分析批判，从而建构起独立于世界诗歌之林，无愧于唐诗、宋词的光荣的后裔的中国诗歌。

也许，为成熟的新诗艺术加冕，还需要一百年。

（原载《文艺争鸣》2017年第8期）

百年新诗：中西兼容与创新空间

［澳］庄伟杰

一

作为一种自域外（西方）引进的诗歌新品种，现代汉语新诗（或称自由体新诗）从内容到形式上，明显是对传统旧诗词的一种反叛和变异。这种以打破旧格律的束缚而创造自由的律动为形式的"革命"，无论在诗学思想、精神内容和表达方式上，都带给我们一种全新的感觉。在经历20世纪与整个世界精神的血液大循环之后，一代代的新诗人在历史与生存、命运与心灵等的冲击与洗礼下，沿着诗之大道，一往无前地走向今天。一个世纪过去了，汉语新诗在当下已有了长足的进展，甚至是脱胎换骨的巨变，尽管一路上留下了深浅不一的印痕，留下了辉煌也留下了遗憾。正因为如此，才留下了许多值得我们关注、思考和探索的诗学话题。然而，不可否定的事实是，诗人们庶几已进入了自主写作的状态。在新诗百年的流程中，经过时光的淘洗，其中的一些优秀之作，已成为一份民族文化的记忆和精神档案，或成为新诗的经典进入文学史的行列，即使和世界上一流诗人的作品相比较，也并不逊色。只是由于种种原因使然，我们尚未出现在整个世界具有重大影响的现代诗人。或许，这与西方强势文化的霸权笼罩有关，也与汉语诗人自身的创造性与想象力有待进一步提升有关。对此，我们既充满信心和希望，也生发出些许的忧思。

著名学者杨匡汉先生慨言:“一个民族没有诗是真实的大不幸。一个国家没有众多出色的诗人,是文化的灾难。”①作为一个泱泱的诗国,文学史上我们的确从来不缺诗人。只是诗歌进入今天的生活中,已失去固有的尊严和荣耀。尤其是连艺术和文化都越来越偏离本身属性,进入被物化的时代,摆在我们面前的困惑和问题就越来越多了。面对着诗意贫乏的年代,当代诗人往往敏于感知世俗生活的冷暖,更多的是随波逐流变幻姿态,缺乏应有的坚守与耐心,甚至被数字化、复制化、网络化、游戏化的汪洋大海所包围,于是原创力被消解、个性化被削弱的可能性,一如生命的激情和活力成了一种减法。

我这样说,有人也许会指责,这是杞人忧天,是耸人听闻。现在诗坛不是很热闹吗? 甚至会以数字来证实,“有人统计,目前国内官方和民间的诗歌刊物约有170种,每年出版的诗集约有500部,各类刊物上发表的诗作约有100万首,还不包括网络上发表的。旧体诗词创作也很活跃,据说国内有上百万诗作者,诗坛的确呈现着‘既寂寞又繁荣’的景象”。② 遗憾的是,作品铺天盖地,精品寥若晨星。对这种表面繁华的态势加以把脉,就会发现其中存在着明显的症状:或以为自由诗在于“自由”,于是随涂乱抹,油腔滑调,既无精炼之语言又乏精彩之诗意,既无精致之结构又缺精妙之格调;或只停留于技术层面玩弄技巧,自我复制,老调重弹,欠缺以大道作为底色,没有精神上成人;或沦为虚假写作和表面化涂鸦,缺少清明健旺的生命气息,成为没有灵魂的写作,根本无法给人感动与震撼;或顺从强势话语,为迎合而写,为刺激而作,境界和品位低俗,难见丝毫情调和价值,显得粗

① 杨匡汉:《渔阳三叠》,中国电影出版社2001年版,第130页。
② 胡平:《期待从量的规模走向全面繁荣——当前文学发展之我见》,《文艺报》2010年6月9日。

鄙而平庸。一句话,真正有思想能力和文体意识的诗人实在是凤毛麟角,而语言天赋甚为敏感和高明的诗人倒是不少。

如果说,物化的机械和电子产品几乎是千篇一律的话,那么,大自然的万物应是最有个性的。其实,当社会越是趋向物化时,人就越是需要倾听本真的、自然的、充满个性的声音,用以抚慰精神、安顿灵魂,使人不至于迷失本性。相对于其他文学品种,诗歌似乎更讲究动人心魄的力量,更注重对于世道人心的理解,诗人唯有不断地发出清新而睿智的独特心声。当我们置身于全球化时代,当"快速"一再逼得我们在现实中气喘吁吁,不可否定,先进的物质的确为我们带来了方便和进步,但再强大的物力也无法成为人类生命的全部证据。只要人类存在、人心活着,包括诗歌在内的一切文化精神活动,都将与我们同呼吸共生存。文学虽然面临危机,但不会死亡,也不可能死亡。作为一个诗歌写作者,依然可以从中找到信心和存在的力量。我们不必过于乐观,也无须唉声叹气。

二

经过时间的验证,现代汉语新诗的诞生和发展,总是离不开对西方诗歌(文化)资源的借鉴和吸收。正是异质文化的冲击,中西文化的碰撞与交融,才打破了自身历史积淀形成的各种惯性和局囿,这种"拿来主义"(鲁迅语)恰恰为我们(文化)带来了生机和活力,从而构筑了理想的文化自我。诗歌作为一种文化形态更是不言而喻。尽管处于近现代转型期的梁启超、黄遵宪等人所倡导的"诗界革命",在强调新意境、新语句、古风格时,因西方名词的介入而难免有隔膜之感。然而,汉语新诗如以胡适于 1917 年在《新青年》发表的白话诗八首算起,就足以表明新诗自诞生之日起，便与西方（诗歌）文化产生了千丝万缕的关系。胡适的《尝试集》即以白话文书写，在古诗词处于疲软乏力的关键时刻，堪称为汉语诗坛带来了新的契机和希望。

诚然，作为新诗的先驱者和开拓者，胡适等诗人的重要贡献在于通过向外国诗歌借鉴，以白话文取代文言文，即打破了语言与形式（格律）的束缚。至于新诗现代性的建设和多样化的拓展，则由之后涌现的诗人们一步步地加以呈现。但无论怎样，现代新诗始终都在中西文化的冲突中，在现代与传统的碰撞中或扬弃与吸收，或继承与思考着。或者说，新诗在路上始终处于求变求异的流动状态之中：从五四新文化运动以来的普遍受益于欧风美雨的浸润和催化，到之后各个时期不断裂变乃至再后来的脱胎换骨，最终实现了创造性转化，成为了具有现代意识的中国新诗。我们从中可以寻找到相互对应的链条，譬如，冰心专注于爱的小诗之于文学大师泰戈尔，代表五四狂飙激进精神的郭沫若之于浪漫主义大师惠特曼，象征派诗人李金发之于法国前期象征主义，新月派鼻祖徐志摩之于浪漫派大诗人华兹华斯、济慈，现代派代表诗人戴望舒之于法国后期象征派魏尔伦、果尔蒙，卞之琳之于后期象征主义瓦雷里、叶芝，冯至之于现代主义的里尔克，艾青之于比利时诗人凡尔哈仑及法国文学与西方绘画；20 世纪 40 年代之后，“中国新诗”派（又称“九叶诗派”）之于后期象征派和现代派的艾略特、里尔克、奥登；直至 80 年代之初，北岛、舒婷、顾城、杨炼等为代表的“朦胧诗”的崛起之于西方现代文学流派和诗潮的影响，乃至 90 年代诗歌受到西方诗歌的滋养，等等，无不从正面或侧面表明了中西兼容不仅促进了多种新诗流派的初步形成，而且带来了审美意识的自主性。毋庸讳言，现代汉语新诗就是在西方诗歌的影响下产生的，并在新诗的延展流程中始终起到关键性的作用。但由于这种影响被迫中断过，才导致了五六十年代新诗的式微。

回眸或巡视台港澳及海外华文诗歌的历史流程和审美流向，我们同样可以觉察到中西兼容在诗的方式、旨趣和美学上的操作所带来的特色和意义。例如，台湾诗坛曾于20世纪50年代初期出现过一场“现代诗”运动，并持续推向六七十年代。它明显地受到欧美现代主义各流派艺术的影响，同时也是对之前（30年代）戴望舒为主的“现代派”的一种历史回应。纪弦主编的《现代诗》，覃子豪和余光中主编的《蓝星》，洛夫、张默、痖弦主编的《创世纪》诗刊等相继问世，皆为各种新形式新风格的探索实验提供了自由展示的平台。可以说，在台湾新诗坛上，从最初提出的“新诗现代化”所体现的严肃的破旧创新和绝对的开放理念，为一度僵硬的新诗现状输入了创造活力，到之后建构“中国现代诗”的美学设想，都在不断寻找新的诗学和文化的生长点，探求实现对现代主义与古典诗学的双重超越，重构了审美人生为轴心的诗学与文化的新思路。即便是以强调本土色彩的笠诗社及其《笠》诗刊，倡导“明朗、健康、中国”之诗风的《葡萄园》，也或多或少地受到外来文化的影响，“在传统与现代、现实与超越现实的互相对峙、并行和融通中，向着多元的方向发展”。① 至于“新世代”诗人们带有实验性、颠覆性、表演性的诗歌写作和无序结构，在承袭与开拓、放纵与实验、怀疑与拆解、冲突与融汇中所形成的多元多姿的新世代话语，同样徘徊于中西文化之间，或以现代和后现代的双重性格和面貌呈现……

反观素有“东方之珠”美誉的香港，由于独特的文化环境和特定的历史际遇，无论在文化生态还是政治生态上，都表明它是

① 洪子诚、刘登翰：《中国当代新诗史》（修订版），北京大学出版社2005年版，第342页。

一个多元包容的社会。这个曾被人误读为“文化沙漠”的现代大都市,其文化本身却是多元的,可谓中西交杂,五彩纷呈。这在某种程度上为香港文学(诗歌)带来了一个相对宽松自由的伸展空间。尤其是文化的多元存在和西方文化语境的背景因素,使得20世纪后半期以来,香港文学在大陆尚处于文化封闭状态时,已广泛地接触了外来文化。因此,无论是从吸收与借鉴,还是传统与现代的转换中,香港的本土诗人置身其中,不仅受到西方现代文学思潮的冲击,而且较多地表现出对现代主义诗歌艺术的钟爱和探索。特别是在表现香港的都市经验中,形成了自身多样化的诗歌特色和富有动感的诗意空间,从而构成了香港诗歌的异质性和丰富性。

从汉语新诗的文化版图上,可以看出,置身于不同的境遇中,其文化氛围及形成的气场不尽相同。但作为同一整体的华文诗歌,是以汉语为载体的,既古典又现代、既承续又有所拓展、既是母性的又以多重性的新诗建设为本体,因此,从整体格局来看,“外来影响的吸收与转化,也大致随着时间的推移而渐渐深入,从表面上的话语借用、技法吸纳,到与传统和现实需求结合,经历了一个持续不断的‘现代化’进程”。[①] 进一步说,置身于中国现代主义诗歌潮流中的诗人,是在西方现代派的影响下产生的,但以中国广阔的现实场景为依托,把异质文化和东西方诗艺在对应原则下,加以吸纳并熔铸成新的生命机体,从而形成了具有中国现代意识的新诗潮。应该说,这类诗歌从外在看似洋气得很,内质却很中国。洋气给予诗人们视野与角度,内质则赋予其精神和气息。例如艾青,他总是带着自由的向往加上他的流

---

① 马永波:《九叶诗派与西方现代主义》,东方出版中心2010年版,第4页。

浪尤其是忧患意识，在寻找中逐渐建构了一种东西诗艺融合的、富有中国现代意识的诗歌艺术形式，并结合自己的创作实践和体尝，生动而独特地催生了一种现代新诗审美原则。① 我们从戴望舒为代表的新诗“现代派”中也可发现，在他们自身发展与嬗变的过程中，同样经历了对西方文学艺术养分和中国古典诗歌传统的双重吸收和融化，自觉地建构和更新自己的审美追求和抒情方式。由此可见，现代汉语新诗的产生和发展，均伴随着整个新文学的现代化的进程。“一种是表现现代人情感的现代诗歌，包括‘五四’以来产生的新诗和旧体诗，它们容纳了各种艺术表现方法；另一种，是指在西方象征主义和现代主义的各种诗潮影响之下产生的作为一个潮流而存在的中国新诗。”②无论是早期郭沫若以激情喷发的方式创造的浪漫“女神”，还是冰心式美丽的忧伤，都以审美意识的主体性，从正面或侧面传达了五四时代的自由空气，也促进了多种新诗流派的初步形成。尔后，明显的是以艾青、戴望舒等为代表的受西方象征派和现代派各种诗潮影响，并与中国传统诗的艺术吸收之间的转化融合为主导的属于中国特色的现代诗的审美取向；还有以臧克家、田间等为代表的属于从闻一多之后，在中国古典诗歌和民族大众化为基础而形成的新诗路向，这是迥然有异的两种不同审美艺术准则和追求。对于台港及海外华文诗歌的写作路向和审美追求，我们同样可以从整体的观照中“变历史的断裂为诗学的汇通，变地区的切割为时空的共享”（杨匡汉语）。但不管是哪种类型和路向，“天意君须会，人间要好诗”。从某种意义上说，只要写出的文本

---

① 庄伟杰：《论艾青之所以是艾青》，《缪斯的别墅》，国际华文出版社 2002 年版，第 175 页。

② 孙玉石：《中国现代主义诗潮史论》，北京大学出版社 1999 年版，第 8 页。

是坚实、深刻、厚重的，足以撼动人心，让人从诗者灵感的结晶体里欣赏到一种沉思生命、渴求美善的力度，获得一种抱诗篇而生欣悦，且具有心灵本真性、审美现代性、文化主体性的意味，都应该称得上是好诗。

毋需置疑，好诗自有一定的标准。正如一切学问可以有精粗之分，有高下之别，有真假之异，但无论如何没有中西之分，也没有谁战胜谁的问题，谁先进就学谁的。“不论是人文科学、社会科学或者是自然科学，都不归于某一个民族垄断，不归于某一个国家垄断，甚至于最机密、最保密的科学。”①如果这种说法有其说服力的话，我敢断言，诗歌亦然。具体地说，好的诗歌是有精粗高下之分而无中西之别的。因为一切优秀的诗歌都是人类社会的精神财富，它本身是超越种族、国家和阶级的，其艺术与思想是超越国界的，使人类可以在不同时空共享。当然，作为一个有种族身份的诗人，他的诗歌首先是属于个人的、民族的声音，而后才属于全世界。因此，中西兼容与互动融合的现代汉语新诗，其存在的特色和意义是不言而喻的。

三

作为“所有富有想象力和感情文学的精华所在”（哈代语），新诗之于古典（旧体）诗词的优越性，在于它拥有更为自由的想象空间、表现空间、语言空间和文化空间。基于当下新诗面临的挑战和困惑，尤其在全球化的时代，在文化与艺术被物化的年代，在大众化和娱乐挤压的当下，重提新诗的创新显得十分

① 何兆武：《中学西学之争下的近代化道路》，《光明观察》2007年4月3日。

必要。

所谓诗歌的创新，应是诗人在以诗歌为形式审视和表现主客体世界时，所实现的无论是内容与形式，还是境界与风格等的开拓性突破及扬弃性超越。这是一项多变复杂、立体交叉的巨大工程。然而，唯有创新才能发展，这是硬道理。百年汉语新诗的再出发依然任重道远，其创新的立足点应体现在四度空间。这里，笔者不妨略陈一孔之见，以求教于海内外同行方家。

一是想象空间：以诗意品格的独特建构，深化诗的内在审美机制，呈现出在当今时代所能达到的最高想象力。纵览现代新诗走过的历史流程，我们发觉，汉语新诗的诗美建构多以感知、抒情、寓理、象征、比喻、暗示、整合等各类诗意品格共同催化而形成的。比如感知品格作为一种心灵图景与艺术样式呈示出来，始终诱惑着成千上万真善美的追求者沉浸其间。所谓感知品格，意指描摹再现客观事物在诗人头脑中的直接映象的一种诗意品格。新诗的感知品格从五四初始的质直单纯到1930年的深化变异，再到1940年的宏阔繁复的展现，固然以其鲜活的新质和强烈的“真”性，与古典诗歌形成截然不同的质地，并将诗与现实人生、时代社会紧密相连，但这种质直单纯的感知型诗意品格，也有其负面的缺失，即过于一味求真求实的诗学观，表现在具体写作实践中，常常带来了重白描而轻比兴，重写实而轻象征，滞留于事实本身，拘泥于具象描述，忽视了艺术想象力在诗歌中的重要作用。因为诗意的意义首先指向的是无限的想象力。爱因斯坦如是说：“想象力比知识更重要，因为知识是有限的，而想象力概括着世界的一切，推动着进步，并且是知识进化的源泉。”现代诗人梁宗岱在《谈诗》中认为：“宗教家贬黜想象，逃避形相；哲学家蔑视想象，静观形相；诗人却纵任想象，醉心形相，要将宇宙间的千红万紫，渲染出他那把真善美都融作一片的创造来。”①可见,诗歌作为生命(体验)的书写,并非仅仅停留于生活事实本身,新诗的超越性气质是生命的气质,其文本内容应超越于个人的、民族的、国家的和具体的时空间。假如说我们平常所指的诗意人生中的“诗意”,是指一种超脱于现实人生的高雅情调,那么,诗中的诗意,应是通过诗歌文本律动并令人感受到超越于现实世界的精神满足所带来的美感,它以一种自由的方式呈现,是超脱于物质和现实束缚之后的心灵需要。因此,诗歌高贵而美好的气质如同阳光一样温暖人心,又如月光一样宁静祥和,总是牵引着人们走向美好或沉思。中外举凡杰出的诗歌作品,几乎皆以具有精神辐射的想象力来营造独特的诗意空间,让人根据自身的经历和人生的体验切入,获取再造想象的可能。当我们打开那些至今流传的诗歌经典,沐浴在其奥妙之中,常常会欲罢不能或顿生莫名的欢愉、感动和美,都表明诗意品格的建构有其独特的艺术魅力和生命形式,那就是它呈现的无可言说的状态和无限的想象力。

记得有论者道,自由的想象力与象征性的语言精灵是诗意的两张翅膀,而深邃的思想是诗歌的诗意栖身的礼拜堂,美好的抒情则是诗意云卷云舒的天空。可见,诗意的拓展和建构是通过不同的方式与途径来完成的。然而,真正的诗意品格,是与那些无节制的虚空高蹈的纵欲式诗歌、以语言狂欢取代意义追寻的游戏式诗歌、消解心灵深度或平涂乱抹的空心式诗歌无缘的。作为“有意味”的艺术形式,诗歌只有不断地深化内在的审美机制,以诗意品格的独特建构和呈现,对生存真实的质疑和对生命价值的叩问,并融入诗人自身带有创造性的灵视和运思,在不同程度上去改变人类的思维方式和价值观念,才有资格代表一个

① 梁宗岱:《诗与真·诗与真二集》,外国文学出版社 1984 年版,第 92 页。

民族在自己所处的时代所能达到的最高的想象力，让远近诸邦都能倾听到一个民族发出的声音。

二是表现空间：在自由与秩序之间穿行，构筑属于自己的卓越的艺术天地，深刻传达出一个时代最生动最本质的思想情绪。诗歌是自由的精灵，诗歌的生命话语包含着思想情感的逻辑。诗人生存于现实和大地上，其情状和情绪总是烙上特定时代与现实境遇的印痕，写什么、怎样写或为何而写，这与诗人的自主性有关。在自由与秩序之间穿行的现代新诗，其传达方式是一种复杂化的艺术审美活动。对于华文诗歌而言，时空在诗中常常出现主体的感应与艺术的转换，换言之，华文诗歌既是一种时间艺术也是一种空间艺术。因而，自由体新诗自有其作为艺术的特质和美学原则。无论是自然万物、个人情感、日常生活、现实经验乃至宏大题材，它们作为一种素材，只有经过转化和变异之后，才能凝聚成艺术符号。这些都与诗人所形成的学养和见识缠绕在一起。没有深厚的见识就等于没有独到的眼力，正如一个不能深刻了解中国诗歌史的流变或创新过程的诗人，必然如在夜里前行却找不到路向。

综观中外每一位称得上大师级的诗人作家，除了具备作为诗人的天赋、禀性和才情外，大多是经纶满腹，胸罗万卷诗书。或有深邃的文化学养，或具穿透古今的学识，或备广博超凡的见识。他们当中或为大学者，或为哲学家、艺术家、翻译家、史学家、甚至政治家，或多才多艺具有多面手，致使他们传世的诗篇成为经典而彪炳千秋。中国古代的屈原、曹操、李白、苏轼、黄庭坚直至现当代的鲁迅、郭沫若、闻一多、徐志摩、艾青、冯至、卞之琳、穆旦、余光中、洛夫、郑愁予等是这样，外国的歌德、莎士比亚、普希金、惠特曼、桑德堡、泰戈尔等亦然。透过他们富有哲学思想穿透力的情思激荡，无不以“识”建筑了他们的心灵语言，并建构了属于自己的成熟的思想艺术天地。一个诗人,胸无点墨,何来胸怀的开弘旷荡,何以知晓大千人事风物中的晴晦动静、虚实开阖,而"秉阴阳之气象,吐纳风云之气息"的可喜可愕,一寓于诗呢?严羽在《沧浪词话》中说:"夫诗有别材,非关书也,诗有别趣,非关理也。然非多读书,多穷理,则不能极尽至。"诗固然不是知识的堆砌、道理的缜密和苦思冥想,而是被"诗"染化过的情感独白。一方面,情绪、情性与情趣不是可触物,是看不见摸不着的,然确实是诗臻于妙境的标志。是故,诗人须有情感的心理储备;另一方面,不多读书,知识结构必然老化,而情绪闸门的收放,没有"识"的积蓄,其情感便难依附着物,会显得贫弱、缺血、干涩无味。其实,广博的"识"能使人心胸开阔、广拓视野。而胸襟的大小,不仅有基因的元素,更有来自后天的知识力量。当我们认真凝视那些大诗人大文学家的心路历程,就会发现没有一个能逃脱前人的影响,他们的卓越并非是轻蔑前人留下的知识和经验,而在于响亮地在承续之中适时地提出问题或加以扬弃,驱使自己不断地爆发出创新的能力,即在继承既有的传统中不断注入新的因子,开辟新的意域,拓展新的可能性。唯其如此,才有可能构建属于自己的成熟的思想艺术新天地,深刻而高度地传达出一个时代最生动最本质的情绪。

三是语言空间:通过对诗美与历史价值的担当,创造出一种独特的言说方式,直抵个体灵魂、终极关怀和人类精神脉搏。如果说真正意义上的所谓诗学是有着诗歌与诗美这两个概念的区分,那么,诗歌作为复杂的文化现象是一种客观存在,而诗美是相对于诗歌现象而言,更侧重于主体的审美判断。为了满足人们的"求知"、"审美"、"交流"这三大精神需要,诗既可以认识世界、又能唤起人的良知,或者让人与人彼此间的心灵获得沟通,并赋予情感上的愉悦等。可见诗本身是由多种价值、多重意识灵动聚合的有生命的美感载体。诗歌因美而愉悦,因诗人而高贵,诗人因诗歌而生动而骄傲。因此,美是一种向度、一种气息、一种格调。作为一种独特的言说方式,诗歌的语言是思想的折光、心灵的舞蹈、生命的律动。那是诗性语言对于诗性生命的呈现,是生命中最强烈、最灵动、最智慧的东西保留在语言与韵律之中。程式化、计量化及粗俗化的语言是对诗歌的亵渎与破坏,重复式、图解式、滥调式的语言是诗歌最大的天敌。西方结构主义语言学的“所指”与“能指”、海明威的“冰山”说、拉康的“符号滑动”,在某种意义上与中国诗学在语言上讲究的张力、弹性、多义、隐喻等在美感的深层方面有其相通之处。针对目前诗坛上依旧存在的“套话”、“假话”、“胡话”、“大白话”、“口水诗”、“羊羔体”等现象,如何寻求创作主体真正的生命感觉,寻找通往鲜活、新颖、凝练、精粹、澄明、干净和富有节奏感的心灵语言,是纯化诗歌本身的一种理想而有效的途径。因为,在诗歌中语言已不仅仅是载“道”的工具,也并非单纯是传递某种思想情感的媒体,而是化为诗人的生命形式。所以诗的阐释尽在诗里,但诗的意义只在诗的创造与阅读共融的世界里。对于读者而言,既需要诗的语词撼动自己,更需要诗的意义启迪自己。一首真正优秀的诗,应具有精神让诗美更高地飞翔,令人体味到诗歌对于人生的感应,促动诗歌语言产生一种新的润滑体。这并非简单的对生活近距离融入,而是历史纵深发展与生活场景的融合,是在拓展和延伸中的诗歌自身的需求,这可视为诗歌在历史语境中的一种态度。如是,当代汉语诗歌才有可能在辉煌的古诗文明之后,改写并架构属于自己成熟的思想艺术领地和更为辽阔的境界,为文化史和更广泛的群体所接纳。

一个用母语书写的诗人,如果他对自己的文化有足够的信心,即便在借鉴外来的文化资源时,根本犯不着担心会失去自身的中国文化特点。只有内在虚弱、自卑、盲从的人才会有此种担忧。值得庆幸的是，一批诗人在自觉地从历史的大进程和真遗产中汲取营养，意识到只有参与到全球化的进程尤其是历史的行程中才能完成自我艺术创造，以诗美的方式和对历史价值的承担构筑自己的世界，让目光穿过喧嚣与缭乱，依然执著地仰望精神星空，不断实施着思想的攀援与观念的创新，打开诗美的视野，走向多元创造的诗之大道。

四是文化空间：以开放的民族主义立场和姿态，整合各种文化资源，充分表现出一个民族最富有活力的呼吸。诗，本身是人文或启蒙的同义词。它能唤起我们对自然、文明和生存的热爱，唤起文化根源的认同。人类区别于一般动物的最大特点是因为人类会创造文明，而文明最重要的象征就是语言文字。诗歌作为最语言艺术的一种文化形态，不仅传承着一个民族的文化记忆，而且让我们可以实现一种穿越历史时空、一种文明洗礼的可能。在中华民族的历史上，诗是一切文学艺术的核心本质。诗的精神、诗的教养，是中华文化传统的一个重要特点。我们没有像西方人具有普遍的宗教信仰，也没有一部《圣经》作为宗教经典可以捧为圭臬。但我们有一部《诗经》，可以说，中国人视诗如同宗教信仰。对此，现代著名作家林语堂在《中国人》一书中指出："诗歌教会了中国人一种生活观念，通过谚语的诗卷深切地渗入社会，给予他们一种悲天悯人的意识，使他们对大自然寄予无限的深情，并用一种艺术的眼光来看待人生。诗歌通过对大自然的感情，医治人们心灵的创痛；诗歌通过享受简朴生活的教育，为中国文明保持了圣洁的理想。"①这种诗学精神直接来自于

① 林语堂：《中国人》，郝志东、沈益洪译，学林出版社 2001 年版，第 240 页。

中国传统文化中的儒道思想,体现了中国文化一以贯之的宁静而恬淡的品格趣味。可见,缺乏民族文化性格力量的作品,就等于缺乏精神指向也缺少厚重的诗情。无论是屈原九歌天问式的上下求索、李白浪漫浩歌式的抒发、杜甫悲天悯人式的咏叹、苏轼旷世达观的襟怀,还是但丁《神曲》般的幽鸣绝唱、歌德哲思型的大智大慧、波特莱尔忧郁长歌的幻美、惠特曼雄浑放达的歌唱、金斯堡穿行天地间的嚎叫,抑或是中外现当代诸多杰出诗人唱出的心声,其诗歌背后不仅站立着一个自我独立的人格,而且隐约传达和凸现出自身民族文化的气质。因此,对于用母语书写的诗人来说,置身于交流日益频繁的"地球村"时代及全球化的今天,要真正提升诗的品位和价值,唯有以开放的民族主义立场和姿态,善于把人类的全部文化遗产作为我们的传统,把各种不同文化资源作为矿产加以挖掘、开发和整合,以跨文化的视野、独创性的思维和世界性的眼光,去重新审视曾经被我们忽视或忽略的东西,即对人类的精神世界进行思考和重建。

不可否认的事实是,无论在中国还是西方的当代诗坛上,能与前面所列举的大诗人相媲美的,并且满足我们期待视野的诗人,似乎相当有限。譬如,当下汉语诗歌,小精品固然不少,开创性的大作甚为罕见。究其原因,我以为不在诗歌本身,而在思想文化根源上。可以说,在文化与艺术走向物化的年代,思想文化危机远甚于自然生态及经济危机,但诗人们却缺乏锥心之痛,更多的诗人往往未能深切地感受到在当今时代,诗歌的真正出路在于诗人自身必须具有深厚的文化积淀、开阔的精神视野、中西合璧的文化结构,才有可能产生对于诗的发现和创新。当下诗歌固然以汉语进行思考和表达,但随着地方性的全球性的转型、对话和交流,要让诗歌充分表现出一个民族最富有活力的呼吸,就需要诗人具备新鲜的审美发现和独特表现,同时选择一种多元并置的诗歌认同，以海纳百川的文化姿态，在尊重具体的差异性和独特性的前提下，臻达于汉语诗歌的历史化、语境化和多样化。唯其如此，才有可能伸张精神维度、唤醒内在激情、挺举语言魅力、强化再生能力，让诗歌文体在获得创造性转化和艺术自觉之后，重拾往日的辉煌和营造自身领异标新的文化（艺术）空间。

原载香港《文学评论》2017 年 4 月总第 49 期

当代新诗经典化问题及其他

谭五昌

进入21世纪以来,诗歌写作呈现出极其活跃的态势乃至某种繁荣迹象,随着中国社会多元文化格局的日渐生成与定型,有利于诗歌写作的外部及内部环境变得日益宽松起来,诗歌写作在语言风格、表现手法、题材取向、美学形态等方面所呈现出来的极端丰富性与驳杂性,是近二十年来的中国新诗所罕见的。从语言角度来看,"书面语写作"、"口语写作"以及兼有两者特点的"书面语"加"口语"的"复合型写作"并行不悖,持各种语言写作向度的诗人人数众多,蔚为大观。同时,在"书面语写作"内部又可以分成三种写作向度:第一种可以名之曰"学院化写作"(它通常被指称为"知识分子写作")。王家新、欧阳江河、西川、臧棣、马永波、肖开愚、孙文波、西渡、张曙光、陈东东、桑克、姜涛、冷霜、蔡天新、戴潍娜等诗人通常被指认为"学院化写作"或"知识分子写作"的代表性人物。第二种可以名之曰"神性写作"或"宗教化写作"。吉狄马加、大解、寒烟、蓝蓝、李南、谭延桐、姚辉、刘以林、阿信、阳飏、扎西才让、曹有云、徐柏坚、王琪、黄礼孩、世宾、南鸥、鲁娟、徐俊国、李东海、绿野、堆雪、曹谁等诗人具代表性。第三种写作向度可以名之为"生命写作",它以人性的尺度追求生命真实、纯粹的体验。在持"生命写作"倾向的庞大诗人群体中,树才、娜夜、潇潇、陈先发、梁平、李少君、姜念光、龚学敏、周庆荣、杨志学、夏花、刘春、唐诗、卡西、胡茗茗、玉上烟、吴昕孺、荣荣、马莉、代薇、庄伟杰、李轻松、祁人、雁西、远岸、四月、阎志、干天全、陈小平、梁雪波、刘亚丽、金所军、张琳、彭志强、洪烛等诗人较具代表性。

与“书面语写作”相比，“口语写作”作为一种新的写作向度，它在对“语感”的营造上颇为用功。于坚、严力、伊沙、徐江、侯马、中岛、马铃薯兄弟、唐欣、赵丽华、沈浩波、宋晓贤、巫昂、刘川、李皓、西娃、胡建文、冰峰、刘福君、花枪、陈琦、伍迁、杨罡、李强、阿斐、张二棍等一大批诗人在“口语写作”方面有着出色或较为出色的表现。

此外，“书面语”加“口语”的“复合型写作”由于综合了“书面语写作”和“口语写作”所具有的艺术优势，因而持这一写作倾向的诗人在数量上更为可观，难以计数。其中，陆健、莫非、杨克、黄亚洲、吕约、田禾、车延高、高凯、朵渔、姚风、晓音、周瑟瑟、阿毛、安琪、大卫、向以鲜、凸凹、唐诗、韩庆成、大枪、姚江平、李永才、吴海歌、郑小琼、楚天舒、杨廷成、况璃、赵晓梦、徐慢、花语、谭克修、谭畅、唐成茂、欧阳白、郭思思、马牛羊、刘旭锋、邓涛、马慧聪、周占林等众多“复合型写作”的诗人都在近些年的诗歌写作中努力追求洒脱自由的创造力。

上述三种写作倾向形成了一种既相对立、疏离又互补互渗的复杂情势，多元化的诗歌写作格局得以最终确立，此外，新世纪以来诸多的“诗坛论争”及“诗歌流派运动”现象也是当下诗坛繁荣迹象的体现。其中，“70后”诗歌运动、“中间代”诗歌运动、“80后”诗歌运动、“低诗歌”运动等是颇具代表性的“诗歌流派运动”现象。与此同时，新世纪十年来颇令诗界瞩目的“民间诗刊热”以及“网络诗歌热”现象也是当下诗歌写作活跃态势的有力表征。

与新世纪以来活跃的诗歌写作态势形成有趣对比的现象是，当下为人们（无论是专业读者还是业余读者）所广泛认同的经典性诗歌作品却是寥寥无几，甚至是近乎一片空白，这种新诗作品经典化程度的严重匮乏与不足现象，表明了新诗评价标准在当下的严重缺失与混乱。但是，新诗的经典化又是一个体现当代新诗创作成就最为有效的评估性工作。我个人认为，新诗经典化的问题是伴随着新诗的发生发展历史而自然展开的一个艺术问题，因为在一般意义上，这是对新诗的创作成就所进行的阶段性或整体性的总结，其重大意义是不言而喻的。自 20 世纪 50 年代以来，随着中国社会的剧烈转型，新诗经典化的问题更成为时代敏感的神经，受到了人们相当程度的关注，不仅诗人内部对此问题相当重视，文艺界领导对此问题更是极为关注，因为新诗经典化的问题在很大程度上主导着中国新诗的进程。一般说来，新诗经典化的确是个艺术问题，但其实又不完全是个艺术问题，很多时候，所谓的新诗经典其内部充满了许多附加性的意识形态（宽泛意义上）的成分，换句话说，新诗经典化并不是个“纯粹”的艺术问题，它也是一种审美意识形态权力话语。就当代诗歌 60 多年（从 1949 年算起迄今为止）的时间范围来看，在某一具体时段，什么样类型的诗歌成为经典或进入经典的行列，几乎都是变动不居的。比如，在 20 世纪 50 至 70 年代，能够成为经典或进入经典行列的诗歌整体上可以被归入泛政治抒情诗的大范畴，无论是贺敬之、郭小川所创作的在当时被普遍视为典范性的“政治抒情诗”，还是以闻捷、李季为代表的“生活抒情诗”，实际上都是政治标准对艺术标准的凌驾于统制，但这些诗歌类型在当时都被当作诗歌的主流加以张扬，构建起了“当代诗歌”的权威秩序。作为另一个具有说服力的现象，当时对现代文学 30 年阶段（1917—1949）的新诗经典的鉴定与甄别工作也基本是依据诗人的政治态度而定，如果一位诗人当时他的政治身份与价值取向被认为是退步或反动，那么，他的诗歌是不可能成为经典，进入经典的行列的。例如，郭沫若、闻一多、艾青、殷夫、田间、蒲风、臧克家、袁水拍、李季、张志民等诗人多来自解放区,或有光荣的革命资历,他们诗歌的代表作在当时便理所当然地成为"经典",据有正统与主导的地位,而徐志摩、邵洵美、朱湘、陈梦家、李金发等被认为具有资产阶级或小资产阶级政治立场的现代诗人,其作品相当一段时间遭遇到人为的遮蔽或埋汰,冯至、何其芳、朱自清、戴望舒等政治立场处于"中间状态"的诗人,对其作品的评介与传播也有政治性的限制,实际上也是处于一种"中间状态"。在20世纪50年代至80年代以前,新诗的经典化工作整体上是按照一套政治的逻辑来强制执行的。

进入新时期文学阶段(即人们通常所说的20世纪80年代),当代新诗经典化的情形发生了富有意味的变化,一方面,继承泛政治抒情诗余绪的那类现实主义诗歌创作仍然被人视为"通往经典"的创作方向(例如雷抒雁、叶文福、李发模、熊召政、张学梦等诗人在20世纪80年代初创作的代表作被人广为传诵,名噪一时,且在很长一段时期被选入各种"权威性"的诗歌选本),另一方面,那种与泛政治抒情诗有意保持某种距离并为个人情感预留下一定空间的中老年诗人的追求真实的诗歌创作(例如20世纪80年代初艾青、牛汉、公刘、流沙河等"归来的诗人"反思个人生存遭遇的代表性诗歌作品),也进入了"经典诗歌"的序列。与此同时,大面积表现个人性或群体性情感经验诉求、在创作技巧与形式上明显借鉴西方现代主义的青年先锋诗歌创作潮流(通常认为以北岛、舒婷、顾城、江河、杨炼、梁小斌等青年诗人为代表)成为新时期诗坛新的创作亮点,这股青年先锋诗歌创作潮流在最初的诗坛颇受排斥,被认为是诗坛的"逆流",他们的诗歌创作当时被贬义性地命名为"朦胧诗"即是有力的证明(与此相反,以谢冕先生为代表的富有眼光的评论家则将其命名为“新诗潮”，并对之予以充分肯定与支持）。不过，与当时的主流诗歌在诗学理念与审美趣味上大相径庭的“朦胧诗”很快也进入了自我（一代人意义上）的经典化诉求与实践行动。1985年1月，当时的北京大学青年诗人老木编辑了意在总结青年先锋诗歌创作潮流的诗歌选本《新诗潮诗集》（上下册），同年11月，由当时的辽宁大学青年女诗人阎月君等人编辑的《朦胧诗选》由春风文艺出版社隆重出版，这两部选本对“朦胧诗”的经典化工作作出了实质性的贡献，产生了文学史（诗歌史）的影响。紧随“朦胧诗”潮流的是所谓的“第三代”诗歌（或称“后朦胧”诗歌）运动，其活跃时间大致被定位在20世纪80年代中后期，“第三代”诗潮是相当复杂的诗歌现象，但它的自我（一代人意义上）的经典化诉求也是相当强烈，并有效地转化成自觉的实践行动。其中，韩东的《有关大雁塔》与《山民》、于坚的《尚义街六号》、李亚伟的《中文系》、欧阳江河的《玻璃工厂》、西川的《在哈尔盖仰望星空》、张枣的《镜中》等诗人诗作，被视为“第三代”诗潮中的经典性作品，影响广泛。1993年，四川诗人万夏、潇潇合编了《后朦胧诗全集》，成为总结“第三代”诗歌的经典性选本。由此可见，当代新诗的经典化具有鲜明的代际色彩，这是当代新诗经典化过程中一个颇为突出的特征。

由上面的简要论述可知，新诗的经典化是个相当复杂的问题。在不同时代、不同的诗群、不同的诗人与不同的读者（专业读者及业余读者）那里，新诗的经典化呈现出不同的面貌。其实说到底，新诗的经典化最终涉及新诗的标准与尺度问题。最有意思的要算海子诗歌的经典化现象。众所周知，海子被公认为一位天才型的青年诗人，他的许多抒情诗作如《面朝大海　春暖花开》、《四姐妹》、《亚洲铜》、《祖国，或以梦为马》、《五月的麦地》等，在他去世后几年的时间里便被国内众多的诗歌爱好者与诗人广泛传诵，并很快被收入大中学生的语文教材与国内各种有影响力的诗歌选本，以最快的速度成为当代经典诗歌。海子的诗歌在经典化过程中享受如此高端的特殊待遇，除了一些非诗元素（比如海子的自杀事件所引起的社会关注）的影响之外，也有力地表明了海子的诗歌在符合人们的诗歌艺术标准与审美趣味方面获得了空前广泛的集体认可。

到底怎样才能判断出一首好诗与一首坏诗的差别，一首好诗到底应该具备哪些重要与必备的因素，这是新诗经典化过程中最为基本也最为重要的工作程序与步骤。坚持不同的好诗标准与尺度，必然导致不同的新诗经典的诞生。这是问题的本质要害。因而，我们才能看见当代诗歌 60 多年来林林总总的新诗“经典”选本。近些年来，关于新诗的标准与尺度的问题已在诗歌界引起了许多争议，前几年，当代文学学者毕光明先生在其主编的《海南师范大学学报》辟出专栏来连续性的讨论新诗的标准与尺度问题，许多诗歌评论家与诗人都参与到了这场讨论之中。当然，这种见仁见智的诗学争论不大可能也不可指望得出一个统一性的结论，但人们却可从中达成某些共识，即新诗（好诗）的具体标准与尺度一定是存在个体性或群体性的差异的，但作为原则性的新诗（好诗）标准与尺度却是普适性的。新诗（好诗）的具体标准与尺度的多样性与丰富性必然导致新诗经典化文本的多样性与歧异性现象的出现，前几年由诗人潘洗尘任执行主编的《星星》诗刊下半月理论版连续推出了由不同诗人与诗评家制定目录的“虚拟选本：中国当代诗一百首”栏目，便是一次颇有意义的新诗经典化的“个选”行为，它把新诗经典化遭遇到的问题以生动直观的方式彰显出来了。这实际上又涉及新诗经典化的有效性与合法性的深层次问题，通俗一些说，具体新诗作品的经典化怎样才能做到长期为人们所广泛认可？而这实际上是暗含着新诗(好诗)的哪些具体标准与尺度是比较长期有效且为人较为广泛认可这层意思。从时间层面来看,新诗将面临一个不断被经典化的过程。在此举个简单例子,2004 年与 2006 年,新诗研究专家洪子诚先生与程光炜先生分别合编了《朦胧诗新编》与《第三代诗新编》(长江文艺出版社出版),对原先的"朦胧诗"与"第三代诗"的经典文本作出了相应的调整,便是一个具有说服力的例证。总之,新诗经典化问题站在不同立场将有不同的视点与言说,一般说来,它所具有的理论意义比起实践意义更有优先性与重要性。

由此,又推衍出新诗的教育问题,因为新诗教育问题与新诗经典化问题紧密相关。新诗的经典化必须依赖新诗的传播,或者说,必须通过新诗的有效传播途径才能最终确立其经典化的地位。简单说来,新诗教育问题就是新诗的传播与推广问题,新诗教育问题与新诗经典化问题具有很大的重合性。因为一般来说,我们所推广与传播的新诗作品应该是经典性的新诗文本,这几乎是不言而喻的。通常而言,新诗教育的施教者主要是大中学语文与文科教师及新诗研究专家,而新诗教育的受教育对象则主要是广大的中学生、大学生及新诗爱好者。因而,新诗教育问题的重要性是毋庸置疑的。新诗教育这个宏大话题近些年已为许多诗歌研究专家与语文教育学者所关注。目前我们的新诗教育虽不能说是一场失败,但也存在很多较严重的问题,据我个人的观察,主要表现在这样几个方面: 1. 中学语文教材所选的经典新诗作品整体上数量偏少(中国古典诗与外国诗数量偏多),而且教材编选者选诗的眼光相对滞后与保守,编选者在选诗时几乎习惯性地依赖于传统的文学史(诗歌史)记忆,因而所选新诗作品无法全面反映当代新诗所取得的实际成就与真实风貌,与时代的诗歌发展状况发生了脱节现象。另外,所选作品的相对陈旧也与学生们活跃的思想情感发生脱节现象。相比而言，大学文学教材里所选新诗作品整体上要比中学教材好一些。2. 以大中学语文与文科教师为主的新诗教育工作者其新诗的鉴赏眼光与解读能力存在问题，他们骨子里对新诗还是重视不够，所以新诗方面的修养相对中国古典诗歌而言要薄弱得多。教师们的新诗鉴赏眼光与解读能力还迫切地有待进一步提高，以避免与学生们对新诗的兴趣及求知能力相脱节。3. 在战略上对新诗教育工作缺乏重视。很多教师只对学生的考试分数、升学与就业关注，默认学生追求世俗性的成功，应试教育的思维与价值取向主导着教师们的教学工作，导致新诗教育工作的边缘化。只有让教师们普遍认识到诗教在培养学生健全人格与道德情操的重要作用，新诗教育工作才有可能进入我们预想的轨道，符合我们的期待视野。当然，新诗教育问题是个很大很复杂的工程，需要当代诗人、诗歌评论家长期的积极不懈的努力参与，与广大语文教育工作者共同努力，才有可能取得较理想的效果。简言之，只有新诗教育工作做得非常到位了，当代新诗的经典化工程才有可能步入良性循环的可喜局面。

原载《中诗网》2017 年 7 月 19 日

浅近的自由
——说新诗是种"弱诗歌"

沈　奇

1

说新诗是种"弱诗歌"，最初，也只是一时感慨，随念头找到了个新鲜的说法而已，后来却认真起来。

一者，时值新诗百年，也是新文化运动百年，闲来乱翻书中，有两个相关的资料从阅读中跳了出来，或可略备佐证；二者，不久前，微软发布人工智能机器人小冰写的一本诗集《阳光失了玻璃窗》出版，引起诗界关注与热议，也算一个旁敲侧击式的提示，或可略作印证；三者，既然作为带有一定价值判断与历史反思性质的"说法"提了出来，且已通过之前笔者发表的诗学文章，多次提到这一说法，就不能仅止于"点到为止"，而多少得给出一点学理性的解释才是。

就此展开来说说看。

2

记得三十年前，1987 年的《新文学史料》第 3 期，曾发表由安危译述、题为《鲁迅同斯诺谈话整理稿》的文章，里面有这样一段话："鲁迅认为，研究中国现代诗人，纯属浪费时间。不管怎么说，他们实在是无关紧要，除了他们自己外，没有人把他们真当一回事,‘唯提笔不能成文者,便作了诗人’。”且指认当时的新诗“都属于创新实验之作”,“没有什么可称道的”。

当时读此文,笔者正全身心投入后来被当代诗歌史所称为的“第三代诗歌运动”或“后新诗潮”之中,为之鼓与呼,对这样的陈年旧说完全不当回事。唯一时惊诧:以大先生之新文化运动领导者身份,也是早期新诗创作者之一,却何以对开一代风气之先的现代新诗,失望且苛责到如此地步?

而如今,人工智能机器人小冰,也“便作了诗人”,且“水平”相当。①

此时再重新品味鲁迅这些话,一方面,理解先生晚年回首中(同斯诺谈话时间在其逝世前数月),深感革命理念和纯粹诗歌世界的双重失落,方出此“极而言之”;另一方面,联系百年新诗的“面”之繁盛与“底”之困顿,“只是煊亮,却不是一宗永纯的灿烂”(陈梦家语),不得不慨叹,百年间还是“大先生”最清醒;所谓“革命者的幻灭感”,在先生这里,无论是就当时新诗状况而言,还是就整个新文学主流所向而言,是一直了然于心而超然独醒的。

恰好,构思此文之际,又偶然翻读到 2017 年 5 月 15 日出版的《三联生活周刊》第 936 期,特辟“中国群星闪耀时——新文化运动在 1917”专栏,在《调和派章士钊》一节里,提到《甲寅》同仁

---

① 2017 年 5 月 19 日,微软发布人工智能机器人小冰写的诗集《阳光失了玻璃窗》,已由北京联合出版公司出版发行。据微软工程师介绍,小冰用 100 个小时时间,“学习”了自 1920 年以来 519 位中国现代诗人的所有作品,并进行了多达 10 000 次迭代学习。诗集《阳光失了玻璃窗》从她创作的数万首诗歌中选取收录了 139 首。自 2017 年 2 月起,人工智能小冰先后使用了 27 个化名,在不同平台发表诗歌作品,直至诗集发布时还未被识破机器人真身,有两三首诗甚至被媒体诗刊发表了。对此,从 5 月 23 日至 6 月 2 日,“诗生活”网站征集整理了近六十位诗人及诗评家对这一“诗歌事件”的观点看法,在其“诗观点文库”先后发表。

黄远庸给章士钊的信函中建言:“至根本救济,远意当从提倡新文学入手”,提议借鉴西方以文艺复兴为中世纪改革之张本的经验,以“浅近文艺”普及新思潮,使普通民众“与现代思潮相接触而促其猛省”。

这一词“浅近”,真正如醍醐灌顶而豁然开朗!

新诗百年,初以“浅近”为开启,争得“与时俱进”之先声,横空“标出”,立身入史,后来也便在在自得于“势”的层面之“浅近”功利,难得本体澄明而潜沉修远。新诗后来又被称为“自由诗”,也便“作了”浅近的自由。再后来新诗又被称为“现代诗”,也便“作了”浅近的现代。总之,不管“面”上怎么变怎么说,底里总脱不了“浅近”之基因缺陷,至今依然“浅近”如故,乃至以追随整个当代文化之“下行”趋势为乐,甚至沦为推波助澜者。

新诗作为“弱诗歌”,追根寻源,或与此立足扎根之“浅近”脱不了干系?

——下面分头细说。

3

先说“唯提笔不能成文者,便作了诗人”。

当年鲁迅先生说这话,是实有所指(如对“新月派”的不满),还是另有期许(晚年曾有视诗歌为最后一片超越政治论争、也超越一切名声之净土的表达),①而爱深责苛,一时偏激,姑且不论。笔者在此“拉大旗作虎皮”借力发力,除主要心仪先生的这份清

① 另,按照李怡的理解,鲁迅先生对早期新诗“并不成功”的判断,在于“它并没有走出传统文化的怪圈”,并指认鲁迅认为:“中国现代新诗的成就只能建立在它超越于中国古典诗歌层面上。”李怡:《中国现代新诗与古典诗歌传统》(增订版),北京大学出版社 2008 年版,第 306 页。

醒外，更冒昧将先生所指“不能成文者”，转而借用于对新诗从众之“综合素质”的“评估”来看待，以作另一番反省。

如此不难发现，百年间如过江之鲫般争先恐后与时俱进的新诗诗人们，就其绝大多数“入行”者而言，确然是“提笔不能成文者，便作了诗人”，作了所谓新诗“成就”的类的平均数。而反过来看，那些以其超凡的文本和人本，切实推进了新诗发展并具有一定诗学价值的诗人，则无一不是有深厚的人文精神及综合文学艺术修养为底背，而成别开一界、高标独树者；所谓“提笔”也能“成文”者，便是做了堪可开宗立派的真诗人。

同时新诗界都知道，新诗创作“门槛低”、“没标准”，以及诸如此类的说法，一直伴随其百年历程，从没消停过，直到进入新世纪，还在开展有关“新诗标准问题”的大讨论，可见此一问题“常在常新”。更有意味的是，这一屡屡被诗界学界提及的“病根”，一直以来，却又很少为唯“创新”与“先锋”是问的新诗从众真的当回事去仔细思量与反省过，唯乐于与时俱进为是。

由此，一时又联想到，近读明清之际王夫之先生所著《古诗评选》中，一段可谓“慧照豁然”的说头：“古人居文有体，不恃才有所余，终不似近世人只一副本领，逢处即卖也。”①

要“居文有体”，非有相当的人格修为与才情涵养，方能悟得、行得，且行之有效。具体于创作，或可套用汉语古典诗学所谓“才”、“情”、“学”、“识”四要点概言之。问题是，百年新诗人众，尤其“当代”以来，有几位能企及这样的“有体”？又有几位能“才”、“情”、“学”、“识”兼备而出之？每每与时俱进中，多以看到的，依旧还是“一副本领，逢处即卖”之辈，乃至连“一副本领”

① 王夫之：《古诗评选》之卷五，鲍照《登黄鹤矶》评语，上海古籍出版社2011年版，第218页。

也不得要领，只是逢时逢处即刻卖弄而已。

看来，作为具有深厚人文情怀和深远文体视野，且堪称现代白话文体语言典范（包括至今无人超越之散文诗典范《野草》）的鲁迅，当年对新诗诗人所下“唯提笔不能成文者，便作了诗人”的判语，看是一时偏激之词，实在是百年独醒者，早早给新诗从众提了个大醒。以至于，卞之琳先生在后来的“《鲁迅同斯诺谈话整理稿》座谈会”发言中，还不胜感慨道：“在今日中国，这种现象还比比皆是。”①

4

再说“浅近文艺”。

提出这一理念的《甲寅》同仁黄远庸给章士钊的信函，刊登在《甲寅》月刊 1915 年第一卷第 10 号，也是月刊的最后一期。其后一年，胡适先生的《文学改良刍议》在《新青年》第 2 卷第 5 期发表，接着，陈独秀在下一期刊出了自己撰写的《文学革命论》进行声援。现在看来，当年从《甲寅》到《新青年》，谈及新文学，“提倡”也好，“改良”也好，“革命”也好，其根本方略，还是黄远庸先生一词“浅近文艺”说得最坦白。之后的发展轨迹，尤其是新诗，确然而然，一直是作为“浅近文艺”而被“借道而行”的。

套用此“浅近”之说，落于新诗进程，具体而言：先以诗体浅近为路径，复以诗心浅近为惯性，语境改变心境，复以心境迎合新语境，再度“下行”——及至到了所谓“新诗潮”以降的当代新诗，不再为“主流”借道，渐行渐“边缘”且高海拔“崛起”了，原本

① 详见《鲁迅同斯诺谈话整理稿座谈会纪要》，《新文学史料》1988 年第 1 期。

可以就此回返主体自性与诗体自性，却因“浅近”惯性使然，“与时俱进”惯性使然，以及青春“力比多”惯性使然，很快又陷入新一轮的造势争锋——笔者多年行文强调指出当代新诗发展中之“心理机制病变”、“运动情结”、“枉道以从势”（孟子）等症结，如今看来，皆与此“先天不足”的“浅近”之基因有关。

由此“基因编程”所致，偏激一点来说，新诗百年，主要还是造就了几位新诗人和制造了一些诗歌事件，总体而言，终归是社会学价值大于美学价值，抑或文化学意义大于诗学意义。从发生到发展，既缺乏“底气”之筑基（“提笔不能成文”等等），又缺乏“深心静力”之修为（“浅近文艺”诸般），自性不足，遂诉诸“运动”，“诗歌事件”之鼓噪每每胜于“诗歌典律”之深究，而在在诗心浮荡、诗体散漫、诗质稀薄。加之，语言层面的“唯新是问”所致诗体意识的先天不足，精神层面的“与时俱进”所致主体人格的后天不良，则始终难以摆脱笔者所谓“模仿性创新与创新性模仿”的困扰，也便在在“弱”从中来。

故，模仿与被模仿，包括诗人之间的模仿和诗人自我复制，及至智能机器人“小冰诗人”的高冷行世，原本都是“积弱”而“成疾”之事。除极少数诗人守住了人文精神，守住了汉语气质，也守住了诗之为诗的文体基本边界与基本特质，为我们留下了为数不多堪可传世的佳作外，绝大多数新诗从众，按笔者惯常的说法，都只是弱诗人写了一些弱诗歌而已。

诚然，若依循百年新文学尤其是“当代文学”概念下的评价体系而言，新诗的成就实可谓巨大，影响力也实可谓强大，以至于今日“消费”与“秀场”时代主潮下，其海量从众而盛况空前。但其实，这个评价体系赖以支撑的主要“指标”，在于被“借道而行”的各种文化效应与社会效应，所谓“时代最强音”，而一直疏于真正“诗学效应”向度的考量。同时，在“塑造”与“被塑造”的惯性驱使下，亦即，在成功塑造时代精神的同时也一再被时代精神所成功塑造的历史境遇下(所谓“代言人”，包括主流与反主流双向之“代言”)，乐于也习惯于认同这样一个评价体系，而忽略或无所谓其他价值所在。

换句话说：若将百年新诗之评价体系，换以“中国经验”、“汉语气质”、“文体意识”三项指标综合考量，其总体成就及其影响力，可能就不容太乐观，或另当别论了。

5

上述“强词夺理”一番，硬要推出个“新诗是种弱诗歌”的理及其原因所在，下面就得说一说具体弱在哪些方面了。

其一，主体精神之弱。

这是新诗百年的首要“弱”点，也是其关键性的“弱”点，得多说几句。

“诗人是诗的父亲”(英国诗人奥登语)；不是养父，也不是教父，是生父，是为爱而孕育、为美而创生的血亲之父。这位“父亲”有着怎样的血型、怎样的气质、怎样的情怀以及怎样的传承，与其“生养”的孩子，实在有决定性的关系，所谓“遗传”使然。

笔者多年前写过一段诗话：一个能跳脱出体制与惯性的拘押，而自由思考的人，方是可能最先接近诗与真理的人——诗是选择“不”的选择；而现代诗的自由，不仅是解放了的语言形式的自由，更是自由的人的自由形式，以免于成为类的平均数，并重新获取独立自由的本初自我。

新诗这位汉语诗歌的“新父亲”，“发新”之初，原本就是为着跳脱旧的体制与惯性，去创生一个融语言形式的自由和自由人的自由形式为一的“宁馨儿”的，却因“发心”中多了一些其他动机，自“诞生”而今，便屡屡为“其他”而累（比如政治论争，比如与时俱进，比如思潮、流派、社团，比如角色的出演与虚构的荣誉，等等），而早早失去了“童心”，被“借道”而裹挟于另一种体制与惯性，其主体精神的先天不足与后天不良，是可想而知的了。

“机心存于胸中，则纯白不备。”（庄子·《天地》）而“纯白”之在，原本是古今诗人之为诗人，其主体精神之筑基与立足的根本所在。“纯白”既失，何谈“童心”（“诗人是报警的孩子”——法国诗人勒内·夏尔语）？而无论是入世言志的“客观诗人”，还是傲世洗心的“主观诗人”（王国维语），“童心”不存，又谈何“诗心”？实则百年新诗诸般“面”上的问题，其实都与这个主体精神的“弱”点有关系；此一点不强，其他都很难保证不弱。

不妨在此转引“七〇后”年轻学者、诗评家胡亮的一段话，或可作旁证：“如果我们还有一点点文化史的自觉，就会叹息着承认，我们置身其中的这个时代，古代风雅已断，西洋名理未接，文化传承几至于两头失联。单就新诗而论，既缺古人之情怀，又乏西人之肝胆，亦颇有此种大尴尬。”①

至此，若还想认领“纯白”，认领“童心”，认领最初的诗意与原始的忧伤，以及“寂寞身前事”，或可提示的是：须从“闹钟时间”回返“心灵时间”，从“事理空间”回返“心理空间”——由此，以独得之秘的生存体验、生活体验与生命体验，为时代局限中的个人操守，求索远景之蕴藉；以独得之秘的语言建构与形式建构，为“言之有物”（胡适语）中的物外有言，探究典律之生成。

所谓脱势就道的道，即主体自性的纯粹与诗体自性的纯粹，

---

① 胡亮：《窥豹录·木心篇》，摘引自胡亮诗话集《琉璃脆》（沈奇主编“当代新诗话”第二辑），陕西人民教育出版社 2017 年版。

亦即由被“借道而行”重返“自得而美”。

其二，诗体意识之弱。

作为诗人，你的日常感知可能是散文化的，也可能是小说以及戏剧化的，或者可能是有些形而上意味的，但，一旦要将这种感知落实到“诗的”表意，它一定要是诗性的，一定要是“有意味的形式”（克来夫·贝尔语）之诗体文本的，而非其他。这应该是个常识，但新诗从众大多在这个常识方面缺乏常识。

一百年了，被我们现在习惯性地称为“新诗”的文学文本，若单从语言形式的角度来看，实际上，其绝大多数作品，只能算是以现代汉语书写的分行散文及随笔杂感之类（是以有“散文诗”一路）。若再换由散文随笔之文体的本质属性去辨识，或将其比之于优秀的现代散文随笔而言，这些仅在于分行的文字，实际上又很难真正归于其范畴。

道成肉身，这“肉身”之“体要”，是如此的根本；或者说，“诗体”之所在，是诗之“道”所以然的根本属性。

遗憾的是，从 20 世纪 20 年代的“诗体大解放”，到新世纪“新诗标准问题”大讨论，此诗体意识薄弱的老问题，始终屡屡提起而在在悬而未决，以至于让无限自由分行惯了的当代诗人们，常常怀疑是不是个“伪命题”，是以越发怎么写都成——故而新近，智能机器人小冰也“便作了诗人”。

其三，汉语气质之弱。

汉语是汉语诗人存在的前提。这个前提的另一旨归即汉语气质。“文以气为主”（曹丕《典论》），无论古典还是现代，至少在汉语语境中，谈及诗文，这个理还是要讲的。

当年新诗“别求新声于异邦”（鲁迅语），草创不久，便有“中西艺术结婚后产生的宁馨儿”（闻一多语）的期许，但之后至今，大体而言，一直是翻译诗歌为主导的“编程”，或者说，是以引进西方文法语法改造后的现代汉语为主导的“编程”，如梁实秋所言：“新诗的基本原理是要到外国文学里去找”。[①] 诚然，经由翻译诗歌的“输血”，不但迅速提升了新诗过渡时期的“精气神”，也极大地丰富了现代汉语的诗歌表意形式和诗性表现域度。然而说到底，这些都是单向度的提升与丰富，原本要融会中西于一体的理念，实际上却变成了唯“西学为体”的路数，缺少古典汉语诗质的传承与重构这一向度的有机互补。

具体于作品的语感和气息，包括一些名家之作，都很难体味到汉语自身的文脉与景深，其“味”与“道”，皆不免单薄、单一、单调。由此可以推想到的是，这样的汉语诗歌，包括智能机器诗人小冰的诗，翻译成（其实可以理解为“还原成”）“西语”之语感与体式，或许比原诗在汉语中的感受更“诗性”一些？而现代诗人都知道一个流行的说法：真正的诗意，原本是在翻译中丢失了的那些部分。

话说回来，一百年，说短也不短，说长也不长，期间，还有那么多诗无安身之时、无安身之地的困厄及断裂，有如一个先天不足的新生儿，却又屡屡遭遇艰难，如今能发达成这样，已实属不易。何况，还有元气淋漓没受过“震”，且纯然、且焕然、且个性、且任性，猛生生长起来的诗国“新人类”，站在“百年”的肩头继往开来而厚望可期?！但正因为如此，真正爱诗懂诗且以诗为精神家园与生命托付者，方爱深责苛，省弱而求强，补之、正之、谨重之，以求修远而行。

看来，汉语之现代，现代汉语之新诗，由“浅近”而“深远”，由“他者”而“独立”，要走的路还很长。

---

① 梁实秋：《新诗的格调及其他》，原载 1931 年 1 月《诗刊》创刊号。

6

最后,还得补充说明:既然提出“弱诗歌”的概念,按学理讲,总还得同时给出何为“强诗歌”的说法以作参照。就此,笔者也只能从古今中外之经典诗歌作品的粗略比对中,①临时生发,想到以下五点。并且,因本文篇幅所限,在此仅作为理念“条目”列出,暂不作诠释——

其一,是既出于教养,又能作用于教养的诗;

其二,是既能与“时人”同销“时代愁”(所谓“现代性”),又能“与尔同销万古愁”的诗;

其三,是既体现了中国经验,又体现了汉语气质的诗;

其四,是既维护、扩展和改进了诗的存在以尽诗的责任,又维护、扩展和改进了语言的存在以尽语言的责任的诗;

其五,是既能化约中西、又能化约古今,而重构汉语诗歌传统和汉语诗性生命形态的诗。

以上概而言之,或可留待以后另文详论,此处不再赘述。唯第一条有关“教养”之说,于结尾处还需啰唆几句——

按照西人的说法,诗,包括现代诗,既是“被交流的一种深刻的真理”(阿莱桑德雷语),也是“为安慰有教养的人所做的游戏”(T.S.艾略特语);“不知诗无以言”,知的什么诗?言的什么言?想来在汉语“孔圣人”这里,也总是脱不了以“教养”为要义的。

而教养的终极作用,在“君子不器”(孔子语),在“自由之精

① 此处“古今中外之经典诗歌”中的“外国诗歌”,特指经由汉语翻译并作为另一种汉诗看待的经典作品。

神,独立之思想”(陈寅恪语)——新诗百年,新文化百年,无论就当下还是长远来看,此一关键作用,实在是不容再荒疏的了。

只是,至此整体“下行”或“平面化”之文化语境,这样的期许,是否过于高冷而虚妄?

而诗在,即存在——回首碎裂的传统,直面纷乱的现代,又何以他择?!

这是我们最后的“底线”,也是我们唯一的“自由”;我们已然“边缘”,不妨彻底边缘。唯有如此,我们才有可能提前“退向未来”。

2017年8月28日改定于西安大雁塔印若居

为何要谈论当代诗歌的民间文化地理

——关于《中国当代民间诗歌地理》[①] 所引发的话题

张清华

> 这是起始于柏格森还是更早的时候？空间在以往被当作是僵死的、刻板的、非辩证和静止的东西；相反时间却是丰富的、多产的、有生命的、辩证的……19 世纪沉湎于历史。[②]
>
> ——米歇尔·福柯

大约 2004 年初，笔者应《上海文学》当时的副主编杨斌华先生的邀请，为其筹划一个诗歌专栏。考虑到那时适逢新世纪之初，民间诗歌运动大有波澜再起之势，各地出现了众多依托网站或民刊的民间性诗歌群落，且在文化与美学上呈现出显著的差异性与丰富性，我以为有必要对这些群落的样貌有一个粗线条的勾勒和初步的反映，遂取题"当代诗歌的民间版图"，为其选择了二十余家活跃于当时的民间诗歌群落予以介绍，内容包括其活动简史、主要成员的新作，同时每期配发一个随笔式的简评。该栏目持续两年后，因基本达到目的而告终结。

之后在 2006 年初，时为春风文艺出版社社长的韩忠良先生

① 张清华主编：《中国当代民间诗歌地理》（上、下），东方出版社 2015 年版。

② 福柯：《地理学中的问题》，转引自爱德华·W.苏贾《后现代地理学》，王文斌译，商务印书馆 2004 年版，第 15 页。

当面邀约,要我将该栏目发表的内容结集出版。我考虑到如果要成书,简单化的汇编处理,其文献意义不大,因为一则内容不全,未能详细介绍民刊活动历史、各主要成员的代表作,以及代表性言论与诗歌观念等;二则收入的群落数量也有较大缺漏,所以尚不能反映中国当代民间诗歌群落的全貌,因此我主张重起炉灶,在收集更多材料的基础上,编一个更有代表性、更全面和更有文献价值的书稿。

这无疑是给自己找了一个难题,之后的工作可谓旷日持久,因为涉及大量的人员联络工作,资料的收集与选择整理也至为复杂琐碎,故一直到2008年底,大约经历近三年时间,其间还蒙张德明博士的协助——彼时他恰好随我做博士后研究,才最终完成了书稿。2009年秋该书基本完成了编校,其临时做好的“样书”甚至已经参加了当年的法兰克福书展,正准备付梓之际,却又因为一个意外而搁浅。之后,出版计划夭折,历经数载辛苦居然功亏一篑所导致的沮丧之情,甚至使我产生了一种“选择性遗忘”的病态心理,将之作为一个“精神创伤”而束之尘封,不愿再提起。拖至2014年,才忽有冲动要重新找一家出版社将之面世,以慰众多与此书有关的诗人和朋友们的关注关爱之意。

以上就是《中国当代民间诗歌地理》一书的诞生小史。之所以要花费笔墨来交待这个历史,是希图说明“中国当代民间诗歌地理”这一学术话题的一个背景简史,因为近年来已逐渐有很多同行和友人在谈论此类话题,或从事相关研究,笔者在此提及此书的前因后果,亦非属临时起意,而是有一个年深日久的来龙去脉。

我们为什么要谈论“当代诗歌的民间文化地理”的问题?这显然还是一个必须要回答的命题。其实,早在2010年该书未出版之前，笔者就已将其序言稍加修改发表在《文艺研究》上了，文章取题为《当代诗歌的地方美学与地域意识形态——从文化地理视角的考察》，[①]该文就为什么要从文化地理的角度谈论当代诗歌，当代诗歌的地域文化特征的历史流变，当代诗歌中的“地域意识形态”的特质，以及在文化地理属性影响和规定下的地域美学等问题，都作了梳理。如今看来，这些梳理仍然有效，但“为什么要谈论这一话题”，仍是我必须回答的。

正如我在文前所引的福柯的质询与追问，我们谈论该话题的起点，其实针对的是一个时间的“神话”和“政治”。[②]“沉湎历史”的其实何止19世纪？20世纪才真正堪称是登峰造极。而且关键的是，一切还都遵从了一个“进步论”的价值模具，以此来铸造一切历史的叙述，连文学的历史也不得不与社会历史一样，被构造为由资产阶级文学，到无产阶级文学的进化。即使不是从政治的角度，按照另一套“先锋派”的话语体系来评估和描述，也仍是一种时间构造的叙事，正如英国人彼得·奥斯本所一针见血地指出的，“‘现代性’和‘后现代性’、‘现代主义’和‘后现代主义’以及‘先锋’都是历史的范畴，它们是在理解历史整体的水平上建构而成的”，或者说，它们是一种将“历史总体化”的方式和结果，是一种“与这些时间化相关联的……历史认识论”，因而也是一种“特定的时间的政治”。“现代主义和后现代主义——与保守主义、传统主义和反动一样——侵入了时间的政治的领

① 张清华：《当代诗歌的地方美学与地域意识形态——从文化地理视角的观察》，《文艺研究》2010年第10期。

② 参阅彼得·奥斯本：《时间的政治——现代性与先锋》，王志宏译，商务印书馆2004年版；唐晓渡《时间神话的终结》，《文艺争鸣》1995年第1期。

域”,[①]奥斯本一针见血地揭示了“现代性”作为一种“价值虚构”,所体现的西方社会的文化霸权与统治力量,也指出了这种评判方式对于现代人类的深刻影响,包括对于文学、文学史观、文学创作的不容置疑的价值规定性。

很显然,从空间与地理的角度谈论文学,与从时间和历史的角度谈论是不一样的。前者通常并不企图在多个文学现象或文本间建立“历史的”逻辑关系,即甲影响或派生了乙,或者反之乙“发展”了甲,实现了甲的变革云云,所有文本之间并不具备时间序列上的必然联系。中国古代的“文学总体性”的建立,其最早的模型是孔夫子对《诗经》的删定,其格局显然不曾看重时间因素的重要性,虽然其产生的时间可能横亘数百年的差距;相反是正面展开了其空间的“地理构造”,如“十五国风”的编排,其实就是体现了一种文学分布的“地域意识形态”。很显然,每一国风的内容与风格都是有所侧重和差异的,会体现其风俗与文化的不同,音调与语言的微妙差别。所谓“恶郑声,郑声淫”之类,自然也是对地域性的强调和凸显方式。其“修辞的总体性”当然是十分广阔而浩大的,是一个几近无限丰富的效果,但却未曾有一个“文学史”的想象在其中,与某种格局的时间模型几无干系。

其后历代的文学经典或诗歌总集,多是以夫子为范例的。南朝梁太子萧统所编的《昭明文选》,其同代徐陵所编的《玉台新咏》,南齐钟嵘所编的《诗品》,宋人郭茂倩的《乐府诗集》,直至清人沈德潜编纂的《唐诗别裁集》,以及吴楚材、吴调侯所编的《古文观止》,等等,都是“以人为本”或以风格品级为界的选择,即便以文出的朝代为序,也不曾在时间链条上建立太多联系性;

---

① 彼得·奥斯本:《时间的政治——现代性与先锋》,王志宏译,商务印书馆2004年版,第3—4页。

即便有，也是强调了“复古”的合法性，而从不以“进步论”来观之，更不会以某种固化的历史逻辑来予以阐释。这是我们必须要意识到的。

进步论起自何时？当然是起自近代中国人“睁了眼睛看世界”之时，是来自西方人近代以来的时间观与历史观所赐。这当然没有错，进步论赋予了中国人基本的现代观念，开启了近代中国启蒙主义的历史进程，但也在中国人的思维中种下了根深蒂固的观念，就是用“时间价值”的眼光看待衡量一切，包括文学和诗。然而殊不知，作为一种“时间政治”的进步历史观，恰恰又是来自现代地理学意义上的空间知识的获得。正如黑格尔所说：“世界的新与旧，新世界这个名称之所以发生，是因为美洲和澳洲都是在晚近才给我们知道的。”①现代性在西方的自觉，实际上是因为空间意义上的地理大发现的产物。无独有偶，近代中国人的现代性观念的生成，也是由于林则徐的《四洲志》和魏源的《海国图志》等近代地理学著作的出现——在《山海经》这样的古代“神话地理学”基础上，当然不可能产生出“进步论”价值与现代历史观。某种意义上，是先有了现代地理学意义上的新视野之后，中国人才意识到，我们的国家并非是亘古不变的“天下”的“中央之国”，世界上还有比我们更先进和更合理的文明。因此才出现了严复的《原强》中所表达的那种“宗天演之术，以大阐人伦治化之事”的社会进化论思想，以及邹容的《革命军》中所说的“革命者，天演之公例也，世界之公理也”的革命逻辑。很显然，无论是进步论还是革命理论，其真正来源都是近代中国人在地理学上的自觉。

这也就可以反过来进行反思：为什么我们从现代的地理学

① 黑格尔：《历史哲学》，王造时译，上海书店出版社 2001 年版，第 83 页。

上得以启蒙，却以单一时间维度的价值观屏蔽了空间意义上的地理观？而且还病态地坚持了一种简单化的观点，即，将来一定好于现在，现在一定胜于过去。在文学史中必定要建立一个从“低级向高级”的成长逻辑，或者改头换面，由政治的模型，改装为技术的或美学的模型，即“新”一定胜于“旧”，“现代”一定好于“传统”。综观1970年代末以来的当代诗歌，我们确乎是以这样一个逻辑来建立文化与审美价值逻辑的，“新的就是好的”逐渐成为了所有人的共识，从“朦胧诗”到“新生代”，从“90年代诗歌”到“新世纪”，这个轨迹确乎在一定程度上反映着当代诗歌的进步道路。我个人也从不反对这样一个价值逻辑，因为曾几何时当代诗歌为了从意识形态的藩篱中解放出来，曾有多少人付出了多少血的代价，这个进步论的历史模型是不可以轻易怀疑和动摇的。但另一方面，我们又必须看到，一维的和简单化的时间构造，也同样会遮蔽历史本身的丰富性，遮蔽和压抑每一时期诗歌生长的可能性。假如我们一味被时间意义上的变革逻辑所攫持，也会发现我们的诗歌本身其实已经“走到了尽头”，有了一种山穷水尽的感觉，曾经有效和充满反叛意义的先锋写作在上述逻辑的促动和逼迫下，已变成了仅具有标志意义的“极端写作”，虽然有人声称可以“先锋到死”，但再往前走似乎已经没有路了。

显然，从写作的角度看，进步论造成了一个价值陷阱，即一个并不总是有效的逻辑，因为异端并不总是有意义的，原先代表变革与希望的先锋写作在今天差不多已“异化”为另外一种东西，即除非维持“非诗”和“反诗”化的策略，否则便无法保持其“先锋性”，这样的写作如果成为常态，便成为了一个问题；与此相反的另一种趋势，是不得不蜕变为一种“中产阶级趣味”的复制与仿造品，两者都走向了先锋艺术的反面，也如哈贝马斯所说，现代主义与先锋派已经走到了尽头，耗尽了现代性本身的推力。关于这样一个演化和蜕变的线索，笔者已在《先锋的终结与幻化——关于近三十年文学演变的一个视角》一文中作了较详细的梳理，这里不拟展开。我的意思是说，我们要对写作本身的价值陷阱作出反思，需要借助另一个价值维度，这个维度便是非时间性的"文化地理"——引领写作者更重视自己的空间背景，或者至少可以少一些"时间焦虑"，多一些万古不变的看法。在我们的新诗百年节点到来之际，在经历了走马灯式的兵荒马乱的变革之后，多一些静水流深的开掘和潜滋暗长的化育，或许是更有意义的。

再者，从研究者与诗歌批评的角度看也同样值得反思，某种意义上，与写作者一样，当代诗歌的研究与批评之被现代性价值逻辑所推动甚至绑架，与现代主义的时间政治之间，是有着密不可分的关系的。在刘勰那里，"时运交移，质文代变"，虽然也隐约包含了一个"时代"观，但只是表明他对于文学与诗歌的观照是因时而变的，但并没有为时运交移设定价值上的抑扬依据。"新时期"以来，尽管我们为重建现代性价值不懈奋斗，挣脱了政治学意义上的进步论的价值陷阱，但不知不觉也重新设定了另一个困境——因为"现代性"与"先锋"也同样是一种"时间政治"。基于此，研究者已习惯于用过于简单的方式，用那些在文学史上"刻下痕迹"的现象来构造一个文学史的框架，而对于诗歌运动内部的复杂性以及并置意义上的众多文本现象则视而不见，或失去了处理能力。尤其对于其艺术上的复杂性，更是缺少悉心的辨识与有说服力的分析。所见文学史和诗歌史式的描述，大抵近似，就是这一简单化处置方式与逻辑的表现。

有没有可能构建一个"非单一进步论视角的"当代诗歌史，或者不依赖于单一时间叙事的当代诗歌史呢？我以为是值得我们思考和努力的。或者即便一时没有,那么替代性的方式也会具有意义,从这个意义上说,《中国当代民间诗歌地理》便是一种探索,一种建构的尝试,其中时间的谱系感并非全然缺席,但更重要的则是一种共时性的展开,相比时间构造的和进步论逻辑的诗歌史文本,它可能更有利于呈现当代诗歌的复杂性与共生性的特征,更有利于读者观赏文本的丰富性,而不是随之将之简单化的判断和予以"知识化"的认知。虽然这种总体性的努力还并不完整,但至少,它是一种建立对照性和反思性文本的尝试。

这种反思在我看来,还有一种强烈的"隐喻性",民间诗歌地理构想的提出,就像20世纪90年代初期陈思和的"民间性"或"民间文化"这些概念的提出一样,是有其清晰的针对性的,它是对于某种中心论观念与种种权力固化秩序的反抗的隐喻。这个隐喻的意义究竟有多大,每个人可能会有自己的判断,但在今天看来,它之于当代中国社会的三种文化元素——权力文化、知识分子文化与民间文化——的构造与互动关系的巧妙指涉,对于90年代初期精英写作的合法性的重建,给出了必不可少的和关键性的支持。很明显,"民间"的意义从来都不限于其自身,而是政治与知识分子都从未放弃的合法依托,因此这个隐喻有可能是政治意义上的,有可能是文化意义上的,只有在最低限度上才是文本意义上的。在90年代初期到中期的历史情境中,民间其实就意味着对于权力固化秩序的反抗,意味着对于精英文学思想与潮流的一种合法护卫与道义援助。

另一方面,在笔者看来,现代性还有一个很重要的法则,即在时间派生的价值之外,同时还应有一个"民主化的价值标尺",这个价值类似于丹尼尔·贝尔所说的"天才的民主化",它有天赋的合理性,当然也意味着一种蜕变和丧失。即从先锋文学运动、从现代派到后现代主义的一种转折,就像梵高,或是某位现代主义的大师,由最初的无限孤独到最后生成为一种“制度化的美学风格”,成为一种消费品一样。丹尼尔·贝尔把这个过程描述为先锋文学的没落和“中产阶级趣味”的弥漫。我最近写了一篇文章谈论“先锋的终结与幻化”的话题,主要逻辑也是从他的观点生发出来的:对于先锋艺术的接受与认同,也意味着其思想价值与反抗意义的最终丧失——它变成一种中产阶级客厅里的观赏物与消费品,而不再是一种孤独的艺术创造。这就是由先锋艺术到中产趣味的一个必然降解。在我看来,某些为了保持其先锋性的写作者,不得不将写作转化为一种“极端文本”,变为德里达所说的“文学行动”,即单纯靠文本已经没有价值,而必须要靠同时存在的一种“行动”,才会建立其意义关系,尤其是靠人格范型的分裂性、自我贬谪意味等,来维持其讽喻意义。这自然是另外一个问题了。民间的隐喻性显然十分丰富,我们在这里主要是强调其对制度性的反思和反抗因素,来加以肯定的。

最后一点,是“诗歌民间文化地理”的本体性意义。西川兄所警惕的“伪地方性”,或是欧阳江河先生谈到的“被全球化惯坏的地方性”,或者“被地方性装饰过的一种所谓的全球化”,等等,我们确实要设置这样一些反思的前提,但在此前提之下,还是需要作本体性的研究。在今天,地方性问题我个人认为还是存在的——哪怕是有局限的、被扭曲或者放大了的地方性。比如北京的写作整体上与广东的写作,确乎是有较大差异的——我们在理解个体性的同时,也不可能完全回避“地方性的总体性”这样一个问题,尽管当我们谈论时必须要有限制性的前提。广东作为“世界工厂”的那种极端性,其两极分化导致的那种作为底层人物或打工角色的写作,“天高皇帝远”式的那些形形色色的实验写作,还有他们无限具体与丰富的地域场景,与北京作为首都的敏感的文化氛围,强大的信息与观念资源等所支配的写作之间,都是很不一样的;还有上海的写作和大西南的写作,那几乎是不可同日而语的;在杭州所生存的诗歌群落,包括像“北回归线”群体的那种纤细、唯美与颓废的写作,同西部的某种地域性的存在也一定是不一样的。当然我们也不能把这些东西无限夸大,但是我觉得这些现象的认真研究和梳理也还是有必要的。一旦这些“非时间性”的特征被我们所注意和自觉,我们原来的文本判断中便会出现一些新的维度,关于当代诗歌以及整个新诗的经典化的工作也会出现新的视点与看法,原有的谱系与标准便会产生一定的改变,更多的有意义和有意思的文本便会被挖掘出来。一句话,整个新诗与当代诗歌的历史与经典的构成,便会有新的景观。

以上便是我对于“诗歌文化地理”这一话题的一些浅见。地理维度当然也不可能解决一切问题,但它可以补足时间维度所带来的弊病和欠缺,可以给我们的研究提供新的视点和动力,也会大大减少我们的价值困境与美学焦虑。

当代先锋诗歌流派谱系考察

——兼论20世纪80年代诗歌运动的流派学意义

周伦佑

近些年来，在市场经济环境中，人们对20世纪80年代的怀念开始增多了。在一些相关文章的追记中，在一些文学会议的交流中，在诗人朋友间私下的摆谈中，我不止一次地看到、听到人们动容、动情地谈论“伟大的80年代”，谈论80年代那些让人热血沸腾的人和事。其中的“80年代诗歌运动”和“80年代诗歌精神”更成了人们津津乐道的话题。那么，如何理解“80年代诗歌运动”？“80年代诗歌精神”主要体现在哪些方面？由于时间仓促，笔者暂时不能从正面触及和展开这一论题，恰好我近期在做一些有关“流派学”方面的思考笔记，这让我联想到：众多先锋诗歌流派的涌现和躁动，是80年代诗歌运动的一个最显著的特点，也是“80年代诗歌精神”体现的一个最重要的方面。我就从“先锋诗歌流派”这个角度，谈谈“80年代诗歌运动”的流派学意义，并据此对中国当代先锋诗歌流派试作谱系性的考察。

说起20世纪80年代的诗歌，“群体”、“流派”、“宣言”是最招人诟病的几个词汇。那些否定80年代诗歌运动，或者将“80年代诗歌流派”作为负面现象进行评价的批评家们，也往往是通过对这几个词汇的声讨，来实现他们对“80年代诗歌运动”的彻底否定的。而80年代的舆论环境，比现在更严酷，那时的批评家和“正派的”诗人们几乎是“谈‘流派’色变”，人人都以声讨“流派”为己任，并把这视为正义的呼声。当非非主义于20世纪80年代中期横空出世，旗帜鲜明地宣示自己的流派主张时，顿时招来了铺天盖地的指责和攻击，说非非主义是“诗歌的红卫兵运动”、“诗歌的群众运动”。这些攻击，有的来自主流的捍卫者（如四川某诗刊原主编），也有先于非非主义而创立流派，打着“整体”的招牌（从托夫勒的《第三浪潮》中搬来的一个西学概念）而鼓吹宋明理学末绪的旧文化卫道者，还有某些所谓的“个人写作”（又曰“中年写作”）的鼓吹者……

由来自不同阵营的嘈杂声音共同编织成的批判大合唱，成为80年代后期的一个奇异的现象。

为什么面对作为流派的非非主义，会有如此多声部的强烈愤懑呢？为什么某些先锋诗人在反感和声讨“流派”这点上，和他人会达成共鸣呢？难道他们的义愤真的是在捍卫诗歌的个人性吗？

如果我们仔细观察就不难发现，在那些义愤填膺和愤怒声讨（包括某些酸溜溜）的言论后面，被流派和非非主义激怒的那些义愤者的“愤懑”，其真正的原因是某种巨大的价值失落而导致的心理失衡。对作为流派的非非主义的攻击是在情理之中的，因为非非主义所张扬的独立自由的写作立场，正是对伪价值体系的直指和颠覆；披着宋明理学皮毛的旧文化卫道者对非非主义的攻击，则显现出二重人格者荒诞逻辑的极端荒谬性：我创立流派就是天经地义的，你们创立流派就是“诗歌的红卫兵运动”，就是犯下了不赦之罪（那些来自宋儒周敦颐的“太极八卦图”加汉大赋的陈词铺演，很快便土崩瓦解、烟消云散了，那是后话）；多方攻击中，只有“个人写作”（又曰“中年写作”）鼓吹者反对“群体写作”的义愤有点逻辑上的、暂时的小小理由——但是且慢，“中年写作”者们的好戏还在后面！

当20世纪进入90年代,多个“中年写作”的鼓吹者从不同的居住城市(包括从海外)迁回颠簸,麇集北京,抱团为“知识分子写作”时,情况便发生了喜剧性的变化——反对群体写作的、自命清高的“个人写作”(又曰“中年写作”)的鼓吹者们,突然间变成了某种群体性的流派写作模式的论说者和维护者。这时,对于非非主义的攻击和敌意依然存在(见程光炜在《中国当代诗歌史》中引用欧阳江河的话及对非非主义的论述),但对“流派”、“群体”的愤怒和拒斥已经消失了(因为他们也抱团成群体和流派了),这些抱团成群的原“中年写作”的鼓吹者们,不仅整个群体要争当90年代中国诗歌正宗的、唯一的流派(所谓“90年代中国诗歌只有‘知识分子写作’!”),而且诗人个体也在他们抱成一团的群体流派中,为争夺该群体流派(即所谓“知识分子写作”)内部的主导权和话语权而合纵连横。我分明看到,这些“个人写作”(又曰“中年写作”)鼓吹者们,他们当年声讨“群体”、“流派”之罪的那只喜剧之手,现在正好反打在了他们自己用外国的奶油面包养得白净油腻的脸上!

这些年来,这类滑稽表演我已经看得太多了。这些看似吊诡、矛盾的现象,如果我们把它作为一种中国人特有的文化—心理现实,放在中国特色的文化背景下来进行考察,其实并不意外,它不过是中国人和中国诗歌悖论生存方式的某种变形表现。在这些非常态的矛盾现象后面,我们依然能看到文学向其常态存在方式回归的隐形轨迹——这种“常态存在方式”就是诗人以“群体”或“流派”的方式来团结自己,并宣言自己的诗学主张。

有了这番对80年代诗歌运动的背景介绍之后,我们就可以深入到“先锋诗歌流派”这个话题了。

既然是谈论先锋诗歌流派,我在这里首先向自己提出一个问题：什么是先锋？

关于先锋，法国作家尤奈斯库如是说："所谓先锋派，就是自由。"

这一概括很具张力，但稍嫌抽象。

我的周式定义更简洁明了：**先锋即领先于时代的审美观念。**

这种"领先"，一般通过四个方面来体现：

一、通过观念的领先而成为先锋；

二、通过方法和技巧的领先而成为先锋；

三、通过形式创新的领先而成为先锋；

四、通过题材开拓的领先而成为先锋。

在我的阅读经验中，人类思想的多元化实现或文学观念的变构，总是体现为异端对正统的突围——而"异端"就是先锋。

那么，什么又是流派呢？

在现代汉语中，"流"有源流、流向、流动、变动不居等多种含义，"派"的含义则介于宗派、派别、分野这三个近义词的边际之间。《说文解字》则解"流"为"水行"，解"派"为"别水"，即不同的水流。"流"和"派"合在一起构成的这个汉语名词，向我们昭示着某种无序中的律动，混沌中的有序，盲目中的自觉，空白中的建构，不可能中的可能。可以说，"流派"是人类的精神形态（包括文学艺术）多元化实现的必然选择和重要途径——这一点，特别表现在诗歌方面。而诗歌方面的"先锋"，往往是和"流派"联系在一起的，或者说，流派是先锋的突现和锐进方式。没有流派便没有先锋，没有先锋和流派，便没有人类思想和精神多元化实现的可能。我们所知道的世界诗歌史上那些不同时代的先锋（如浪漫主义、象征主义、超现实主义、未来主义、阿克梅派等），基本上都是以流派的形式来呈现和确认自己的。而我们所

熟悉的那些著名的西方现代诗人,也无不现身于某一诗歌流派中,让我们来认识一下:

马拉美和瓦雷里是象征派的(属于象征主义的还有叶芝、艾略特);马雅可夫斯基是未来派的;庞德和威廉·卡洛斯·威廉斯是意象派的(庞德随后又是漩涡主义的);布勒东、艾吕雅是超现实主义的(还有希腊诗人埃利蒂斯、墨西哥诗人帕斯也是超现实主义的);罗伯特·罗威尔、西尔维娅·普拉斯是自白派的;金斯堡是"垮掉一代"的;博尔赫斯是极端主义的;罗伯特·勃莱、詹姆士·莱特是新超现实主义的;广受推崇的俄国"白银时代"诗人阿赫马托娃、帕斯捷尔纳克、曼德尔施塔姆等是阿克梅派的……

那么,在我列举的这些诗人之外,有不在流派中的诗人吗(指西方现代诗人)?当然也有。比如法国的波特莱尔、德国的里尔克、英国的迪伦·托马斯等。但这些诗人同样不可避免地要接受当时的先锋文学思潮的影响(比如波特莱尔受到18世纪瑞典哲学家斯威登堡超验哲学和美国作家爱伦·坡神秘主义诗学观的影响而完成《恶之花》,成为象征主义的先驱,里尔克早期受印象主义影响,以后受后期象征主义影响;迪伦·托马斯则主要受超现实主义影响),并且,这些诗人在以后也往往会被归入某一流派或某一先锋思潮中,如波特莱尔被归入象征主义,里尔克被归入后期象征主义;迪伦·托马斯则被归入超现实主义。就是这种情况。

一贯以群体主义作为核心价值的中国诗人,如此强烈地惧怕和拒绝诗歌群体和诗歌流派,并不是因为他们持有什么矜持的个人主义立场,而是出于对异端的恐惧。

——走向流派,便是从自发走向自觉;

——走向流派,便是从模仿走向创造;

——走向流派，便是从无序走向有序；

——走向流派，便是从无元走向建元；

——走向流派，便是由“个我”走向“他我”；

——走向流派，便是从一元走向多元。

一部人类文化史，便是众多宗教的、哲学的、文学的、艺术的乃至政治的流派历时呈现，共时竞争，此消彼长，在继承中扬弃的绵延不绝的历史。人类从蒙昧走向文明的漫长隧道旅途中，各种思想流派和文学流派始终担负着先锋的使命。而众多的先锋诗歌流派在20世纪80年代中国的诞生、发展和确立，正是现代中国的思想和文学从封建性走向现代性的必须和必然。

正是在这样的意义上，中国的先锋诗歌流派担负着伟大的使命。

但是，并不是任何自称诗歌流派的诗人和群体都可以被看作流派。要成为一个诗歌流派，必须具备一些基本的要件，其中，我认为以下五个条件是缺一不可的：

一、对某一群体或流派具有认同感的相对比较稳定的写作成员；

二、比较自觉的、具有鲜明特点的、能够自圆其说的诗歌美学及写作主张；

三、有以定期或不定期刊布流派成员作品的流派刊物；

四、在一段时期中，以流派的形式持续进行写作探索活动的持续性；

五、在写作主张和成员构成方面对其他诗歌观点和写作成员的必要的排他性（而不是任何写作主张都可以融合，任何写作者都可以任意划入）。

最后，再补充上陈仲义先生的一个意见：还应该有一个灵魂性、旗帜性的领袖人物。这样，就比较完整了。

以上六个条件可简缩为："流派成员"、"写作主张"、"流派刊物"、"持续性活动"、"必要的排他性"，以及"流派领袖"。我们现在可以根据这六个流派条件，对20世纪80年代以来的中国先锋诗歌进行一番"流派学"意义上的清理和确认。

综观中国当代先锋诗歌版图，出现于1979年的《今天》杂志的一群作者，虽然被称为"今天派"，但并不是一个诗歌流派，只是一个具有地下文学社团色彩的诗歌探索群体。随后出现的"朦胧诗"，虽然是对包括部分《今天》诗人在内的一些诗人在正式刊物上所刊载作品的延伸命名，但在对这些诗人创作特征的归纳上，显然已具备了某些流派的特征，可以确认为是一个先锋诗歌流派。

真正意义上的当代先锋诗歌流派诞生于20世纪80年代中期，其中最具有代表性的是非非主义，还有"他们"诗派、莽汉主义等。根据前面提出的六条原则考察，同一时期非常活跃的以孟浪、郁郁、刘漫流为代表的"海上"和"大陆"诗群，仍属先锋诗歌探索群体，而尚未形成为流派。由京不特命名的"撒娇派"应视为一个典型的现代诗歌流派，可惜它没能存续和发展自己。90年代的中国诗歌构图中，由"个人写作"（又曰"中年写作"）者抱团形成的"知识分子写作"，虽然不满足于仅仅作为一个诗歌流派，而企图僭越历史，强行加封自己为整个90年代先锋诗歌的唯一主体和全体，但可以确定无误地认为："知识分子写作"是一个合格的现代诗歌流派——而且只是一个诗歌流派。20世纪末，因不满"知识分子写作"遮蔽历史而临时拼凑起来的所谓"民间立场"，只是作为"他们"诗派口语诗尾声的少数几个人在话语权焦虑驱动下的一种超短期利益反弹行为，除此之外什么也不是——不仅不是什么流派，甚至连群体也算不上。

在由一些更年轻的诗歌写作者策划和结合的诗歌群体中，沈浩波、伊沙等人的"下半身写作"虽然带有太多的商业炒作和下半身的特点，但无疑具备一个诗歌流派的标准部件。虽然"下半身"的少数诗人（包括沈浩波、伊沙）在近期的写作中，竭力地想摆脱"下半身写作"这一命名黏附在他们身上的恶臭污迹，但如同所有那些享有臭名的成名者一样，使沈浩波、伊沙等人成名的"下半身写作"已成为捆绑他们一生的耻辱柱——他们以"下半身"成名，也必将作为"下半身"写作者被永久地捆绑在他们酷爱的那根"把柄"上。

在这里，我要特别提到经常被某些人刻意忽略的"垃圾派"。按照我的标准，"垃圾派"是一个具备流派条件的先锋诗歌流派。我认为"垃圾派"的写作主张和诗歌作品是具有某种革命性意义的。正因为如此，它才一直遭到文学界的拒绝和抹杀。

那么"中间代"是一个流派吗？我认为不是的。虽然我对作为诗人的安琪评价甚高，但我坚持认为，由诗人安琪创意集合的"中间代"构成中国当代诗歌史上的一个重大事件，但这一命名并没有提供"中间代"作为一个诗歌流派所必须具备的一些基本条件。

我们先来看"中间代"的界定标准。如果说"中间代"是一个宽泛的代际指称（泛指60年代出生的诗人），那"朦胧诗人"中也有60年代出生的（如顾城等），"第三代诗人"则大部分出生于60年代；如果说"中间代"是指一群诗人之间比较接近的、独立于"朦胧诗"和"第三代诗歌"的某种诗歌美学和写作追求，实际情况又并非如此：被划入"中间代"的诗人，不仅大多数人的诗歌主张各不相同,创作实践也是千差万别。所以只能说,所谓“中间代”诗人,是指介于“第三代诗人”和所谓“70后诗人”这一时间段之间的,在创作上没能进入“第三代诗人”行列的,在年龄上无法归入70年代的所有成名和未成名(绝大多数是未成名)的诗人。因此,我坚持认为,“中间代”只是一个在众多人参与下,由安琪本人创造的诗歌事件,而不是一个流派。

按照这样的标准,诗歌写作中的所谓的“70后”也不是一个流派,而是一群出生于20世纪70年代的诗人在成名焦虑困扰下的自我命名。如果说这一群诗人有什么可以标榜的共同点,那就是都出生于1970年以后;而不同点则是各自的诗学主张和写作实践——没有一种共同的、可以识别的美学追求,来把这些出生于同一个年代的诗人概括为一个写作流派。“70后”这一命名的社会学意义大于诗学意义。

还有张嘉彦等人倡导的“低诗歌”运动,虽然以“崇低”作为其诗歌美学及写作追求,已具有某种流派倾向,但因其涵括太广泛(包括“下半身”、“垃圾派”、“反饰主义”等)而模糊了其流派特征,故仍将其视为一个“崇低”的泛诗歌运动。

最后还有“第三条道路”。虽然有两个“第三条道路”(互相对立的、互不承认的),但这个借自西欧的社会政治学名词(欧洲一些国家的社会民主党自称是介于资本主义和社会主义之间的“第三条道路”)作为一些诗人集合的称谓,产生于北京的“知识分子写作”和所谓的“民间立场”争论时期,明显带有某种应激性的策略考虑(在这一点上和“中间代”有些相似,所不同的是,“中间代”的应激策略是时间的,而所谓“第三道”的应激策略则是空间的)。虽然它曾自称“21世纪第一大诗歌流派”,但我们并没有看到这个自称的“第一大诗歌流派”有什么明确的诗学主张,也不知道“第三条道路”的诗歌到底是什么样的诗歌。我们只能从它的鼓吹者口中听到"第三条道路是中国的后现代主义"这一空泛的说法。后现代主义是一种世界性的带有极大广延性的文化思潮,它涵盖哲学、政治学、经济学、历史学、文学、艺术、文艺理论、文艺批评甚至建筑、广告、时装设计等诸多领域,仅就诗歌而言,光在美国,被归入后现代主义的就有几十个流派。将如此普泛的一种世界性的文化思潮,作为一个诗歌流派的单一指标,是很可笑的。而从他们的文字表述中也可以看出,鼓吹者并不了解什么是后现代主义。在诗人的认定上,也没有什么标准,似乎只要是写诗的,都可以被任意地拉进"第三条道路"。因此,笔者认为"第三条道路"并不具备一个诗歌流派所必须具有的起码条件。

上面这幅诗歌流派路线图,从1979年一直绘制到当下。这便是我眼中的中国先锋诗歌流派谱系。我们寻找的"80年代诗歌精神",就一直寄存、发扬于那些涌现于20世纪80年代并一直坚持到今天的先锋诗歌流派身上;还有在那些被"80年代诗歌运动"所感召而相继创立的新的诗歌流派身上,我们也可以看到"80年代诗歌精神"的影子。"80年代诗歌精神"并没有完全死去,它通过旗帜不倒的先锋诗歌流派而延续到了21世纪的今天。

从20世纪80年代中后期开始,中国先锋诗歌从个人走向流派,是中国诗歌自身作出的历史性选择,是由当时中国的政治气候和社会环境所决定的,也是由当时诗歌的生态及诗歌自身发展的内在逻辑所决定的。这是中国先锋诗歌由自发走向自觉而跨出的决定性的步伐。就其本质的意义来考察,产生于20世纪80年代的诗歌流派运动,是中国诗歌追求民主化和现代性的一场声势浩大的诗歌自治运动,其深层动因实含有艺术的"自由"

与“自律”的双重诉求。可以说，没有80年代那些招人诟病的流派“宣言”和诗歌“群体”，便没有轰轰烈烈的80年代诗歌运动；没有80年代诗歌运动，便不会有我们今天考察的众多“先锋诗歌流派”。我们现在看到的文学创作的相对自由及诗歌写作的多元化，实在受益于伟大的80年代诗歌运动。

写到这里，可能有人会认为，周伦佑在这里除了提出“流派学”这个概念，并从“流派学”的角度对中国当代先锋诗歌流派作谱系性的梳理和确认之外，主要是为“80年代诗歌流派”正名——还需要我来正名吗？时至今日，时间早已为中国当代的先锋诗歌流派发放了永久的通行证。三十年以后，非非主义仍然壮大地存在着，不仅作为先锋诗歌流派的非非主义，已经被严苛的时间所接纳，成为数十部中国现当代文学史的研究和论述对象，就连《非非》杂志本身，也已经进入当代学术的研究视域。当初那些反对和批判的声音，现在已经烟尘自散了。环顾左右，中国还有哪一位严肃的、纯正的诗人不是归属于某一个群体或流派的呢？笔者尊敬的诗人郑敏是“九叶诗派”的，牛汉是“七月诗派”的，北岛、多多是“今天派”的。连假清高的所谓“个人写作”（又曰“中年写作”）的鼓吹者们也毫不犹豫地抱团为“知识分子写作派”了！这即是时间对“流派恐惧症”的治愈。

走向流派的中国先锋诗歌，正在以自己独立的姿态，构建起一种自由的诗学。

这是我们可以期待的。

2010年5月25日草成，2017年4月19日

修改于成都温江柳河居

客观化写作

——当代汉诗的建设性转型

马永波

1. 从垂直的歌唱到横向的述说

当代汉诗从20世纪80年代到90年代至今,所发生的最重要的转型便是客观性的写作成为许多重要诗人不约而同的追求,这个过程也暗合了从理想到现实、从天堂到人间的视角和理解上的转换,诗人们将内心的激情体现在对事象的描摹中,以求最大程度地榨取日常生活中所蕴涵的生存信息,在时代生活和个人信念之间求取不稳定而又迷人的平衡。他们不再晕眩于文化意识形态对事物本身的符码化所造成的光晕,宁可认为物是无深度、无厚度、无本质、无内里的,宁可相信在一个冷漠的物化世界中,物不再是人的主观的外化,人只是人、物只是物而已,在人与物之间永远是一道分裂的鸿沟。

对当下生存现场的极端关注,是与诗人所置身的生活环境的窘迫与逼迫有关的,生存几无回环余地的严酷使诗人始终葆有了直面人生的勇气,尤其是对日常生活中的悲剧性的敏感,使得诗人始终不能忘怀以个人化的话语方式进行非个人化的审美,在深入自我的同时又努力超越自我,实现内部想象和外部真实之间的统一。诗人似乎已变成了一个媒介,他不再迷恋浪漫主义的自我表现,也不再迷恋象征主义以客观对应物来契合内心感知。因此,主体的情感和外在秩序就成了一张纸的两面,对主体的挖掘和对自然的呈现实现了同步与同构。从这个角度出发,我们有理由相信,在诗人的嗓子里发声的是真实本身,当然,这里面不可能是纯然的天籁,而是加入了诗人独特音色的浸染。

返回当下生活的现场,首先意味着诗人主体上的自我开敞,意味着对存在所采取的看护、尊重的态度。在这种光照下,诗人不再仅仅通过自我的针孔中去窥视世界,而是像河流一般将自我消融在大海的蔚蓝之中,加入到人类生活的伟大循环之中。一己的情志不再重要,重要的是让事物通过自己而显现。当代汉诗中曾出现过里尔克式的"事物诗"风潮,众多诗人凭借对事物细致入微的观察与刻画来彰显事物自身存在的庄严。这种返回真实的方法我命名为"还原性写作"。当诗人观察世界时,他就像一个守夜人,既无太多的记忆,也无太多的希望。在时间的夹缝中,担承现在是对现代人生存勇气的一种严厉考验。彼岸的光芒逐渐暗淡,在异化的物质碎片中,人当如何自处,如何在确知没有神明的情况下,恢复某种信念?我不知道普通人是如何应付这种内心的危机的。可我知道诗人的武器就是利用语言和虚无对抗,用语言的狂欢填补存在的匮乏。因此,我们才可以理解,为什么真正的诗人在处理最为噬心的主题时,仍能保持一种近乎孩童游戏般的对美的细节的天真迷恋,在直面人生苦难的同时,能保持一份坦然的对美的欣赏,这已不仅仅是诗人的风度所在,而是对语言本体功能的无上尊重。丘科夫斯卡娅在《诗的隐居》中记载过阿赫玛托娃在颠沛流离中仍能敏锐地注意到"莫斯科地铁那浅蓝色车厢上覆盖着积雪",这是所有真诗人的共同特征。在这里,语言不再是被消耗性地使用,而是如同在源头被清洗过一般,恢复了弹性、丰富、柔软。好的诗人能更新"爱"这样被用滥的词,把能量、清晰和丰富归还给它,使之重新变得可用。

“还原型写作”带来的是对事物原生态的描摹，主体是退隐在幕后的，这近乎于中国古典诗歌所标举的“无我之境”。实际上无论是“以我观物”的“有我之境”还是“以物观物”的“无我之境”，我始终是存在的，只不过在“有我”的时候，主体与我是有距离的和分立的，而“无我”则意味着主体与物相谐，因而物我不分。例如我的《在初秋的阴影中》：

阳光陡峭。一个父亲
背着两只孩子的书包
两手还拎得满满
黑色白色的塑料袋
从后面看去
他应该和我同龄
或者更小。他的双胞胎女儿
一个在他前面，从一个阴凉跳到另一个阴凉
一个懒懒地落在后面，踢着树叶
那父亲始终没有看她们
他走在中间，始终没有说话
他们就那样走在楼群和阳光之间
一会儿明一会儿暗

我们在以往诗歌中常见的“意义”似乎消失于无形了，留下的只是一个单纯的场景。

而更具原创性意义和价值的另一种“客观化诗歌”当是“超载型写作”，亦即凭借对意识形态的语义积淀的清理，而使事物自身得到本原性的敞开和浮现。其关键技术可归之为我所首倡并以各种变体弥漫于 90 年代至今近二十年汉诗书写中的“复调”、“散点透视”、“伪叙述”、“元诗歌”。

“复调”类似于西洋音乐中的对位法(我所提出的词的对位法即与之相应),而就小说来讲,巴赫金在对陀斯妥耶夫斯基的研究中全面阐释了复调、多声部性、对话等理论和术语。他这样谈到复调小说,如果过去的小说是一种受到作者统一意识支配的独白小说,则复调小说是“有着众多的各自独立而不相融合的声音和意识,由具有充分价值的不同声音组成的真正的复调。不是众多性格和命运构成一个统一的客观世界,在作者统一的意识支配下层层展开,而恰恰是众多的、地位平等的意识连同它们各自的世界,结合在某个统一的文件之中,而相互间不发生融合”。①

这至少表述了这样几层意思:一、复调写作中的主体意识不再具有以往文学中神视(即无所不知)的特异功能,它只是众多意识之一,既不高于也不低于其他意识。这里显然关涉到与物平等的看世界的态度。二、众多意识(在诗歌写作中即是多重语境)呈不相融合态,即未经一个元意识的整合。各意识(语境)以对话方式存在,它们不围绕一个统一的单向度的主题,而是彼此对抗、互悖、呼应、争吵、转化。

在《散失的笔记》和《哈尔滨十二月》中,远的和近的、文本的和现实的两个世界被同步处理,从而完成了一次“意义置换”过程,希腊所象征的国际化含义被解构式地本土化了,也就是由全称知识向具体经验还原,是在普遍性中寻找特殊性的努力,正好与汉诗普遍的升华传统相反。这里面也暗含着对那种出于功利目的与“世界”虚妄对接的批判,也有对本土化同样是对国际化的反向趋媚的警觉。在时代生活与个人语境之间并不存在谁承

① 巴赫金:《陀斯妥耶夫斯基诗学问题》,三联书店1988年版,第29页。

担谁或者谁归拢谁的问题，它们只是各自存在着。这种双向分离状态，避免了在个人语境向集体神话的升华中私己狭隘的野心和功利造成的特殊性的丧失。在似是而非和似非而是的充满自省的玄学雄辩之中，往往会突然出现不和谐的引语，像靡菲斯特在白昼出现，比如我常常将街谈巷议结合进诗中，将儿子马原的“智慧之语”直接写进去。如《以两种速度播放的音乐》中之《两种卡通片的夏天》，在讨论了远方、天堂、前生等玄妙主题之后，突然转入对马原生活中原话的记录：“我有一个危险的家。我是在警察局里。我白天一夜都没睡。明天我不高兴。我戴上帽子整天喝酒。”就如同一幅关于水果的油画直接用胶黏上了半只苹果。于是在知识的和经验的两个不同层面上，便产生了对话、颠覆和摩擦。在对意识形态神话有距离的“悬疑”中，反讽得到强调的同时，表明了这样一种对存在的态度，世界并不统一于整体，诸多因素互相对峙却不能归结为一个公分母：

我熟悉这种生活。揭去伪装的绿色
露出：货车编组场。黑色的烟和白色的蒸汽
交叉挥动。巨大的车头把领袖的铁制像章
推向风景的深处，像勇士擎着盾牌向未来冲击
而面色苍白的司机，双眼紧闭，浑身僵直
正午的一次散步，我和一个旧世界擦肩而过
那是用汽笛抒情的时代，艺术家都来自附近的农村

世界已经破碎的时代，主体的破碎是必然的。各要素的不相融合，实际上不单是存在的真实状态，也是人类认识世界时唯一真实的状态。从当代摄影理论中我们得知，人观察事物时目光并不存在所谓固定的透视，人眼总是不断从一个视点跳移到另一

个视点(眼球颤动),看一下,移开,再回来,那种扫描式的目光。而如果加入时间流逝这一因素,我们看见的事物必然是许多次不同印象的叠加,因为在你两次扫描之间,时间已悄悄改变了事物本身。这引发了大卫·霍克尼的拼贴照片。这里便转入了另一个对于客观化写作极为关键的技术:散点透视。我考虑这一新的观察事物的方法时尚未接触到霍克尼。我的散点透视来自于中国传统卷轴画的启示,它不同于西洋绘画中单视角的深度透视,而是回环的动点透视,即视点不固定在一点上,而是按一定规律作各种方向和线路的移动,这样能把多个视点有机组合在一个画面上。远山小径上的人和画面下端的人物几乎有着同样的体积,几个在时间中线性展开的事件往往被并置安排在一个画面上。从西方现代绘画中,我们也可以看到这种一幅画中存在诸多视点的技法,如基里柯的《一条街的忧郁和神秘》,其古怪的不稳定感造成的危险气氛,便来自这种多重透视,实际上街角的不祥阴影、滚铁环的小女孩和几乎只是拱洞的建筑,并不在一个透视之中。

任何技术,在艺术中并不单单是技术,它是和艺术家的世界观,即对真实的态度、他认识世界的方式、他的道德意识,是分不开的。早在80年代的大学期间,我便开始有意无意地尝试趋向客观的写作,到了90年代中期,这个倾向已经成为我主要的诗学追求之一。它首先是一种认识真实、说真话的道德意识,然后过渡到美学立场,最后诉诸语言方式。在80年代初即已完成其使命的朦胧诗,实际上其写作仍是在古典的语言规约中进行的,即认为仍有一个可以用语言去把握的清晰透明的世界存在,仍是在用语言去和存在的事物搏斗,尤其是与意识形态的对峙。而随着文化的超储积累以及语言哲学影响的日益扩大,语言已从认识世界的工具变成了唯一亲在的事实。对语言的态度便是对世界的态度。显然,朦胧诗没能完成这一语言目的性在诗学上的转变,因此它提供给我们的仍有可能是完全属于传统的东西,如诗言志,这个"志"可以是个人的道德情操,也可以是集体无意识。这是对真实的另一种遮蔽,对于我们认识置身其中的世界是没有什么帮助的,也许正相反。作为一名诗人,在这个剧烈变革的时代,如果他还有起码的写作道德的话,他就应该意识到,达于真实是他现阶段的首要责任。因此,散点透视(动态视点)作为人类观察事物的本真方式,不是技巧和技巧之一,而是关乎诗人的艺术良知。

2. 从独白到对话和杂语

从20世纪90年代前期开始,我的写作接通了一个新的资源——一种基于日常谈话(talk)的诗歌,语调不再是80年代自负的雄辩,而代之以闲谈式的漫不经心。在题材上则是直接取材于生活中的交谈,发掘其中蕴含的大量生存信息,将谈话与对自我和知识的冥思、对物象场景的描述错位地互相嫁接或者并置(异质共生),意念不断地被修正和颠覆,或嬗变、偷换、过渡成另一个意念,而非凝固成孤零零的"定在"。这种诗歌突出了对话内里多声部的互相盘诘、斗争和此消彼长(小说化的诗)。诗歌要承担起当代生存的复杂性,有必要借助于小说对经验占有的本真性和话语方式的此在性。

谈话既有在个人空间中进行,也有在公共场域进行。公共场域的集体限定性和个人隐秘的自律的尴尬,产生了对质和相互悬疑,如《眼科医院:谈话》。而在《春天谈话》中,两个主体"看着电视谈话,不看对方",也透射出现实噪声的无孔不入,以及现代社会人际交往的不可通约性。《秋湖谈话》则是将玄学交谈的做作和修辞性质与自然物象的随意与本真加以并置，在内心世界与外部世界之间进行了置换，突出了意识形态瓦解后内心生活的不可能（内心生活——各种信仰、观念和价值）。人的内心生活是无所谓高尚卑贱的，不外是一些欲望、冲动、“古老信仰残片”的春水流冰。克拉考尔在《电影的本性》一书中说：“如果意识形态正在分崩离析，内心生活就没有什么真正的内容可言了；瓦雷里的内心生活第一的主张也相应地显得空无内容。……意识形态的衰落使我们所生活的世界处处布满了碎片，而一切进行新的综合的尝试也都归于无效。在这个世界里，不存在任何完整的东西，这个世界毋宁说是由零碎的偶然事件组成的，它们的流动代替了有意义的连续。因此，个人的意识必须被认为是信仰的断片和形形色色的活动的一种聚合物。”①普鲁斯特也认为，没有一个人是完整的，而了解一个人则是不可能的，因为就在我们试图澄清我们对他的最初印象的同时，他的自我便又发生了变化。在《秋湖谈话》一诗中，我曾这样说道：“为什么你把这些：秋湖，叶子，我们/皱巴巴的耳朵，呼吸和风之间的思想/称作你的内心世界……”所谓自我也等同于“石头，草，水中的鱼”，或者“棍棒，数字，岛屿”。于是，我们有理由认为任何整一、连续的内心（精神）活动，都是虚构的“全能状态”，一切并不在“掌握”之中。因此，诗歌乃“客观对应物”的说法就显得十分可疑。当前诗歌的片断性，其表面上的人为与主观色彩，实际上乃是对人类意识活动的碎片化、非连续性、流动性的一种客观对应，是对“大脑电路图的吻合”。人类所能处理的现实是他可以把握的现实，是他头脑中的现实，语言中的现实。语言是现实的唯一在场。所以，与意识活动实况的对应也就是对客观真

① 克拉考尔：《电影的本性》，中国电影出版社 1981 年版，第 363—377 页。

实的尊重。如此,表面上非常主观的诗恰恰可能是非常客观的。德国心理学家恩斯特·波佩尔在《意识的限度》一书中说:“对于身心问题的解答,不论是采用一元论的方式,还是采用二元论的方式,由知觉类别所构成的周围世界的图像都只不过是一个建筑而成(创造物)而已。我们只能够感受到一些非常特定的刺激形式,而对世界的判断自然而然地就是一种‘先入之见’。我们所能有的对世界的认识(经验),只能是那些通过自身与大自然相适应的类别而强加于这个世界的那些东西。我们所看到的现实,是由我们自己所决定的关于现实的创造物。我们感觉与生俱来的条件(包括所有感官条件)为我们对世界的认识死死地套上了框框。”①

对“谈话”的引入,增强了诗的现场感。对现实的切入不是面对面去描绘它,因为我们自身就是现实的一部分,部分是观照不到整体的,所以,从谈话入手,相当于社会学中对社会本体(它是否存在?)的研究转向对人们对社会的各种反应(说法)的研究,这是一种语言学方法。切入现实和生存,仍只能从切入言语(而非语言)入手。在此,碎片和整体(如冰和解冻之水)、凝固和流动、个人的和公共的,便杂糅在一起。

单一的美学已不能满足当下各种社会话语剧烈冲突的现实。单一透视法形成了所谓深度,它导向二元对立的思维模式,如本质与现象的辩证模式,潜与显的弗洛伊德模式,内与外的阐释模式,真实与不真实的存在模式,能指与所指的符号模式,等等。对这些主观的固执的思维模式的消除,除了上述的散点透视之外,还有一项重要的技术——伪叙述。它区别于传统叙述

---

① 恩斯特·波佩尔:《意识的限度》,北京大学出版社 1995 年版,第 123 页。

之处,在于它重在揭露叙述过程的人为性与虚构性以及叙述的不可能性,它是自否的、自我设置障碍的、重在过程的叙述,它将对写作本身的意识纳入写作过程之中。凭借揭示出诗是一种发明,将注意力引向文本的技术和自治,或者将注意力引向理解的问题上来,如读者经常被引见给一般被认为是基本信息的未完成或被否定的故事,读者被迫经常发问,“谁在说话?”“他们的环境和动机是什么?”以及“他们是可信的吗?”伊哈布·哈桑将这种“无以言表”和“自我质疑”的特性定义为“不确定的内向性”,即文本的自我指涉,文本的意义并不通向外部的客观世界,而只是存在于文本自身,只是揭示文本形成的过程。

暴露文本的构成性、语言的生成性和文本的修辞性质,是和对意识形态化话语的解构相呼应的。所有意识形态话语都力图使自己的日常行为看上去就和自然的事实一样,以使自己成为“第二自然”,使某种行为准则成为一种自然秩序的自明的规律。其实对世界的最自然的评价也有赖于其集团文化的种种习俗准则。因此,暴露本文的符号性质、任意性和历史性,便产生了一种“互文”的写作。“一个本文并不是流露出单独的一种‘神学的’一行词语,而是一个多维的空间,在这个空间里,各种各样的作品——它们都不是原文——搅和在一起。”①大量对文本的戏仿、引用、策略性误读已经出现在当下汉诗写作之中。《简历:阿赫玛托娃》揭示了历史的文本性,并揉进了作者个人的声音,你会发现有两种不同的声音在互相盘诘。《本地现实:必要的虚构》则演示了文本自身的生成过程,大量的生存信息对形而上思辩进行挤压,以保证文本的可靠性。对文本构成的人为性质的持续暴露,在当下的时代历史语境中仍是必要的。但问题是文

① 乔纳森·卡勒:《巴尔特》,中国社会科学出版社 1992 年版,第 4 页。

学(尤其诗歌)已经被人们习惯性地默认为虚构,人们读文学和读其他文本时所采用的阅读态度是截然不同的,也就是说,人们是把文学文本和其他文化文本相区别开的,所以,存在着诗歌文本暴露自身虚构性的同时,人们仍在相信其他非文学文本的自然性。近年写作的跨文类现象,表明诗人们已经认识到文学必须变成非文学、诗歌必须变成非诗,才有可能将文学与现实混同处理,达到彼此不分、彼此颠覆的效果。诗人从关心诗歌的封闭、自足、纯粹,转向开放、吸收、丰富上来,转向了词与物、文本与语境、个人与历史等关联域上来,这无疑是诗歌自我更新的要求。

这种文学对自身的反思(如及物功能),如果表现在文本的构成过程中,就会形成一种关于其本身的文学,亦即“元文学”。而元文学概念的创生,其动力源自对文学对真实的“附魅”的消解,只有解构掉文学意识形态,事物本然才能从文字场域之外浮现出来。因此,元文学可以归之为后现代“走向沉寂的文学”,亦即有取消自身冲动的文学,吁请读者脱出文本空间,重回生活世界,亦即从原子化主体建构的小世界重新嵌合到无物无我的世界整体之中。因为人为的东西已经成了隔在人的感官感觉与活生生的生活之间的障碍。正如我在诗中所形容的:

从混乱大脑中流出的诗
清澈,寒冷,拖在大脑的石头上
冷却着历史的热度
于是有人开始泛舟垂钓
于是有村庄和车站
褐色蘑菇一样沿岸冒出来
于是我承认,虚构才是现实的起源

于是白花花的大脑一般的石头越来越多
它们将水流分散，让我们
再不能把水聚拢在一块石头周围

因此，读者如果被文学的致幻作用所迷惑，从而将文学中的世界观照搬到生活世界之中，其危害自不必言。因此，具有自反意识的诗歌吁请读者阅读的同时，又排斥读者，驱赶读者，嘲弄读者的轻信。它鼓动读者仅仅将文学作为维特根斯坦式的“综观”，要为人生而阅读，也就是说，在承认文学乃虚构之词语圣灵的同时，在其身上看到我们表达的基准(standards)，看到那些叙述，通过这些叙述，我们能够叙述我们自己在我们世界中的方式。无条件信任文学所提供的世界观的“形而上学”疾病，理应由文学对自身的策反所治愈。于是，文学为我们提供的就仅仅是一个中间环节，正如我在《隔夜的雨》中所触及的那样，写作主体与写作对象的性质都由阅读所决定和改变：

风吹树叶如翻动书页
风吹落树叶上的雨水
风也把我吹斜——
我是雨水、书，还是树叶
这个，由你，亲爱的读者来定

这就意味着，在诗所提供的这个“综观”中，我们看到一幅人类活动的图画呈现于其中，这种活动与曾经似乎成问题的实践有点儿相似；只有现在才没有日常生活中对事物的那种如影随形的惊讶感，也只有现在才没有事物需要解释的感觉。因此，我们从一种综观式表现中看到一种可能性：我们该如何用一种类似的眼光去看待我们自己的实践，如何回到它们并清楚地看待它们。文本期待读者最终摆脱这个“中间环节”，看到用相似的形式可以大致解释我们的表达实践，它期待我们在文本之外继续下去，并考虑我们的标准原器，或者我们的公共世界中等同于文学的那些特征，期待我们去寻找我们贮藏自己表达工具的真实地点。从这个视角出发，我们看到，汉语文学中，尤其是诗歌，从20世纪90年代中期开始，逐渐产生出对自身的强烈反思，这种新类型的写作已逐渐发展出相对成熟完善的形态，有诸多代表性文本出现。作为汉语诗歌中元文学性（元诗歌）的最初倡导者和积极实践者，我在1994年的大批作品中，即已鲜明地呈现出诗歌的元意识探索，其后不久，在我的重要诗学论文《谈近年诗歌的客观化倾向——复调、散点透视、伪叙述》中，系统阐述了元诗歌实践，明确地将具有自反意识的诗歌写作纳入“客观化诗学”范畴。这一方面的代表性作品《伪叙述：镜中的谋杀或其故事》、《简历：阿赫玛托娃》、《默林传奇》、《奇妙的收藏》、《眼科医院：谈话》、《本地现实：必要的虚构》等，都从各个方面印证了元诗歌写作的现实存在及其重大影响。

我们可以将元小说定义为“一种有意识地强调小说虚构性及技巧的小说。它通常包含有反讽和自我反思。元小说不让读者忘记他们是在阅读一部小说。元小说本质上是与后现代文学相关联的”。同样，我们可以将“元诗歌”界定为关于诗歌的诗歌。“元”的本义是本体、始源的意思。“元，始也。”（许慎《说文》）元者为万物之本。“元”的英文“meta”是“超越”、“后设”之意，但一般译作“元”。“元语言”（metalanguage）就是“关于语言的语言”，即用来涉及或描述另一种语言的语言；“元批评”（metacriticism）是“关于批评的批评”，即试图对批评实践进行分类、剖析，为之建立普适原则的文学理论；“元小说”（metafiction），即“关于小说的小说”。“元诗歌”是一种突出诗歌文本构成过程及技巧的诗歌,它不让读者忘记自己是在读诗。

元诗歌的主要技巧可以归纳为这些——关于一个人在写一首的诗;关于一个人在读一首诗的诗;凸显诗歌的特定惯例的诗;非线性的诗,各个诗节的阅读顺序可以打乱的诗;元语言评说的诗,即一边写诗一边对该诗进行评论,评论也是诗的正文的一部分;作者意识只是诗中众多意识之一的诗;预测读者对诗歌有何反应的诗;诗中人物表现出他们意识到自己是在一首诗中……

可见,元诗歌实为伪叙述的一种极端表现形式。下面就其缘起及其在诗歌中的主要表现形态(“关于诗歌的诗歌”、“元语言评说”)作一番概括的考察。

3. 元叙述的消解与伪叙述的由来

元文学意识的产生是随着对元叙述(metanarratives)的怀疑而产生的。“元叙述”是批评理论中使用的一个术语,尤其在后现代主义中,它是一个核心的概念。它是一种宏大叙事(Grand Narratives),一种包罗万象的虚构,这种虚构试图给历史记录赋予秩序。这个术语因利奥塔在其《后现代状态》中的使用而闻名,他说:“简化到极点,我们可以把对元叙事的怀疑看作是‘后现代’。”[1]元叙述是现代性的根本特征,它的典型特点是以“超越、普遍的真理”为形式的,此外还抱有对人类存在的进化论信念——一个有头、身、尾的虚构。例如,许多基督徒相信人类天生是有罪的,尽管能够在天堂中得到拯救和永恒的宁静。对于

① 让-弗朗索瓦·利奥塔尔:《后现代状态》,三联书店 1997 年版,第 2 页。

启蒙理论家来说，理性思维与科学推理结合能促使人类获得不可避免的进步。马克思主义者认为异化的人类能够通过集体的、民主的组织化来实现其充分的潜能。任何构造宏大理论的企图都必须忽略宇宙天然存在的混乱和无序。“元叙述”忽略了人类存在的多样性、异质性，它包含了历史发展观，认为历史是朝着一个特定目标进步的。在“后现代时代”，元叙述已经丧失了其令人信服的力量——它们是虚构，目的在于使各种版本的“真理”合法化。因此，后现代主义者企图将元叙述代之以所有多样性的共存和局部合法化。

上文说到，在20世纪90年代的汉语诗歌中，面对日益复杂的社会现实，为了加强诗歌对现实的触及能力，增强现场感，许多重要诗人不约而同地在诗写中强化了叙述因素，注重诗歌话语对经验占有的本真性和此在性，诗歌从向读者和物垂直发言的“舞台式”抒情向与物平等共生的“实况式”述说转变。然而，和80年代热病般流行以“光芒”、“水”、“麦地”等国产意象为主导的农耕庆典诗歌一样，泛叙述诗歌迅速得到了普及，诗人们不再弯身挥镰收割乡村意象，而是陷入了近乎私语的个人经验的饶舌叙说。诗歌中的主体虽然不再是集体的人，自我似乎从国家美学的夹缝中安全撤退回私有空间，诗人们幻觉地以为，依靠叙述，就可以重新返回词语及物的领域，但究其实质，自我依然是被文化浸透和改造过的自我，已远非本真的自我。这样，诗歌对事象的描述就只能停留在事物光滑的表面。如果不在叙述（某物）的过程中对词语再现功能保持审慎和怀疑，这样的叙述也就同样落入了“元叙述”的势力范围，“元叙述”是试图赋予现实的混乱以统一的结构，而90年代的泛叙述诗歌，则是以个人眼光来判断事物，对之进行取舍的私人化的“元叙述”。两者在本质上没有什么区别。

早在20世纪80年代前期读大学期间,我就有意识地开始了以叙述来抒情的实践,以修正过的口语和叙述来抒情的“事态文本”,显示出坚实、细腻、冷静的美学倾向,手法以描述和内省相结合为主,并在90年代成为我写作的主导倾向——叙述和伪叙述。正如汤养宗认识到的那样:“马永波20世纪90年代在诗歌中所倡导的散点透视、伪叙述、复调等三种语言态度,已成为当今多维诗歌写作的重要依据。这也是他对汉语诗歌文本空间建设的一个贡献,其后汉诗中后现代手段的种种繁衍多与此有关。马永波自己的诗歌文本也与他的理论主张相统一,往往具有多重的时间感与空间感,多重性的错位叙述使内在含义在自我的智性盘诘中延宕开来,致使诗意扩大了自身意会的地盘,也给阅读提供了第二次建筑的再造性。这种外在形体不断模糊的逻辑结构,在为诗人提供越来越大的叙述空间的同时,也为诗歌叙述的可能提供了更多自由探险的途径。所以,他应该是当今汉语诗歌中少有的真正具有凛冽写作精神的持有者。他近年的文字气息越趋于内敛与冷静,反映了世界物像与叙述关系在他心中所达到的自由与自信的程度。”

作为汉语诗歌中叙述诗学的主要开创者之一,正是在意识到叙述的普及化和被若干诗人私有化的危险,意识到叙说一己之私既不能触及存在的真相,也使主体的精神力量急剧弱化的危险,笔者才在1994年明确提出了“伪叙述”这个具有本体论意义的诗学命题,以对“叙述诗学”进行必要的修正和平衡。我们可以断定,20世纪90年代中期至今,以叙述为主要手段来反映外在现实和表现内在现实的“广义现实主义”是对真实的一种背叛。

我们知道,话语的及物性是个不定数,几乎是幻想,话语是无法完全透明的。我们无法像透过玻璃一样透过它去看见“什么”，正像冬天我们趴在窗户上看外面，我们的呼吸会使玻璃模糊。叙述诗学的基础就是这种对语言及物的幻想。从根本上讲，事物是内在于语言的，自我所能认识的现实是从自我本身分离出去、投影出去的现实，仍然是语言中的现实，语言和现实是互相“胶着”的，谁离开了谁都无法独立存在。因此，考察现实的唯一途径是考察语言。事物只是文本之网的网眼中漏下的鳞片和黑暗虚无。网本身既是工具也是对象。这种二而一的自我相关缠绕，使欲望成了只有能指的能指，施动对象则成了漏网之鱼。那么，在这种语言观的观照下，所谓主体精神也只不过是词语错动时造成的虚幻闪光，词语指向的仍是无尽的其他词语，所有意义只是在一本词典中反复循环，“自证其罪”。这样，真实本身和词语伪装出的真实便混在了一起。托多罗夫曾说：“我们的话语构成法则迫使我们屈服。我一说话，我的陈述就服从于某项法则，被纳入某种逼真性范围，而我唯有用另一种其法则是暗含的陈述才能阐明（和否定）该逼真性……唯有破坏话语，才能破坏话语的逼真性……逼真性并不是一种与实在的关系，而是与大多数人认为是实在的东西的关系，换句话说，是与公论的关系。”①

而诗歌中的叙述一旦被泛化，除了因其拘泥于一己之私的絮叨而弱化了主体精神力量之外，它最大的缺陷，便是以貌似真实取代了真实本身，从而构成了对事物的又一轮遮蔽，有将真实重新符码化的危险。而诗人异于常人的一个地方，就在于他是在对语言的怀疑中使用语言的人。消除再现幻想的方法有很多，其中之一便是我首创的“元语言评说”，亦即诗中的说话人有

---

① 托多罗夫：《巴赫金、对话理论及其他》，百花文艺出版社 2001 年版，第 77—83 页。

时会出面点醒读者他仅仅是在读一首“诗”而已，而不是在读“真实”。元语言评说的出现意味着汉语文学中开始出现了他者话语——当我们在叙说所谓的“真理”时，在我们表达所谓的“自我”时，往往同时有一个超自我在进行实时监控，诗歌不再是事物的痕迹，而是一边写下事物的痕迹，一边将其擦除。德里达曾提出著名的“延异”说，延异乃是差异和延宕的综合，意义永远屈从于差异，永远被符号本身的差异所推延，能指和所指绝不可能同时发生——此即摹仿的终结和自我指涉的开始。语言既反映他物又反映自身、既呈现存在又遮蔽存在的性质决定了诗歌始终在指涉他物和返观自身之间徘徊不已。

这意味着现代的怀疑精神已经超越了对事物本身的反思，而进入了对作为“事物的摹仿”的文本自身的批判，由此，意象的修饰的诗性话语和事态的原发的现实话语就同时出现在文本之中，产生了语境之间的对诘和辩难。诗歌不再是作者思想感情的直接流露，或者对于现实的同质性再现。正如阿兰·罗伯-葛利叶在《未来小说的道路》中所说：“甚至最没有‘定见’的观察者也不能用毫无偏见的眼光去看他周围的世界。……每时每刻，种种文化的外围（心理学、伦理学、形而上学等）自行强加于事物，掩饰着它们真正的陌生性质，使它们更可理解、更迎合人心。……我们必须制造出一个更实体、更直观的世界，以代替现有的这种充满心理的、社会的和功能意义的世界。让物件和姿态首先以它们的存在去发生作用，让它们的存在驾临于企图把它们归入任何体系的理论阐述之上，不管是感伤的、社会学、弗洛伊德主义，还是形而上学的体系。”①

① 阿兰·罗伯-葛利叶：《新小说派研究》，中国社会科学出版社 1986 年版，第 62—63 页。

文学作品具有特殊的指涉性——当一部作品表面上指涉一个世界时，它实际上是在评论其他文本，并把实际指涉推延到另一时刻或另一层面，因而造成了一个无休止的意指过程。后现代转向的一个明显标志就是从对“实在”的关注转向了对实在间“关系”的关注。因此，当代诗人不可避免地加强了对关联域的关注，比如词与物的关系问题。例如，《纯粹的工作》一诗就是演示了一首诗产生的过程，并探索了这首“诗中之诗”（正文中引号里的内容为其片段）的写作所带来的困惑和虚幻感，在虚构中又嵌入了现实的碎片。而在《奇妙的收藏》中，诗人探索了词与物的转化问题。物转化为词语也就是真实被符码化的过程——词语的增多则对应着外在事物的减少——“大地上的事物越来越少”；劳动的工人“已变成了动词/一直把名词们搬来搬去/他们已不能拿到可以流通的货币”——事物转化为词语之后，人便失去了与事物真实接触的机会，人开始在词语构筑的世界中生活，词语这种既敞开又遮蔽的双重特性使得诗人对词语的使用万分小心，也使存在几乎成了噩梦，词语的增殖并未能使存在增殖，反而模糊了存在的本来面目。词语像沙子一样越来越多。可是让词语重新变成事物这个逆向过程从根本上讲是不可能的，因此，此诗才会有“当一切停止，我发现/我也是寂静收藏的一个词语”这种元语言体认的无奈结尾。有时，在一首诗中，比喻（词语）转化成换喻（物），并且不再回到词语本身，这正如元小说中用注解一边评论故事一边将故事延续一样，例如《满地的黑蟋蟀是活棺材在爬》一诗。而《词语中的旅行》则触及词语意义的不确定性问题，探索了词语对物所能发生的虽缓慢间接却具有关键性的影响，语言与存在的界限被刻意模糊。

对尚处于杂语共生状态的汉诗写作进行某种类型化的归纳

与梳理,尤其是那种将写作的某种属性(仅仅是某种)进行提炼,将其本体化,并以偏概全或一厢情愿地夸大为当下写作的主流特征和美学倾向,由己及人地“推广”为某种普遍风格的作法,其危害是大于贡献的。比如叙述,作为写作手段之一,它与抒情、论理、戏剧化等技术一样,永远只是手段之一,并非诗的本体属性,只不过在汉诗从80年代单一的歌唱转向复杂述说的过程中,发生了方法论上的凸显。它自身对于当代复杂现实的触及上,是远远不够的,它只有与前述的各种手段配合使用,方可造就真正对称于时代要求的诗歌。实际上,从我们熟悉的英语(尤其美国)诗歌来看,其主要变化,便是减少了抒情因素,而加重了叙述、反讽、戏剧化、小说化等因素,这几乎已是常识和常态。也许中国诗歌抽象的传统,使诗人们普遍沉浸在玄奥的形而上中不能自拔,常识反而成了少数人的秘密知识。当代若干诗人死抓住叙述不放,并高声宣布专利权,显然是权力话语的操作,这和80年代另一些诗人将“麦子”、“金子”、“玫瑰”、“光芒”乃至恨不能将汉语词典都据为己有的“语言霸占”多么惊人地相似,也是极为可笑的。

总括而言,20世纪90年代中前期出现的“伪叙述”诗歌,其宗旨在于:在制造幻觉的同时又消除这种幻觉。它标示着诗歌的重心从其所表现的事物向词语本身转移。诗评家苍耳在《中国二十年先锋诗片论》中曾这样说道:“马永波1994年以后的大部分诗作都带有强烈的元文学色彩,诗人明确地把它作为自己的诗学追求之一。可以说,90年代的主要诗人都具有这种元文学色彩,这意味着从现代汉诗中找到反对、质辩和更新它自身的东西。这正是现代汉诗趋于成熟的标志。”正如能够反省自身的人才是成熟的人一样,能够反思自身的文学方是真正成熟的文学。元诗歌意识可以是在诗歌中的瞬间出现,也可以成为一首诗的核心。元诗歌的目的是对虚构和真实之间的关系进行质疑。元诗歌给读者机会来了解诗歌是怎样被创作出来的,了解诗歌的结构。元诗歌不是与抒情诗、叙事诗同等地位的诗歌类型,而应看作诗歌中或多或少普遍存在的一种表现形式。通过对以"伪叙述"为核心的元诗歌意识的辨析,我们可以为20世纪90年代至今的诗歌梳理出另一条道路,和利用"叙述"为线索对当代汉语诗歌进行考察相比,这种迥然不同的思维路向应该更为切合实际。

在一个一切都已经被各种意识形态符码化的时代,在以最容易被污染的语言为媒介的文学门类中,唯有尊重事物本身的"客观化"诗歌才能承担起追溯"存在"之真实踪迹的重任。在单一维度的观照范式被多维透视所取代之后,此前诗人们所排斥的意识形态、主体、权力、宏大理想等,便同样作为众多呈现对象中的普通个体,恢复到其本有的既不优越也不卑微的位置,诗人本身也从掌控一切的"上帝"宝座上恢复为诗中诸在者之一。每个事物都和其他任何事物一样重要,都是因缘整体中的发动者和承接者,就如同佛教中的因陀罗网,作为网结的每颗明珠都互相映衬与反射,无有穷尽。当代汉诗从解构阶段向去执后的建构阶段的转折,就集中体现在客观化诗学的实践之中,它必将改变人类的运思方式。正如我在一则笔记中所说:"我们无法改变世界,但可以改变看世界的方法。方法的改变也许会导致本体的改变。"

图书在版编目(CIP)数据

汉语地域诗歌年鉴. 2017年卷/马永波, 王霆章主编. —上海: 东方出版中心, 2018.8
ISBN 978-7-5473-1316-9

Ⅰ. ①汉… Ⅱ. ①马… ②王… Ⅲ. ①诗集—世界—现代②华文文学—诗歌研究—世界—文集 Ⅳ. ①I12 ②I106.2-53

中国版本图书馆CIP数据核字(2018)第141076号

汉语地域诗歌年鉴 · 2017年卷

出版发行: 东方出版中心
地　　址: 上海市仙霞路345号
电　　话: (021)62417400
邮政编码: 200336
经　　销: 全国新华书店
印　　刷: 杭州日报报业集团盛元印务有限公司
开　　本: 890mm×1240mm　1/32
字　　数: 436千字
印　　张: 18.75
版　　次: 2018年8月第1版第1次印刷
ISBN 978-7-5473-1316-9
定　　价: 68.00元